BASTEI
LÜBBE

Von Manfred Böckl erschien bei BASTEI-LÜBBE:

12460 Erdbeermund

MANFRED BÖCKL

Die Hexe soll brennen

DIE GESCHICHTE DER KATHARINA GRUEBER
DIE VOR 300 JAHREN AUF DEM SCHEITERHAUFEN
VERBRANNT WURDE.

BASTEI LÜBBE

BASTEI-LÜBBE-TASCHENBUCH
Band 12 527

Printed in Great Britain Juli 1996
Einbandgestaltung: K. K. K.
Titelbild: Archiv für Kunst & Gesch., Berlin
Satz: hanseatenSatz-bremen, Bremen
Druck und Bindung: Cox & Wyman, Ltd.
ISBN 3-404-12527-4

Der Preis dieses Bandes versteht sich einschließlich
der gesetzlichen Mehrwertsteuer.

Prolog
1633 bis 1683

»Er schlug auch tausend Bauern
und tausend noch darzu, die sich wie Wall und Mauern,
ihm widerlegeten. Nach diesem warf er Stauff.
Ein Felsen-festes Schloß zur freyen Luft hinauf.«
(Celadon von der Donau in einem poetischen Traktat über den Feldzug Bernhards von Weimar in Bayern)

Jörg Grueber drückte sich so tief wie möglich in den Windschatten der Turmzinne, duckte sich zusammen, schien wie eine Schildkröte in ihrem Panzer ganz und gar in seinem Harnisch verschwinden zu wollen. Doch auch der reifbeschlagene Stahl gewährte dem mageren Musketier keinen Schutz; der Wind hier oben auf der Plattform des Fähltums pfiff zu scharf, und in diesem Augenblick bereute Jörg, daß der Obrist Lorenz Nusse ihn nicht für den Überfall, sondern zur Wache eingeteilt hatte. Dabei hatte er sich erst vor einer Stunde über die achtzig Kameraden lustig gemacht, als die mit blassen Gesichtern und flackernden Augen abgerückt waren, um den Hinterhalt zu legen.

Der Ostwind frischte auf und trieb faserige Fladen von ausgefrorenem Schnee über den schmalen Talboden weit unten zwischen Donau und Burgberg. Jörg sah sie pulvernd dahinstreichen, und es kam ihm vor, als würde ein Leichenlaken über das erstarrte Land gezogen. Etwas in seiner Herz- und Kehlgegend quoll auf; ein undefinierbares Angstgefühl, das er immer wieder verspürt hatte, seit die Werber ihn vor etwas mehr als einem dreiviertel Jahr aus der Kate drei Stunden weiter unten am Strom, in Geisling, geholt und zu den Soldaten des Münchners gesteckt hatten. Jörg Grueber schluckte und krampfte die Hand wie hilfesuchend um das Schloß seiner Muskete. Und dann sah er, wie sich die ersten Karren der Schweden aus dem stöbernden Schnee lösten.

Sie kamen auf dem alten Treidelpfad des linken Ufers heran, zweirädrige, flachbordige Gefährte, jedes von zwei Ochsen gezogen. Die Peitschenschläge der Treiber knallten wie Arkebusenschüsse durch die kalte Luft, zwischen den Wagen stapften in kleinen Rotten Söldner. Das Blau und Gelb ihrer Umhänge wirkte, vom Fähltum der Festung Donaustauf aus gesehen, seltsam farblos und verwaschen.

Immer mehr Ochsenkarren wurden es, bis sich durch das Tal ungefähr sechzig von ihnen wie ein zittriger Wurm wanden. Als der Kopf dieses Wurms die Stelle erreicht hatte, wo ein Ausläufer des Burgbergs sich besonders nahe an den Strom heranschob, blitzte es inmitten des Schneegestöbers an zwei Dutzend Stellen plötzlich scharf und rot auf. Als Jörg den Schall der Musketenschüsse vernahm, hatte sich der Obrist mit seinen achtzig Mann bereits mit blanker Klinge auf die überraschten Schweden geworfen.

Der Kampf war kurz. Der Karrenzug bewegte sich noch ein Stück weiter, ballte sich dann ineinander und kam in einem ungeordneten Knäuel zum Stocken. Die Ochsentreiber lösten sich unangefochten aus dem Scharmützel und flohen nach Nordwesten, der Reichsstadt Regensburg zu. Wenige Augenblicke später folgten ihnen auch die überlebenden Schweden, vierzig oder fünfzig Mann, darunter auch eine Handvoll Dragoner, die in voller Karriere durch Riedgras und Erlengestrüpp davonpreschten.

Jörg Grueber, allein auf der Plattform des Fähltturms kauernd, mußte lachen, aber es klang schrill und bitter. Tief in der Kehle spürte er den Geschmack von Galle. Er schluckte das Bittere hinunter, schluckte auch das Lachen hinunter und sah, wie sich die Leute des Obristen der herrenlosen Karren und Zugtiere bemächtigten, wie sich das wirre Knäuel erneut zum Wurm ordnete und die Richtung zur Burg einschlug.

Der Talboden unten blieb dennoch nicht unberührt zurück. Zwölf oder fünfzehn dunkle Flecke sprenkelten das Grauweiß der unruhigen Schneefläche, und als der Wagenzug das äußere Tor der Burg erreicht hatte, landeten bereits schwerfällig flatternd die ersten Geier bei den Toten. Als Jörg die Aasvögel tanzen und kröpfen sah, kehrte das Angstgefühl in Herz- und Kehlgegend noch stärker zurück, und dieses Mal konnte er nicht mehr verhindern, daß es ihn übermannte; er übergab sich schweißgebadet über die Zinne hinab.

Aber das Bild der tanzenden Geier verließ ihn nicht; selbst durch die Tränenschleier in seiner Schwäche sah er sie, und sie kamen ihm vor wie Seelen, die sich von der Erde lösen wollen, die sich aber niemals von der Erde würden lösen können.

Sie waren verflucht! Der neunzehnjährige Kätnerssohn und Musketier Jörg Grueber wußte es in diesem Moment ganz genau.

Während sich dies auf der Plattform des Fähltturms mit

seinen mehr als fünf Meter dicken Mauern abspielte, trieben unten die achtzig Mann des Obristen Lorenz Nusse die erbeuteten Wagen und Rinder in die Burg Donaustauf. Die Männer grölten und prahlten mit ihren Taten. Auch der Oberst selbst war bester Laune, denn durch den erfolgreichen Beutezug hatte sich die Fourierung der Festung mit einem Schlag ganz ungeahnt verbessern lassen. Nusse ordnete an, die 120 Zugochsen auf der Stelle zu schlachten und das Fleisch mit Hilfe der Salzscheiben, mit denen die Wagen beladen waren, einzupökeln.

Das Schlachten der Ochsen und das Einpökeln der Fleischmassen nahm mehrere Tage in Anspruch; der Jahreswechsel von 1633 auf 1634 ging darüber hin, doch in den ersten Januartagen war der ganze Vorrat in den Gewölben eingelagert. Und die bayerischen Soldaten spotteten über die Schweden und deren Feldherrn Bernhard von Weimar, die scheinbar untätig in der nur zwei Reitstunden entfernten Stadt Regensburg lagen. Sie spotteten zu früh.

Es war gegen Mittag des 16. Januar, als die Schweden unter Führung des Generalmajors Lars Kagge die Burg einschlossen. Die Belagerung selbst begann am Morgen des 17. Januar mit einem heftigen Sturm der Evangelischen, der jedoch abgeschlagen werden konnte. General Kagge wurde verwundet, blieb aber im Kommando und ließ während der folgenden Tage eine schwere Kanonade auf die Burg durchführen.

Jörg Grueber und seine inzwischen nur noch etwa fünfzig Mitstreiter verteidigten sich verbissen, und der Tod, den er jetzt ständig vor Augen hatte, machte den neunzehnjährigen Musketier beinahe von Stunde zu

Stunde schwermütiger. Trotzdem tat Jörg seine vermeintliche Pflicht, auch dann noch, als die Munition knapp wurde und der Obrist Nusse neben anderen auch ihn zu einem Ausfall kommandierte.

Wieder sah er den Tod und tötete selbst, doch der Ausfall blieb im Ansatz stecken. Die Bayern wurden in den Mittelabschnitt der Burg zurückgetrieben, mit ihnen drangen die Schweden in die Festung ein.

Jörg zog sich mit den Überlebenden seiner Truppe in die Hauptburg zurück, einen wuchtigen Klotz auf der Kuppe des Berges, in dessen zweigeschoßiger Kapelle schon Albertus Magnus die Messe gelesen hatte. Diese Hauptburg wurde jetzt noch von etwa dreißig Mann verteidigt.

Als die Schweden den Palas und die ihn umgebenden Gewölbe zu unterminieren begannen, hatte Jörg Grueber bereits hohes Fieber. Die meisten der jetzt noch lebenden zwanzig Bayern waren kaum besser dran. Auch an Munition befand sich kaum noch ein Schuß Pulver auf der Burg, und so blieb dem glücklosen Obristen Nusse nichts anderes übrig, als gegen Zusicherung eines ehrenvollen Abzugs nach Ingolstadt die Burg Donaustauf an die Schweden zu übergeben.

Unter den Abziehenden befand sich auch Jörg Grueber. Er fieberte immer noch schwer, brachte es aber dennoch fertig, sich in die vereisten Büsche zu schlagen, kaum daß das zusammengeschrumpfte Fähnlein Nusses den Schweden aus den Augen gekommen war. Niemand hatte die Desertion des Neunzehnjährigen bemerkt, und so gelang es ihm, die Wälder nördlich von Donaustauf zu erreichen und sich in ihnen mühsam, oft auf Händen und Füßen kriechend, nach Osten vorzuarbeiten, wo sein Heimatdorf Geisling lag.

Jörg hatte die paar elenden Hütten und Höfe an der Donau noch nicht erreicht, als ihn eine fürchterliche Explosion aus seinem Dämmerzustand hochjagte: Nachdem die Schweden die Lager der Burg geräumt hatten, hatten sie die Festung Donaustauf bis auf die halbe Höhe der Mauern gesprengt.

Jörg Grueber, nur wenige Meilen entfernt, sah die feurige Lohe gen Himmel fahren. Er stürzte auf die Knie und rang die Hände wie zum Gebet. In seinem Fieberwahn wurde ihm das Feuer der Explosion zum Fegefeuer, und er sah die Seelen all derer unerlöst darin sich winden, die während der letzten Wochen und Monate vor seinen Augen gestorben waren. Dieses Bild hat Jörg Grueber seiner Lebtag nicht mehr losgelassen.

Drei Tage nach dem Fall der Burg Donaustauf näherte sich ein zerlumpter Kerl mit fieberglühendem Gesicht dem armseligen Knüppelzaun, der das Dorf Geisling an der Donau umfriedete. Als er den westlichen Durchlaß mit augenscheinlich letzter Kraft erreicht hatte, wankte er wie ein Betrunkener, griff hilfesuchend nach einem von Rauhreif überkrusteten Pfosten und brach gleich darauf zusammen. Aus dem nächstgelegenen Gehöft schoß ein struppiger Köter herbei und verbiß sich knurrend in den Schenkel des Gestürzten. Der hätte ihn in seiner Schwäche gewiß nicht mehr abwehren können, doch dann traf ein derber Knüppel das Vieh, das jaulend floh. Der Bauer beugte sich über den Zerlumpten und hob vorsichtig dessen Kopf an.

»Kennst du den?« fragte er sein Weib, das zögernd ebenfalls herangekommen war.

»Heilige Mutter Gottes!« rief die Bäuerin. »Es ist der Jörg Grueber. Man möcht's nicht glauben, was der Krieg anrichten kann mit einem Menschen in einem kleinen Jahr.«

»Wir müssen ihn zu seinen Leuten bringen«, befahl der Bauer. »Pack an, Alte!«

In der Kate der Gruebers lebte ein Bruder Jörgs mit seinem Weib und mehreren Kindern. Sie nahmen die Heimkehr Jörgs hin wie ein Wunder, über das man trotzdem nicht viele Worte zu machen brauchte. In der einzigen Wohnstube, zwischen der Herdstelle und der lehmverschmierten Wand, richtete die Grueberin ein Strohlager für den Schwager, dann bekämpfte sie das Fieber des immer noch Besinnungslosen mit Umschlägen aus Ziegenmist und hastig geleierten Gebeten. Der Kranke wand sich in wirren Träumen auf seinem armseligen Lager. Gegen Morgen wurde er ruhiger, schlug die Augen auf und erkannte erstaunt die Verwandten.

»Du bist daheim, Jörg«, sagte die Schwägerin sanft. Ihr Mann, der ebenfalls gewacht hatte, legte die abgearbeitete Hand auf die bis auf den Knochen abgemagerte Schulter Jörgs. »Daheim«, flüsterte dieser mit vom überstandenen Fieber noch krächzender Stimme. »Ich bin daheim – aber die anderen nicht. Die Seelen der Toten nicht, versteht ihr? Die sind nicht daheim und werden auch nie heimkommen.« Er sprach lauter, schrie nun fast: »Die brennen im Fegefeuer, die kommen nicht heraus, die müssen ewig im Feuer brennen. Die Unerlösten . . .«

Ein Schwächeanfall übermannte ihn, und er schlief ein, während sich seine Lippen immer noch tonlos bewegten.

»Es ist der Krieg«, sagte die Grueberin zu ihrem Mann, »nichts als der verfluchte Krieg. Aber es wird schon wieder werden mit dem Jörg.«

Sie zog die verschlissene Pferdedecke über dem Leib des Kranken höher, dann ging sie in den Stall hinüber, um die einzige Ziege zu melken.

»Geb' Gott, daß es gut wird mit dem Bruder«, murmelte der Bauer rauh.

Es wurde insofern gut mit Jörg Grueber, als er nach Wochen die Krankheit endgültig überwunden hatte. Doch der Bursche selbst hatte sich verändert. Er wirkte, auch äußerlich, nicht mehr wie ein Neunzehnjähriger, sondern wie einer, der lange vor seiner Zeit gealtert ist. Sein Haar war schon jetzt an vielen Stellen ergraut, seine früher schon hageren Gesichtszüge waren noch schärfer geworden. Körperlich hatte er sich erholt; er tat die harte Kätnerarbeit wie alle anderen auch, aber er war so in sich gekehrt, daß er oft tagelang kein Wort sprach.

Dann wieder, wenn er etwa im Tagelohn für einen größeren Bauern ackerte, konnte es geschehen, daß er den Pflugsterz fahren ließ, mitten im Acker niederkniete, so wie damals im Wald während der Explosion, und im Tonfall eines Beters zu murmeln begann: »Die unerlösten Seelen – das Fegefeuer – die Seelen alle im Feuer gefangen!«

Man gewöhnte sich an den Sonderling in dem kleinen Dorf Geisling auf der Donaumarsch, und im

Rhythmus von Aussaat und Ernte, von Frühjahrsüberschwemmungen und Trockenheit in den Sommern gingen die Jahre dahin. Als Jörg nach dem Fall der Burg Donaustauf zurückgekehrt war, hatte der Glaubenskrieg bereits im siebzehnten Jahr gestanden. Schon damals war Deutschland verwüstet gewesen, doch das Unheil schleppte sich noch weitere dreizehn Jahre dahin. Um Monate verspätet erreichte im Frühsommer des Jahres 1634 die Nachricht von der Ermordung Wallensteins die Dörfler, ein anderes Mal berichtete ein durchwandernder Hausierer, daß sich nun auch die Franzosen am Krieg beteiligen würden.

Im Herbst des Jahres 1640 fand man im Gestrüpp der Donauauen den angeschwemmten Leichnam eines kroatischen Reiters. In seiner Brust klaffte eine brandige Wunde, in der bereits die Maden wimmelten. Die Geislinger verscharrten ihn nach einem kurzen Gebet des Dorfpfarrers an der Friedhofsmauer, und danach hörte man den verrückten Jörg Grueber wochenlang immer wieder von unerlösten Seelen faseln.

Möglicherweise hatte der ehemalige Musketier das Unheil aber nur vorausgeahnt, denn zehn Tage später brach in dem kleinen Fleck in der Donaumarsch eine Seuche aus, der unter anderem auch die drei Kinder von Jörgs Bruder zum Opfer fielen.

Die Eltern nahmen das Unglück hin wie alles, was dieser Krieg ihnen bereits gebracht hatte: mit einem bäuerlichen Fatalismus, wie er in seiner Art einzig ist. Jörg aber war anders; er irrte stundenlang über die nassen, lehmschweren Felder oder verbrachte ganze

Tage auf dem Friedhof, von wo ihn dann nicht einmal der Ortsgeistliche vertreiben konnte.

Der ehemalige Soldat, der nach wie vor allein bei seinem Bruder hauste, wurde immer seltsamer und verschlossener, und auf diese Weise verstrichen weitere vier Jahre. Dann, 1644, lebte er ein wenig auf, denn seinem Bruder und dessen Weib wurde ein Nachzügler geboren. Sie nannten den Jungen Johann nach einem seiner bei der Seuche umgekommenen Brüder, und die Kindheit des Katenerben fiel bereits in den Frieden.

Zuerst drang die Kunde von den Geschehnissen in Westfalen nur zögernd nach Geisling, doch dann begannen die Dörfler allmählich zu glauben, daß die Großen sich endlich versöhnt hatten. Denn im Jahr 1648 und auch im folgenden Jahr zeigten sich im Donaugäu keine Marodeure mehr, nur gelegentlich ließen sich Bettler im Dorf sehen: Nachzügler des Krieges, oft entsetzlich verstümmelt. Man gewöhnte sich auch an sie, teilte das spärliche Schwarzbrot mit ihnen oder verjagte sie, und so kam schließlich das Jahr 1671 herauf.

Als 57jähriger Junggeselle erlebte Jörg Grueber die Heirat seines Neffen Johann mit der um ein Jahr älteren Gertrud aus dem Nachbardorf Pfatter mit. Das Paar übernahm die Kate; die alten Häuslerseheleute zogen sich in den Austrag zurück. Die Jungen erlaubten auch Jörg das Bleiben. Er hauste weiterhin still und unauffällig auf seinem Plätzchen zwischen Feuerstelle und lehmverstrichener Wand, wo er einst als fieberkranker Fahnenflüchtiger gelegen hatte.

Im Jahr 1673 erlebte Jörg die Geburt Balthasar Gruebers mit; ein Jahr später stand er am Grab seines Bruders, dem schon wenige Monate danach auch die

Schwägerin nachfolgte. Sie hatte mutig das Leid eines ganzen Lebens, das Sterben dreier Kinder, ertragen, doch das Abscheiden des Menschen, mit dem sie all dies geteilt hatte, hatte sie nicht mehr verwinden können.

Auf diese Weise wurde Jörg so etwas wie der Großvater des kleinen Balthasar, und als im Jahr 1677 das Mädchen Katharina geboren wurde, sah man zum ersten Mal seit 43 Jahren so etwas wie ein Lächeln auf dem immer noch hageren Gesicht des nun 63jährigen Mannes.

Jörg Grueber nahm sich der Kleinen von Anfang an in ganz besonderem Maße an. Er schaukelte Katharina stundenlang auf seinem Schoß, und als das Kind ihn verstehen konnte, erzählte er ihm Geschichten. Dem Mädchen war der Inhalt dieser Geschichten allerdings weniger wichtig als die Geborgenheit, die es in den Armen des alten Mannes fand. Diese Geborgenheit genoß Katharina mit allen Fasern – was Jörg sagte, nahm sie eher unbewußt auf.

Als Jörg Grueber im Jahr 1683 an einer Lungenentzündung starb, war die sechsjährige Katharina für ihr ganzes weiteres Leben geprägt.

Januar 1689

»Warumben Sie vermain,
das sie hierher gefireth worden?«
(Kelheimer Hexenhammer, Absoluta generalia circa Confessionem)

Das zwölfjährige Mädchen war mager; es huschte durch die hereinbrechende Abenddämmerung dieses Januartages wie ein scheues, ausgehungertes Frettchen. Die Holzschuhe kratzten auf der steinharten Erde; die nackten Füße waren blaugefroren und wirkten in den derben Kloben besonders zerbrechlich. Der zerlöcherte Umhang des Mädchens bestand lediglich aus ungefärbtem Rupfen, und auf seinem Gesicht mit den unkindlich tiefliegenden Augen lag ein sonderbarer Ausdruck, halb Furcht, halb uneingestandene, unbewußte Gier.

Im Dorf war zu diesem Zeitpunkt niemand sonst unterwegs, und so konnte die kleine Katharina Grueber ungesehen das schmiedeeiserne Tor zum Friedhof aufstoßen, das Durchlaß durch eine unregelmäßig geschichtete Mauer aus grauen Bruchsteinen gewährte.

Kreischend sank das Tor zurück ins Schloß. Das Mädchen verharrte kurz und wandte sich dann mit kleinen, vorsichtigen Schritten nach rechts, wo die Armengräber sich unter schiefstehenden Holzkreuzen zusammendrängten. Katharina vermied geschickt einen Platz, wo ein Haufen Steine aus der Mauer gebrochen war, dann hatte sie die gesuchte Stelle erreicht: einen unregelmäßig geformten Hügel dürrer Erde, auf dem in einem Wust vermorschten Holzes nur noch ein einziges Kreuz aufrecht stand. Hier kauerte das Mädchen sich auf die Fersen nieder, raffte den Rupfenumhang so gut wie möglich um sich und begann verwaschen, fast hysterisch, zu beten: »Gebedeit Muttergottes, Domkron, Jumpfengranz geborrn, vergib Unssünden, weil wir Allsündiger, sowiewir Schuldigen sin, und erlöß Unserseelen, bittfürùns und für uns nicht Inversuchung . . .«

Immer schneller wurde das Gemurmel der Zwölfjährigen, und während sie es ununterbrochen fortsetzte, begann ihr Oberkörper sich zu wiegen, in einem immer heftigeren, drängenderen Rhythmus. Und dann geschah etwas mit Katharina, das sie an diesem Wintertag nicht zum ersten Mal erlebte, das sie nur zu gut kannte: Jörg, der Großahne, war jetzt wieder bei ihr: Während sie immer noch weiter ihre aufgeschnappten Gebetsfetzen murmelte, war Katharinas eigenes Gehirn von der Stimme des Alten erfüllt. Ganz deutlich hörte sie ihn vom Fegfeuer sprechen, von den unerlösten Seelen, die sich nicht aus den Krallen der Peinteufel lösen konnten, von Armensündern, die in der Glut tanzen mußten wie Geier.

Jetzt bewegte Katharinas Körper sich nicht mehr wie in Verzückung, jetzt lag sie fast auf der Grabstätte, in der Jörg ruhten, dessen Bruder und Schwägerin drei Kinder dazu, früh am Fieber verstorben – ja, Katharina wußte um den Tod. Völlig unkindlich hatte sie ihre Eltern schon mit sieben Jahren, gleich nach dem Ableben Jörg Gruebers, immer wieder über diese Dinge befragt. Daß sie mit den Toten sprechen konnte, wußte außer ihr freilich keiner. Das blieb ihr Geheimnis; sie teilte es nur mit dem einen, der hier unter der Erde lag.

»Gebedeit«, sang Katharina, den Mund nur spannenbreit über gefrorenem Erdreich, »Allsündiger, sowiewir Schuldigen sin, erlöß Unserseelen.« Katharinas Lippen berührten flüchtig die Graberde. »Erlöß Unserseelen aller, aller, aller . . .«

In diesem Augenblick geschah es, und die Stimme des verstorbenen Jörg Grueber war so deutlich, daß Katharina meinte, er hielte sie wieder auf seinem Schoß. »Auer«, sagte die Stimme fordernd, »die Auerin, die unerlöste Seel! Nur du allein kannst sie aus dem Fegfeuer erlösen!«

Dann Stille, eine fordernde Stille, die wie ein Fanal über immer schemenhafter werdenden Gräbern hing. Die bucklige Friedhofsmauer vornübergeneigt, als horche sie angespannt. Und drüben in der entgegengesetzten, der Südostecke des Gräberfelds die kleine Kirche mit den schmalen gotischen Fensterschlitzen und dem Turm, der wie ein mahnender Finger in den bleigrauen Himmel ragte.

Katharina zitterte, als sie sich auf die Knie erhob, mühsam ganz aufstand. Sie wußte genau, welche Botschaft sie erhalten hatte. Die Auerin war noch keine sechs Wochen tot. Dort drüben, in der anderen Ecke des Friedhofes, lag sie unter noch frischem Hügel, und ihre arme Seele wurde im Fegefeuer gepeinigt. Und nun hatte sie über den Jörg Katharina gerufen.

Die Angst der Zwölfjährigen wich einer beinahe besinnungslosen, mystischen Freude. In schweren Holzkloben lief Katharina Grueber hinüber zur Kirche, streifte mit der Schulter frostgesprengtes Mauerwerk, so daß sich ein Mörtelbrocken löste, achtete nicht darauf, bog um das Nordosteck. Hier, auf der Altarseite, lagen die Gräber der wohlhabenderen Bauersfamilien, und vor der letzten Ruhestätte der Auerin sank Katharina erneut auf die Knie. Der Grabhügel lag wuchtig da; es morschte hier auch kein Holz, sondern ein Kreuz aus Schmiedeeisen beherrschte den Platz, schwarzlackiert, die Arabesken und Zierblätter bauernplump aus dem Metall gehämmert. Eine Tonvase war zu Füßen des Grabes in die Erde gedrückt, und darin standen streng riechende Zweige, Überbleibsel des vorjährigen Palmsonntags. Der von ihnen ausströmende Geruch nach Moder und Verwesung wirkte auf Katharina wie Rauschgift. Wieder begann das Mädchen mit hin und her wiegendem Oberkörper seine sinnlosen Gebetsfetzen zu murmeln.

Lange murmelte und wiegte sich das Mädchen, die Dämmerung wich der Nacht, aber dann vernahm Katharina die Stimme ganz deutlich: ein wehes Wispern und Flüstern, unsagbar leise und doch schrecklich schrillend, ein bitteres Flehen, dem unmöglich zu widerstehen war. Die Qualen des Fegefeuers hörte Katharina aus diesem Sumsen und Flennen heraus, das Fauchen der Flammen, das Zischen aufplatzenden menschlichen Fleisches, den Schrei, den schrecklichen Schrei nach Erlösung.

Das verwirrte Mädchen betete gegen all dies Unnennbare an, betete dagegen an mit seiner ganzen Kraft, kämpfte die unsagbaren Qualen der Toten allmählich nieder, bezahlte das Verstummen der Auerin mit einem Schweißausbruch, der den Rupfenumhang zwischen den Schulterblättern, auf der Brust und an den Schenkeln förmlich durchtränkte. Schwankend stand Katharina zuletzt auf, schlug dreimal das Kreuzzeichen über dem Grab der Unerlösten, versprach murmelnd, heiser, wiederzukommen, oft wiederzukommen, um der armen Seele zuletzt aus dem Fegefeuer und zum Frieden zu verhelfen.

Zitternd vor Kälte im eigenen Schweiß verließ Katharina dann den Friedhof. Die Gräber und die Kirche verschmolzen hinter ihr mit der Dunkelheit, als das schmiedeeiserne Mauertor schnalzend ins Schloß fiel. Aber Katharina hatte noch keine drei Schritte getan, als sie hart am Arm gepackt wurde.

Ein Schatten lastete zwischen dem Mädchen und der Friedhofsmauer, schemenhaft, bucklig, zusammengekrümmt. Knochige Finger um den Oberarm Katharinas gekrallt, eine krächzende Stimme: »Treibst dich bei den Toten herum, Dirn? Sollst das nicht tun, nicht bei der Dunkelheit. Ist gefährlich, Dirn! Könnt einer aus seinem Grab auffahren und dich holen!«

Katharina hatte wie erstarrt im Griff des schemenhaften Wesens gehangen, doch nun erkannte sie die Fremde.

»Du bist's Eckhin«, sagte sie, wobei ihre Stimme immer noch leicht flatterte. »Laß mich los! Hab' nichts Unrechtes getan.«

Elisabeth Eckhin, ein 48jähriges Taglöhnerweib, das durch eine verwachsene Schulter verunziert war und deswegen um Jahrzehnte älter wirkte, lachte heiser. »Das erzähl einer anderen. Kein Christenmensch treibt sich in der Dunkelheit bei den Toten herum. Wolltest eine arme Seele verhexen? Hast einen Drudenfuß auf ein frisches Grab gezeichnet, daß die Seel' nicht zum Himmel auffahren kann, eh?«

»Erlösen muß ich sie!« brach es aus dem Mädchen heraus.

»Wen mußt erlösen?« Die Eckhin zischte die Frage entsetzt. Speichel sprühte in Katharinas Gesicht.

Das Mädchen wand sich im Griff der knochigen Finger. Hatte für einen Augenblick das Gefühl, in einen tiefen Abgrund zu stürzen. Doch dann war plötzlich ihr Geltungsbedürfnis stärker als ihre Angst. »Die Auerin ist's«, rief Katharina. »Die arme Seel' kann keine Ruhe finden. Sie hat mir's selbst gesagt. Am Grab, vorhin . . .«

»Gott, erbarme dich ihrer! Heilige Mutter Gottes, erbarme dich ihrer!« schrillte die Eckhin. »Komm mit, Dirn, das muß ich ganz genau wissen.« Sie zerrte das Mädchen über den ungepflasterten Dorfplatz bis vor die Schenke, aus deren beiden tunnelartigen Fenstern ein matter Lichtschein ins Freie drang. Dort drehte sie Katharina so, daß ihr Gesicht beleuchtet war, die Backenknochen und Wangen rötlich, doch die Augen blieben im Schatten.

»Red!« forderte die Eckhin.

»Ich bin auf den Friedhof gegangen, um für die Toten zu beten«, flüsterte Katharina. »Zuerst beim Jörg, dem Ahn. Dann hab' ich gespürt, daß ich zum Auer-Grab gehen mußte. Ich hab' mich hingekniet. Und dann hab' ich die Stimme der Auerin gehört. Daß sie im Fegfeuer brennen muß, sagte sie. Und daß nur ich sie erlösen kann.«

»Hast mit einer Toten gesprochen?« keuchte die Eckhin. »Wahrhaftig mit einer Toten? Ich hab's immer gesagt, du bist etwas ganz Besonderes, Dirn. Schon dein Onkel war so, der Jörg.« Die Augen der Verwachsenen blitzten. Es lag eine tiefe Erregung in ihnen, etwas Gieriges, Undefinierbares. »Kannst dein Glück machen, Katharina«, flüsterte sie. »Die Toten offenbaren sich nicht einem jeden. Nur den Auserwählten . . .«

»Du darfst es aber keinem sagen«, bat Katharina ängstlich. »Ich hätt's auch dir nicht erzählen sollen, was am Grab der Auerin geschehen ist.«

»Werd' meinen Mund schon halten«, versicherte die Eckhin und schien es plötzlich eilig zu haben. Sie löste den Griff, mit dem sie immer noch Katharinas Arm umklammert hatte.

»Lauf jetzt«, sagte sie. »Aber wir reden noch einmal darüber!«

Katharina antwortete nicht, drehte sich um und rannte wie gehetzt davon. Sie war verwirrt. Alles, was sie in der letzten Stunde erlebt hatte, erschien ihr nun so unwirklich, als hätte sie es nur geträumt. Es wurde ihr bewußt, wie sehr sie fror, und sie wollte jetzt nur noch nach Hause.

Auf dem Tisch in der einzigen Stube der Gruebers schillerte gelblich-weiß in einer flachen Tonschüssel die Herbstmilch, das Armeleuteessen aus gestockter Milch, das im Herbst angesetzt und bis zum Frühjahr immer wieder neu aufgegoren wurde. Daneben lag auf dem gescheuerten Holz ein Laib dunkles Brot, unbeholfen in die Kruste geritzt drei Kreuze.

Katharina drückte sich in die Kate und nahm ihren Platz an der Schmalseite des Tisches ein. Am anderen Ende der hellen Platte aus Ahornholz saß der Vater, Johann Grueber, hager wie alle in dieser Familie, zu seiner Linken die Mutter Gertrud, ihr gegenüber Balthasar, der sechzehnjährige Bruder Katharinas.

Johann Grueber warf einen mißbilligenden Blick auf seine Tochter, bemerkte ihre Verwirrung nicht, runzelte lediglich die Stirn unter fettigem, strähnigem Haar und murmelte: »Kommst spät!« Damit ließ er es aber genug sein und sagte lauter: »Wir wollen beten.« Die Stimmen der vier Menschen am Tisch mischten sich, verwoben sich ineinander in einem einfachen Rhythmus, verstummten. Gertrud Grueber schnitt zweifingerdick das dunkle Brot auf und verteilte die Scheiben. Schmatzend fuhren die Holzlöffel in die gestockte Milch, fuhren zu den Mündern; die Esser schoben krustiges Brot nach, kauten bedächtig.

Das Mahl aus der einzigen Tonschüssel lief nach festen Regeln ab: Zuerst tauchte der Vater den Löffel ein, dann sein Weib, es folgte Balthasar, zuletzt kam jeweils Katharina an die Reihe. Dann schabten die plump geschnitzten Löffel auf dem Boden des Tonscherbens. Mit Brotbrocken wurden die letzten Reste der Herbstmilch aufgetunkt. Johann Grueber wischte sich den Mund, dann wurde wieder ein Gebet gesprochen, ehe sein Weib und Katharina das spärliche Geschirr abräumten.

Als Löffel und Schüssel mit Flußsand gescheuert und ausgespült waren, löschte Johann Grueber den Kienspan über der Feuerstelle, dann suchten die Familienmitglieder ihre Bettstätten auf. Katharina teilte sich mit ihrem Bruder den Platz zwischen Ofen und Katenwand, wo schon Jörg den größten Teil seines Lebens geschlafen hatte. Das Mädchen zog sein Rupfenkleid eng um sich; eine dünne Decke aus Schafwolle mußten

Balthasar und sie sich teilen. Auch jetzt, mit vollem Magen und im Rücken des Bruders geborgen, mußte Katharina unentwegt an ihr Erlebnis auf dem Friedhof denken. Sie warf sich hin und her, so daß Balthasar unwillig zu murren begann und selbst dann, als der Schlaf endlich doch sein Recht forderte, fand Katharina keine wirkliche Ruhe.

Mitternacht war bereits vorbei, als sie so heftig im Schlaf zusammenzuckte, daß Balthasar von dem unbewußten Stoß erwachte. Der Bursche wälzte sich herum und richtete sich dabei auf den einen Ellbogen auf. Sein Gesicht befand sich nun direkt über dem von Katharina, und plötzlich hörte er sie im Traum reden, so deutlich, daß er beinahe jedes Wort verstehen konnte. Und er sah im ungewissen Mondlicht, daß Katharinas Stirn schweißbedeckt war.

»Ja, Auerin«, flüsterte das Mädchen mit unkontrolliert zuckenden Lippen. »Ich will schon für dich beten. Sollst nicht unerlöst im Fegefeuer flattern müssen wie ein Geier. – Sag mir nur, was ich für dich tun kann. Die arme Seele wird erlöst werden, ich versprech's dir.«

Hier wurde das Murmeln Katharinas undeutlicher, aber ihr Oberkörper begann sich auf der Strohschütte heftig hin und her zu wiegen.

Balthasar hatte sich jetzt ganz aufgesetzt erschrokken starrte er seine kleine Schwester an. Allmählich wurde Katharina wieder ruhiger, jetzt sprach sie erneut ganz deutlich: »Du mußt mir auch helfen, gell, Auerin, wenn ich dich erlöse. Könnten Brot brauchen und Geräuchertes in der armen Katen . . .«

Katharina verstummte. Ihr Gesicht nahm einen angespannten Ausdruck an, als horche sie auf etwas, dann seufzte sie tief und sagte: »Ja, Auerin, ich bet' für dich, und du hilfst mir auch weiter . . . Ja, Auerin, ich bin die einzige, deren Gebet dir hilft, daß die arme Seele aus dem Feuer fährt.« Hier verzerrte sich Katharinas Mädchengesicht plötzlich, wurde scharfzügig, häßlich, uralt. »Die Teufel, ja, ich seh' sie schon!« rief sie gellend. »Die peinigen . . . und beißen . . . und reißen die Seel' . . .«

Katharina fuhr hoch, fuchtelte wild mit beiden Armen, erwischte Balthasar an den Schultern und krallte sich fest. Der Bruder, mit entsetzten Augen, schüttelte sie derb, bis sie erwachte, und dann flammte auch schon ein Kienspan auf, und die alten Gruebers kamen erschrocken herüber zu der Strohschütte.

»Was ist los? Bist närrisch geworden?« herrschte Johann Grueber die Tochter an. »Schreist von Teufeln und Seelen, daß es eine Art hat. Was soll das bedeuten?«

»Sie hat schwer geträumt — es bedeutet gar nichts«, mischte sich die Grueberin ein. Sie strich Katharina über die verschwitzten Haare. »Meinst, du kannst jetzt wieder schlafen?«

»Ja, schlaf!« drängte der Vater. Balthasar hatte sich bereits zurückgelegt.

Katharina aber, noch ganz im Bann des Traumes, begann stoßend zu weinen, und dann brach alles aus ihr heraus. »Ich bin auf dem Friedhof gewesen«, sagte sie schluchzend, und klammerte sich an die Mutter. »Ich hab' am Grab der Auerin gebetet, und dann hat die arme Seele zu mir gesprochen und gesagt, daß nur ich allein sie erlösen kann . . .«

Immer schneller redete Katharina, immer lauter, und

die anderen Familienmitglieder hörten ihr immer gebannter zu, eng um sie geschart, im rötlichen Schein des blakenden Kienspans. Und Katharina redete und schluchzte, und es war für sie wie eine Beichte . . .

Doch nicht nur die Eltern und der Bruder hörten das wirre Gestammel — es gab noch eine weitere Ohrenzeugin, bucklig, krumm, heimlich lauschend.

Die Eckhin, allem Übernatürlichen und Geheimnisvollen zwanghaft zugetan, hatte nicht vergessen können, was Katharina ihr vor der Friedhofsmauer erzählt hatte. Sie war durch das Dorf geschlichen, zum Friedhof, zum frischen Grab der Auerin, dann hatte sie sich zur Kate der Gruebers aufgemacht, hatte verstohlen durch die winzigen Fenster gespäht, hatte die Kälte mißachtet und hatte schließlich Glück gehabt. Und nun bekam sie, neben einem Fensterschlitz horchend, alles mit, was in der Kate gesprochen wurde. Sie saugte Katharinas wirre Reden förmlich in sich hinein, und erst, als es in der Hütte wieder ruhig geworden war, huschte sie fort.

Aber sie würde wiederkommen, da war sie ganz sicher. Nachdem sie jetzt das ganze Geheimnis kannte, würde sie Katharina keine Ruhe mehr lassen.

Am nächsten Tag, zur Vesperzeit, kniete Katharina im Herrgottswinkel der Kate unter einem roh geschnitzten Kruzifix, das mit vertrockneten Weidenzweigen geschmückt war. Das Mädchen betete inbrünstig, aber wortlos, und die anderen ließen sie stillschweigend gewähren.

Keiner hatte Katharina wegen der Geschehnisse der letzten Nacht nochmals angesprochen. Wie in einer stillschweigenden Übereinkunft nahmen sie alles als einen wirren Traum hin. Doch die Gesichter der Häusler wirkten womöglich noch bedrückter als sonst, als ahnten sie, daß es mit dem Schweigen allein zuletzt doch nicht getan sein würde. So widmeten sie sich hilflos ihren üblichen Tätigkeiten und warfen nur ab und zu einen Blick auf Katharina in ihrem Winkel.

Die Dämmerung brach eben herein, als jemand an die Tür klopfte. Johann Grueber öffnete, blickte erstaunt auf die beiden Besucher, die draußen standen. Es handelte sich um die Eckhin, deren verwachsene Schulter sich schroff gegen den bleiernen Himmel abzeichnete, und um einen vierschrötigen Mittvierziger, den Bauern Wolfgang Weinzierl, dessen Hof am entgegengesetzten Dorfrand stand.

Johann Grueber erinnerte sich, daß man die Eckhin und den Weinzierl in letzter Zeit öfter zusammen gesehen hatte. Er starrte die Besucher unwillig an, dann fragte er: »Was wollt 's?«

»Drinnen«, antwortete der Bauer und betrat die Kate. Die Eckhin drückte sich hinter seinem Rücken in die Stube. Notgedrungen folgte ihnen Johann Grueber.

Wortlos ging Weinzierl zum Tisch und legte etwas Schweres auf die Platte, das in ein Tuch eingeschlagen war. »Die Katharina kann mit den Toten sprechen«, sagte er. »Still, ich weiß, was ich weiß, gelt, Eckhin.«

Mit geneigtem Kopf starrte er das Mädchen an, das sein Gebet unterbrochen hatte, aber immer noch unter dem Kruzifix kniete. »Sollst für uns die Verbindung mit der Auerin herstellen«, fuhr er fort. »Du kannst's, da gibt's gar keinen Zweifel. – Und mußt es auch nicht umsonst tun. Sollst deinen Nutzen davon haben,

Dirn, wenn du die arme Seele beschwörst. Du und deine Leut', ihr sollt alle euren Nutzen davon haben.«

Er schlug das Tuch auseinander; ein Schinken von wenigstens sechs Pfund Gewicht kam zum Vorschein. Gierig starrten die Gruebers, auch Katharina, auf das duftende Geräucherte. Das war kein Wunder: Sie hatten seit Weihnachten kein Stück Fleisch mehr gehabt.

Februar/März 1689

»Ist Innen von Umbligenten brodt und andere Lebensmitlen zugetragen worden, und wer vill bracht, ist woll daran gewest, welche Leuth alsdann so fürwizig gewest, umb Ihre Voreltern gefragt, obs im Himmel in der Höll oder im Fegefeuer sein.«
(Aus den Protokollen des Geislinger Hexenprozesses)

Über der Taglöhnerkate der Gruebers lastete der Buckel der Eckhin, sudelte dort wie ein Kadaver im Sumpf und lockte in Schwärmen die Aasfliegen an.

Aus dem Dorf, aus den Weilern und Einöden der Umgegend liefen sie zusammen, stahlen sich nächtens durch die Donaumarschen, schlieften durch Februarfrost und patschten durch Märzkot, sammelten sich gierig, geil um die Gruebersche Hütte. Herum um die Eckbalken drückten sie sich schaudernd, am Türpfosten wetzte sich verschmutztes, verschlissenes Gewandzeug. In die einzige Stube drängten sie, schwitzend, vor Angst dampfend; strähniges Haar unter weit über die Augen gezogenen Fetzen, irrlichternde Pupillen, speichelnde Münder, das Grauen unter dem Brusttuch und das Unaussprechliche. In knotigen Fäusten, in verarbeiteten Händen hielten sie die Gaben. Brotwekken knallten auf das Gruebersche Tischholz, Geselchtes, salpeterscharf, fahle und dunkle Eier, gerupfte Hennen mit schlaffen, durchtrennten Hälsen, magerbürzelig jetzt in der Frostzeit. Rüben kollerten auf die dünngetretenen Dielen, Gansklein und Hasenschwarz rochen streng aus irdenen Schüsseln. So erkauften sie sich den Zutritt ins Unheimliche.

Die Grueberschen, hager, fassungslos, gierig, erfreut, rafften an sich, bargen unverhoffte Beute zwischen Herdstelle und lehmverstrichener Wand, im Stall und im Rauchfang.

Mit ihrem Buckel gluckte die Eckhin in den Katen des Dorfes, zischelte, geheimniste, lockte die Menschen und ihre Gier nach dem Unheil. Mit rudernden Armen schoß das Buckelweib über Schlammpfade, paßte seine Beute ab und trieb sie hindurch zwischen den Türpfosten der Grueberschen Hütte.

Die Eckhin erhielt ihren Tribut von den Verführten. Als Zuhälterin des Übernatürlichen sackte sie Brotlaibe ein, schlürfte zwischen lose Zähne Eidotter und Gansklein, lebte nicht schlecht von der Armen Lust auf den Tod, trieb auch den eigenen Mann, den Taglöhner Benedikt, in die Gruebersche Kate, einen mageren Strick mit gallegelben Augäpfeln und Gichtknoten an den Fingerknöcheln.

Und auch Bauern gerieten in die Netze der buckligen Eckhin: der rundschädlige Weinzierl und dessen sechzehnjährige kurznackige, kurzgliedrige Tochter Christine.

Das aber waren nur einige, die der Verführung erlagen. Mit anderen, vielen, zusammen drängten sie sich nun Nacht für Nacht in der Grueberschen Hütte. An die Eltern der Seelenbeschwörerin lieferten sie die Gaben ab, die sie sich vom Maul abgespart, manchmal abgehungert hatten, und dann durften sie sich um Katharina scharen, durften nahe den schmutzigen Füßen des Mädchens auf den Dielenbrettern knien, und wenn die Mitternacht kam, dann begann die Zauberin sich zu wiegen.

Auf den Fersen kauerte Katharina, hatte den Rupfenumhang um sich gerafft und flüsterte, zischelte, verwaschen, hysterisch: »Gebedeit Muttergottes, Domkron, Jumpfengranz geborrn, vergib Unssünden, weil wir Allsündiger, sowiewir Schuldigen sin, und erlöß Unserseelen, bittfüruns und für uns nicht Inversuchung . . .«

Drängender und fordernder wurde das Gemurmel des mageren Kindes; der Schatten ihres sich stoßartig wiegenden Rumpfes tanzte fledermauswirr über die verrußten Hüttenwände, fast orgiastisches Stöhnen stahl sich zwischen Domkron und Jumpfengranz, und stöhnend, heulend und zähneknirschend fiel ein die bäuerische Gemeinde der Seelenbeschwörerin.

Und dann geschah etwas mit Katharina, das sie nun schon sehr oft erlebt hatte: Jörg, der Großahne, war jetzt wieder bei ihr, und ganz deutlich hörte sie ihn vom Fegfeuer sumsen und murmeln, von den unerlösten Seelen, die sich nicht aus den Krallen der Peinteufel lösen konnten, von Armensündern, die in der Glut tanzen mußten wie Geier.

Ins rauchige Katendämmer keuchte Katharina ihre Visionen und tat den anderen die Fegfeuerwelt auf, die ihnen von den Pfaffen in die Gehirne gebrannt war, und nun löste sich einer aus dem Kreis um die sich Wiegende, Geifernde, packte mit zitternder Hand ihren mageren Oberarm, riß sie halb zu sich herüber. Es war ein Stellmacher, der mit der Zille vom Wörther Ufer über die Donau gekommen war. Zu Lichtmeß letzten Jahres hatte ein auskeilender Treidelgaul ihm den Bruder erschlagen.

»Red«, forderte er, bettelte er. »Kannst' den Balthes sehen? Im Fegfeuer? Und ob er den Peinteufeln auskommen kann?«

»So viele unter der Geierklau', im roten Feuer«, stöhnte Katharina. Ihre Brust rieb sich gegen das Lederwams des Stellmachers, aber sie merkte es nicht. »Sie wuseln im Feuer wie die Ameisen . . .«

»Ist ein großer Kerl, mein Bruder«, drängte der Wörther. »Und auf der Brust, unterm Herzen das Mal des Hufschlags. Kennst ihn, gell?!«

Die Eckhin schrie gellend, schrie vom nackten, entblößten Herzen, vom Dolch gezeichnet, schrie nach dem Beistand der schmerzhaften Gottesmutter. Nah war ihr bizarrer Buckel dem Stellmacher und der Seelenbeschwörerin.

»Ja!« Katharina krallte sich jetzt an diesen Buckel, gekrümmte Finger am abstoßenden Höcker. »Da seh' ich ihn. Brennt nur bis zum Zipfel, von unten her, aber weiter dringt die Höllenflamm' nicht. Kann nicht weiterbrennen, weil's den Bruder am Herzen traf, da schützt ihn die Muttergottes im Jumpfengranz, sein Herz nackt und bloß wie das ihrige . . .«

Der Stellmacher stöhnte, die Eckhin stieß geil mit den Hüften, wußte es nicht. Blutdurst und Lust eins. »Tausend Jahr'«, winselte, keuchte Katharina. »Bloß tausend Jahr', dann fährt er auf aus der Vorhöll', dann hat er gebüßt, trägt ihn dann HerzJesu in EinFesteBurg. — Bet für ihn, Stellmacher! Hat's gut, dein Bruder, ach, wie gut, braucht bloß bis zum Zipfel brennen . . .«

Sie sank in sich zusammen, nahm, unverständlich

jetzt, ihre Litanei wieder auf, und gellend lachte die Eckhin. Der Stellmacher aus Wörth flüsterte fast heiter: »Tausend Jahr', und die Muttergottes beschützt ihn. Wenn ich dem Pfaffen Silber für Seelenmessen zusteck', dann wird's ihm wohl noch leichter werden, kann dann schneller auffahren zum Himmel als ein Schneestieber am Hausdach, wenn der Ostwind pfeift.« Er drehte sich den Grueberschen zu, Gertrud und Johann, Katharinas Eltern: »Hat mir in meiner Not geholfen, die Käth. Hat mich lang gedrückt, die Angst um den Bruder. Daß er könnt' in der Höll' verderben. Jetzt ist's mir leichter! Die Tage kriegt ihr noch einen Ranken Rauchfleisch, meine Alte soll ihn bringen.«

Noch einmal kniete er vor Katharina, bekreuzigte sich. Das Mädchen beachtete ihn nicht mehr, war weit weg jetzt, wiegte und wiegte und wiegte sich dumpf. Als aber der Stellmacher hinaus in die Winternacht schlüpfte, als der Frostschwall sie traf, da schauderte sie zusammen, speichelte sprühend und schrie gellend: »Der fährt hinauf in die Himmelburg, bald, aber die Auerin, ach, die Auerin . . .«

»Was ist's mit der Auerin?« Die Stimme der Eckhin krächzte durch den Brodem aus Angstschweiß und religiöser Verzückung: »Was ist's mit der Auerin?«

»Brennt! Bis zu den Augen! Fleisch platzt! Und der Teufel! Dem rinnt's grün und schwefelgelb aus dem Arschloch! Der rennt ihr die Fackel unten hinein . . .« Katharinas Schädel trommelte gegen die Katenwand, sie verkrallte sich im eigenen Unterleib, hatte sich die Lippe blutig gebissen, beherrschte den Wahn nicht länger. Die alte Grueberin riß sie zurück; nun war sie es, die wiegte, zu beruhigen versuchte.

»Die Fackel hinein«, keuchte das Mädchen, weinte.

»In die Sündenmusch', in die Pritsche«, schrie die Eckhin verzückt. »Ha, wie das brennt, tausend um tausend Jahr'.« Sie stieß die anderen beiseite, zerrte ihren Alten mit sich. Der fragte draußen: »Wohin?«

»Zum Auer«, krächzte das Buckelweib. »Müssen's ihm doch künden, wie's um die Abgeschiedene steht. Muß doch wissen, der Auer, was die Katharina im Peinfeuer gesehen hat.«

Geduckt unter lastenden Strohdächern stand der Zinshof des Johann Auer etwas außerhalb des Dorfes an der Fahrstraße hinüber nach Brennberg, einem nicht ganz unbedeutenden Rittersitz im Vorwald. Die vier Gebäude des Hofes bildeten ein lockeres Rechteck, schlossen einen Platz ein, auf dem alter Schnee und gefrorener Schlamm wirre Muster bildeten. Zentral darin lag der Misthaufen und nahe dabei der Taubenkobel, aus dem es zu dieser Jahreszeit nur matt gurrte. Dampfige Luft waberte aus dem gedrungenen Gewölbetor des Kuhstalls, vereinzelte Sperlinge pickten dort nach Resten vorjähriger Fladen. In seiner Hütte neben dem Wohnhaus ein struppiger Wolfshund, der während der wärmeren Jahreszeit auch auf der Schafweide gebraucht wurde, im Winter aber den Hof zu bewachen hatte. Denn während der Frostmonate waren Landstreicher und Halsabschneider selten weit. Jetzt lag der Hund mit leise zuckender Rute und gespitzten Ohren auf dem Stroh und horchte ins Haus hinein. Schon wiederholt hatte er seinen Herrn stöhnen hören.

Der Bauer hockte in der Küche beim Schnaps; im Hintergrund drehte eine Magd Gerstennudeln, formte den Teig mit rauhen, roten Händen, ließ die fingergroßen Gewichsten dann in den Topf mit der dampfenden Brühe gleiten. Es zischte auf der Feuerstelle, gleichzeitig ertönte das Gluckern der Flasche, aus der sich der Auer nachschenkte.

Seine Augen waren bereits glasig, sein Schädel rot, an den Schläfen quollen die Adern. Die Magd wußte, daß der Witwer seit dem Morgengrauen, seit die bucklige Eckhin und ihr gelbäugiger Alter hier aufgetaucht waren, trank, und allmählich bekam sie es mit der Angst zu tun.

Sie wußte nicht, was im Morgengrauen zwischen dem Buckel und dem Auer gesprochen worden war, aber sie ahnte, daß es gut wäre, wenn sie den Bauern auf andere Gedanken bringen könnte, und während ein weiterer Gewichster in die Brühe glitt, sagte sie: »Wir kommen gut aus mit dem Korn in diesem Winter. Gehört hab' ich aber, daß sie drinnen im Vorwald schon Körner aus den Hamsterverstecken im Feld graben müssen.«

Der Auer, fünfzigjährig, grauhaarig, stöhnte nur. Der Schnaps brannte ihm in der Kehle, er würde sich übergeben müssen, wenn er weitertrank, trotzdem kippte er das nächste Glas.

Die Magd sah es und dachte an den vergangenen Sommer, als die Auerin bereits siech in ihrer Kammer gelegen hatte. Damals hatte der Bauer sie, das Küchenmensch, auf dem Getreideboden abgepaßt, ihr den Rock gestemmt und sie bäuchlings über den Gerstenkasten gelegt. Hergenommen hatte er sie ohne ein Wort, aber noch jetzt erinnerte sich die Magd an sein erleichtertes Grunzen nach Monaten an der Seite einer

Kranken, und das gab ihr jetzt den Mut, zu ihm zu gehen und ihn direkt zu fragen: »Was hast denn? Was hat das Buckelweib dir in der Früh gebracht, daß'd seitdem an der Schnapsflasche hängst?«

Zuerst schien es, als wolle der Auer sie wegstoßen, aber dann griff er auf das Brett über der Bank und holte täppisch auch für die Küchendirn einen Stamper herunter. Er füllte sich und ihr öligen Fusel auf, er kippte, sie nippte, dann hustete sie und wiederholte: »Was hast' denn?« Sie leerte den Stamper und setzte hinzu: »Daß es der Buckel mit dem Teufel treibt, hab' ich immer gewußt.«

»Sollst so etwas nicht sagen«, äußerte sich nun endlich auch der Auer. »Die Eckhin ist ein gottesfürchtiges Weib, kann so wenig für ihren Höcker wie du oder ich. Ist so gottesfürchtig, daß sie dank der Kathrin Grueber einen Blick in's Fegfeuer hat tun dürfen, und dort hat sie meine Margaret gesehen. Hat gesehen . . .«

»Was?« schrillte die Magd und ließ den Schnapsstamper fallen, daß er über die Dielen rollte. »Alle Heiligen loben Gott, den Herrn. Schweig, Bauer! Tu dich nicht versündigen!«

Aber jetzt konnte der Auer nicht mehr an sich halten. Beide Hände um die Schnapsflasche gekrallt, schrie er: »Hat gebrannt bis zum Hals, meine Margaret, und haben's die Teufel mit ihr mit einem feurigen Zipfel getrieben.«

Die Magd preßte sich die Fäuste auf beide Ohren und polterte aus der Küche. Draußen schlug der Hund an. In sein Kläffen mischte sich schrilles Kreischen: »Heilige Muttergottes, voll der Gnaden, erbarme dich unser . . .«

»Ja, erbarm dich unser«, wiederholte Johann Auer mit schwerer Zunge und erinnerte sich daran, wie er als vierjähriger Bub einen toten kroatischen Reiter in der Donaumarsch gesehen hatte, in dessen blutiger Brustwunde bereits die Maden krochen. Dieses Bild hatte ihn sein ganzes Leben verfolgt, er hatte es dennoch ertragen können. Aber das andere Bild, das ihm an diesem Morgen die bucklige Eckhin gezeichnet hatte, das ertrug er nicht. Schuldgefühle quälten ihn, weil er es im letzten Sommer mit der Magd getrieben hatte, als seine Margaret bereits siech auf dem Strohsack gelegen hatte. »Und jetzt muß sie meine Sünden feurig büßen«, murmelte er verwirrt. »Weil sie mich ins Loch der anderen getrieben hat, weil ich die Sünd' nicht einmal gebeichtet hab'.«

Er trank wieder, jetzt gleich aus der Flasche, in seinem Schädel raste es, alles war verdreht, dann ein klarerer Augenblick. »Aber die Margaret war doch unschuldig«, stöhnte er. »Ich bin der Sünder, nicht sie.« Und dachte weiter: Aber ein Fleisch, ein Leben – so hat es der Pfaff, bei der Kopulation gesagt. Meine Sünden gleich wie die ihrigen. Mein Fleisch versündigt, und so brennt nun das ihrige bis in die Ewigkeit ...

Er trank, dann kippte er von der Bank und schlug schwer mit dem Schädel auf. Feurig wurde alles, und über allem war ein Teufel mit feurigem Schwanz auf seiner Margaret.

So fanden ihn die Magd und der rasch herbeigeholte Knecht, und sie schlugen mehrmals das Kreuzzeichen über ihn, besprengten ihn mit Weihwasser und trugen ihn in seine Kammer.

Die Eckhin hatte diesen ganzen Tag über ihr Maulwerk gewetzt, und in dieser Nacht trafen sich in der Kate der Gruebers mehr Menschen als je zuvor.

Geschäftig heimste die Grueberin ein. Während im Vorwald aus Not Hamsterbauten aufgegraben wurden, konnte sie hamstern in Fülle. Im ganzen Dorf war die Geschichte mit der gepeinigten Auerin herumgekommen, und nun ließen die Menschen die Grueberschen raffen und drängten sich in der Dienstbotenhütte, denn der Kitzel hatte sie gepackt, und nun konnten sie ihn nicht mehr missen.

Dunkelheit in der Kate, zusammengedrängte Menschen, Mief, Keuchen und Dünste aus den verschiedensten Körperöffnungen. Katharina wiederum kauernd, sich wiegend, seitlich neben ihr der alte Grueber. Der hatte an diesem Tag lange mit seinem Kind und der Grueberschen getuschelt, jetzt umklammerte seine Hand den ungefügen Hammer.

»Fragt's«, rief er in das miefige Dunkel, während Katharina sich bereits schneller wiegte, wiederum vom Jumpfengranz und gepeinigten Seelen zischelte und flüsterte. »Fragt's die Seel', und wenn sie ja meint, wird sie zweimal pumpern, meint sie nein, pumpert's einschichtig. Fragt's jetzt, fragt's!«

Ein Fischerweib aus den Pfatterer Donaumarschen kratzte allen Mut zusammen: »Ist mir die Bas' gestorben im vorletzten Winter. Die Änn von der Erlhütten. Änn, kannst mich hören, Änn?«

Hart, heftig hieb der Grueber zweimal den Hammer gegen einen Wandbalken. Zusammengedrängte Menschen stöhnten.

Das Fischerweib keuchte. Fragte, kaum vernehmbar: »Bist im Himmel, Änn? In der Seligkeit?«

Einmal nur, bösartig, pumperte der Grueber.

»In der Höll?« fistelte das Fischerweib, furzte vor Angst, bemerkte es nicht.

Gnädig ließ der Grueber den Hammer einmal donnern.

»So bist im Fegfeuer, Änn?«

Jetzt schrie Katharina auf und faselte wiederum von den Peinteufeln, den Geiern, von den Heerscharen unerlöster Seelen, und hinein in ihr wüstes Gestammel pumperte zweimal der Grueber.

»In der Vorhöll', in der Peinhöll'«, jammerte das Fischerweib. Im Hintergrund begannen sie einen Rosenkranz zu leiern.

»Brennst?« rief das Fischerweib. »Bis zum Hals?«

Einmal pumperte der Grueber.

»Bis zur Brust?«

Ein einziger Hammerschlag.

Hoffnungsvoller: »Brennst bis zu deiner Weiberschand?«

Erlösend der einzige Hammerschlag.

»Bis zum Knie?«

Da hieb der Grueber gnädig den Hammerkopf zweimal gegen den Hüttenbalken.

»Alle guten Geister loben Gott, den Herrn«, schrie das Fischerweib erlöst, und der Grueber, ein frommer Betrüger, ließ den Hammer im Crescendo toben, unterstrich so das Gebet, unterstrich die Litaneien, die die anderen in den Katenmief zischelten: »HerrJesusAmKreuz, ChristiWundmale, MuttergottesGebenedeit.« Aufruhr in der Kate, religiöse Verzückung, ein Schwall, etwas ganz und gar Mitreißendes, unwiderstehlich, und der Grueber umklammerte seinen Hammer und wußte nichts mehr davon, und Katharina wiegte sich verzückt, und gegenwärtig war die arme Seele und fast schon erlöst, und taumelnd, keuchend feierten die Taglöhner und Bauern das Mysterium.

Mittendrin, tief drinnen in dieser Hysterie, Katharina. Geborgen fühlte sie sich und wichtig. Es quoll ihr süß durch die Adern, stieg heiß hoch bis zur Kehle, dann der Schrei: »Die Auerin! Bittet's für die Auerin, die arme Seel', die unerlöst' Seel'! Die Auerin brennt über die Zehen und die Knie hinaus, die brennt bis hin zu ihrer Weiberschand, und sieben Teufel sind's heut über ihr. Hat jeder sieben Spitzen an sei'm Feuerzipfel . . .«

Und während sie jammerten und stöhnten, daß das Vieh im Stall nebenan zu toben begann, während die eine Seele schon fast erlöst war, die andere aber Unaussprechliches erdulden mußte, hieb der Grueber, völlig unbewußt jetzt, siebenmal mit dem Hammer gegen den Katenbalken, und alle begriffen entsetzt diese Botschaft.

Wieder war die bucklige Eckhin im Morgengrauen auf dem Auer-Hof aufgetaucht wie ein böser Geist. Der Bauer, körperlich verwüstet von den Nachwirkungen des Fusels, hatte sie im Kienlicht wütend angestarrt, als sie von den sieben Peinteufeln zu faseln begonnen hatte. Als die Eckhin dann noch mehr gesagt hatte, da hatte der Auer die Beherrschung verloren.

»Satansbuhlin!« schrie er den Buckel an; Saueres, Ekliges quoll ihm dabei in der Kehle. »Du hast meine Margaret verschimpfiert, du und das Grueber-Dirndl, die arglistige Hex'. Gestern hab' ich mich besoffen, weil ich dir geglaubt hab', was der Gruebersche Balg in seiner Boshaftigkeit ausgespuckt hat. Aber diese Nacht bin ich wachgelegen und hab' nachgedacht und immer wieder nachgedacht, Stund' um Stund'. Und da ist's mir inne geworden, daß es ein Teufelswerk ist, was ihr betreibt, du, Buckel, und die Gruebersche Hex'. Ein Teufelswerk, und vielleicht ist's gar aus deinem Höcker geschlagen, Eckhinsche Sau!«

Das Taglöhnerweib begann zu kreischen und wich zurück. Krächzte dennoch unter dem Türstock: »Die Kathrin ist keine böse Hex' und ich auch nicht. Aber wer weiß, wie's die tote Auerin getrieben hat. Die Kathrin ist ein heiliges Dirndl, aber sag' mir doch du, warum deine Wittib jetzt brennen muß, warum sie brennt, ihre Weibersch . . .«

Da feuerte der Bauer eine Holzschüssel nach der Buckligen, trieb sie so aus dem Haus, in den gefrorenen Morast des Hofes hinaus. »Pack's!« rief der Auer seinem Hund zu, und das struppige Vieh sprang in die Kette, würgte sich und überschlug sich jaulend.

Die Eckhin schoß vom Hofplatz, schief, mit wippendem Buckel, und in das Jaulen des Köters mischte sich die wütende Stimme des Bauern: »Nach Regensburg hinein geh' ich heut! Zu den Kapuzinern! Denen vermeld' ich, was ihr Hexenbrut treibt zu Geisling. Brennen sollt's! Du und die Gruebersche Hur'!«

Wie ein riesiger, unflügger Vogel flatterte und keuchte die Eckhin über die leeren Felder davon. Der Bauer aber suchte sich sein Gewand und seine Stiefel zusammen, um in die Tat umzusetzen, was er in seinem Zorn und Schmerz soeben dem Buckel zugerufen hatte. Er würde nicht länger dulden, daß das Andenken seines gutes Weibs besudelt wurde von einer Hexe und einer Verwachsenen, und er war sich sicher, daß die Regensburger Kapuziner ihm beistehen würden. Schon zu seines Vaters und Großvaters Zeiten hatten sie den Besessenen die Teufel ausgetrieben, so wie es in der Bibel geschrieben stand, und wenn auch dies nicht geholfen hatte, dann hatten die Satanshuren eben brennen müssen.

Brennen wie die Margaret, schoß es dem Auer durch den Kopf, aber rasch verdrängte er diesen Gedanken wieder. »Mein Weib ist in der Gnad' verstorben«, murmelte er zornig. »Die brennt nicht im Peinfeuer, die Margaret. Aber andere. Aber andere . . .«

Fünf Stunden lang stiefelte er donauaufwärts, einen Kanten Brot im Sack und einen Streifen Speck, hielt sich auf dem alten Treidelpfad hart am Ufer des zu dieser Jahreszeit wenig Wasser führenden Stromes. Wenn überfrorene Wasserlachen auf dem Weg spiegelten, trat er so heftig hinein, daß es splitterte. In den Dörfern, durch die er kam, grüßte er keinen Menschen.

Als auf dem anderen Ufer die zerstörte Feste Donaustauf auftauchte, blieb er stehen und drohte mit der Faust hinüber. »Da habt's den Jörg Grueber verrückt gemacht«, knurrte er. »Der war von der Drud gedrückt seiner Lebtag lang. Und jetzt ist die junge Grueberin eine Hex'. Dort drüben ging's an. Weil der Jörg auf die satanischen Schweden getroffen. Die Heiden . . .«

Er schlug sein Wasser ab angesichts der geschwärzten Mauern, und dabei fiel ihm ein, daß die Grueberschen hätten gestraft werden müssen, weil der Soldknecht Jörg die Feste des Bischofs nicht tapfer genug gegen die Schweden verteidigt hatte, damals vor fast sechzig Jahren. Das würde er auch den Kapuzinern erzählen, nahm er sich vor, als er den Hosenlatz schloß. Dann stapfte er weiter. Alles erschien ihm jetzt sehr klar.

Gegen Mittag erreichte er die Reichsstadt; klotzig stand vor ihm das Ostentor in der Mauer, mit wuchtigen Zinnen und engem Durchweg. Die beiden Stadtknechte beachteten ihn gar nicht. Er schritt durch die taubenverschissene Höhle, wich dahinter einem Fuhrwerk aus, dann einem gepanzerten Reiter, der mit Depeschen nach Straubing unterwegs war. Links und rechts der Ostengasse schmalbrüstige Handwerkerhäuser. Zu dieser Jahreszeit nur wenig Betrieb auf den vorgelagerten Verkaufsflächen. Doch von drinnen, aus den ebenerdig untergebrachten Werkstätten, hörte der Geislinger Bauer das Schrillen von bearbeitetem Metall, Hämmern, Feilen. Dazwischen Schelten, Singen, ein Wassergefäß, dessen fauliger Inhalt vom ersten Stock herunter in die Gasse klatschte. Vor dem Tor des Kapuzinerklosters, auf der Donauseite der Ostengasse, suhlte sich eine Sau im Kot.

Johann Auer schuf sich mit einem Fußtritt Bahn, hüstelte, weil der erstickende Holz- und Kohlenrauch hier in der Stadt seine Bronchien reizte, und betätigte den schmiedeeisernen Klopfer am Tor, bewunderte ihn gleichzeitig, denn er zeigte den Reichtum des Ordens an.

Das Pförtnertürchen öffnete sich, und grunzend trollte sich die ohnehin schon aufgestörte Sau. »Gelobt sei Jesus Christus — was willst, Dörper?« redete der Laienbruder drinnen den Bauern an.

Der schlug zunächst je ein Kreuz über Stirn, Mund

und Brust, erwiderte dann: »Jesus Christus, gelobt! Komm' vom Land herein, von Geisling in der Pflegschaft Pfatter. Und ich muß einen der Hochwürdigen Herrn Patre . . .« – er verhaspelte sich – »Patern sprechen.«

»Die werden gerade auf dich warten«, erwiderte der Laienbruder ungnädig. »Außerdem halten sie sich jetzt in der Kirche auf, beten gerade die Sext.«

Johann Auer bekreuzigte sich abermals, und der Pförtner blickte etwas milder. »Sag mir's, warum du einen der hochwürdigen Patres willst. Wenn's bloß ums Beichten ist, so geht's drüben bei den Minoriten« – er deutete nach Süden – »leichter.«

»Ich muß nicht beichten«, beteuerte der Auer. »Aber bei Sankt Peter, einen Pater muß ich haben, weil es um die Seel' meines verstorbenen Weibes geht. Zu Geisling treibt eine Hex' ihr teuflisches Spiel mit meiner Margaret. Ich schwör's beim Apostel!« Und er schielte nach Südwesten, wo sich in geringer Entfernung der doppelte Stumpfturm des Petersdoms über der Stadt erhob, von Dohlen umschwirrt, zwei massige Rammböcke über den Menschen. »Die Gruebersche Dirn sagt, sieben Teufel würden mein armes Weib im Peinfeuer hobeln«, setzte er hinzu.

Der Pförtner, ein Bauernbursche aus dem Korngäu, fuhr erschrocken zurück. »Sieben Teufel, sagst? Eine Hex', sagst? Zu Geisling, sagst?« Er schlug die drei Kreuze, schneller, als der Auer es je fertiggebracht hätte. »Jetzt glaub' ich wirklich, daß du einen der Patres brauchst. Wart ein Weilchen . . .«

Er schlug auch den unteren Laden der Mannpforte zurück, und Johann Auer konnte in den Klosterhof schlüpfen. Er fand sich in einem kleinen Garten wieder, jetzt ohne Grün, aber von einigen Taxushecken gesprenkelt, ringsum Gebäude, der Kreuzgang, Mauern, der Kirchturm darüber mit zwiebelförmigem Glockenstuhl. Aus dem Gotteshaus tönte verwaschen das gregorianische Sumsen der Mönche, eintönige, kältespröde Bässe.

Der Pförtner wies auf eine Steinbank unweit des Kreuzganges. »Da kannst du dich hinsetzen«, sagte er. »Wenn die Fratres und Patres von der Sext kommen, will ich dich anmelden.«

Johann Auer nickte dankbar, fühlte sich plötzlich seltsam erleichtert und kramte Brot und Speck hervor. Seine Zähne rissen am harten Roggengemenge, sein Messer schlitzte in durchwachsenes Fett.

Der Pförtner stand noch immer da, hatte die kleinen Augen zusammengekniffen, wiegte den Schädel auf massigem Nacken. »Eine Hex', sagst, bei euch zu Geisling? Da wird man exorzieren müssen – und wenn's nicht hilft, dann brennen. – Ist's ein junges Weibsstück? Ein altes? Hat's Male in der Fratzen? Braune? Haarige? Oder anderswo?«

»Es ist die Gruebersche Dirn«, antwortete der Auer kauend und schlingend, »zwölfjährig, aber es könnt gut sein, daß auch die bucklige Eckhin mit im Spiel ist, eine alte Taglöhnervettel.« Das Messer riß im Speck, löste eine braunrote Faser.

»Zwölfjährig«, flüsterte der Pförtner hingerissen. »Das ist lang her, daß eine solche gebrannt hat. Vor zehn, zwölf Jahren, zu Ingolstadt. Hat das Teufelsmal gleich neben dem Nabel gehabt. Einer von den dortigen Jesuiten hat's herausgefunden. Hat's mit der Nadel versucht. Ist kein Blut geflossen. Da hat die Hexendirn brennen müssen. – Und die eurige, sagst, treibt's auch mit dem Teufel?«

»Daß sie ins Fegfeuer blicken könnt, behaupten die Leut'«, erwiderte der Auer kauend. »Und sie sieht, wie es dort die Teufel mit den armen Seelen treiben. Wie sie meine Margaret schänden. Das muß doch Hexenwerk sein, nicht?«

»Muß wohl, muß wohl«, murmelte der Pförtner. »Man weiß von keinem Heiligen, daß ihm eine solche Fähigkeit zuteil geworden wär'. Ja, ja, Dörper, ja, ja, da hat gewiß der Höllische seine Krallen im Spiel. – Und die andere, die mit dem Buckel? Hast du gesehen, wie ihr eine schwarze Katz' aus dem Höcker gesprungen ist?«

Der Auer schauerte zusammen. »Nichts hab' ich gesehen. Hab' die Eckhin von meinem Hof gejagt, heut' beim Morgengrauen. Hab' ihr den Hund aufgehetzt. Aber es könnt' sein, könnt' wohl sein – die schwarze Teufelskatz' im Buckel . . .«

Er steckte den Rest seiner Mahlzeit weg. Es schmeckte ihm nicht mehr.

»Ja, sollst fasten und beten«, riet ihm der Pförtner. »Hast das Böse nah an dich herangelassen, viel zu nah. Aber bist vielleicht noch rechtzeitig zu uns Kapuzinern gekommen. Bet jetzt, und wenn die Brüder aus der Kirche kommen, ruf' ich dich.«

Damit verschwand er in seiner Torstube, und der Auer blieb allein auf seiner Steinbank sitzen. Er krampfte die Hände ineinander und murmelte die lateinischen Fetzen, die er in der Geislinger Kirche aufgeschnappt hatte. Es klang nicht anders als bei Katharina Grueber, wenn sie in Verzückung fiel. Sinnlose Verballhornungen, von der Angst und der Hilflosigkeit eingegeben. Aber es half. Johann Auer fühlte sich bald betäubt und durfte vergessen, und als der Pater ihn rief, da schrak er zusammen.

Der Kapuziner stand im Kreuzgang. Dichter Bart unter langer spitzer Kapuze, den Leib vom kastanienbraunen Habit verhüllt, um die Lenden einen weißen Strickgürtel, daran der Rosenkranz. Seine dunklen Augen blickten nicht mild, Franziskus war vergessen, glühende Pfeile schossen auf den unterwürfig herankommenden Zinsbauern. »Da habt ihr also eine Hexe zu Geisling, ihr Sünder!« Mit diesen Worten schmetterte der Kapuziner den Johann Auer zunächst einmal nieder.

Der wußte nichts anderes, als sich zu bekreuzigen und auf die Knie zu fallen.

Der Pater ließ ihn so liegen, während er seine Befragung durchführte. Seine Kniescheiben schmerzten auf dem eiskalten Pflaster, während Johann Auer stammelte, zögerte, klagte. Kaum eine der Fragen des Kapuziners begriff er wirklich; sie donnerten auf ihn herab und schüchterten ihn nur ein. Aber zuletzt vernahm er den Befehl aufzustehen. Es gelang ihm mit halb erfrorenen Knien nur schlecht. Als ihm aber der Kapuziner den Tag nannte und die Stunde, da er mit einem Bruder nach Geisling kommen würde, fühlte sich der Auer erleichtert.

Er wartete noch eine Weile und empfing dann den Brief an den Pfarrer von Geisling, den er noch heute bei Strafe an Leib und Leben auszuhändigen hatte. Zuletzt rannte er fast durch die Pforte hinaus in die Ostengasse, passierte das Tor und machte sich mit verwirrtem Kopf auf seinen fünfstündigen Heimweg. In derselben Nacht trafen sich die Dörfler wiederum in der Grueberschen Kate, doch diesmal fanden sie Katharina auf ihrem Strohlager. Das Mädchen fieberte, phantasierte und weigerte sich, erneut mit der Auerin und den Seelen der anderen in Verbindung zu treten. Auch jetzt wiegte sie sich wieder, doch in heftiger Abwehr. Die Alten freilich sahen die Bündel, die die Geislinger mitgebracht hatten, witterten Braten, Geräuchertes und Dörrobst, und der alte Grueber zwang Katharina, mit der Litanei zu beginnen.

Fieberheiß gehorchte sie und beschwor einem Leibeigenen aus dem Vorwald dessen verstorbenes Weib. Der Hammer des alten Grueber malträtierte in der Finsternis die Katenbalken, und um der Verstorbenen möglichst nahe zu sein, kroch der Leibeigene zu Katharina auf den Strohsack, griff nach fieberheißem Fleisch, drängte sich an warme, dünne Schenkel, mischte wundergläubig seinen Bocksbrodem mit Katharinas sauerem Schweißgeruch.

Einige bekamen mit, was sich auf dem Strohsack abspielte, bemerkten auch, wie Katharina widerwilliger in beschwörerischer Verzückung sich wiegte, sich wand, wie sie sich mit brechender Stimme flüchtete in Jumpfengranz, Allsündiger und Domkron. Doch niemand muckte auf, denn wiederum donnerte der Hammer des alten Grueber; ein weißes Tuch ließ sein Weib durch das Dunkel flattern, um die Seele der Verstorbenen noch greifbarer zu machen, und Katharinas machtvolle Litanei wurde von der Gemeinde beantwortet mit gefisteltem »UnserAllerSünd'« und gebrülltem »Blut-

ChristiSeiUnsGnädig«. Auf dem Höhepunkt der Gespensterbeschwörung, als die Mitternacht sich bereits näherte, schlich draußen der Auer vorbei, müde von zehnstündigem Fußmarsch. Er hörte den satanischen Lärm und bekreuzigte sich, eifriger noch, als er es im Kloster getan hatte. Aber erst, als er ein gutes Stück zwischen sich und die verfluchte Kate gebracht hatte, murmelte er wütend und schadenfroh: »Treibt's nur mit dem Teufel. Treibt's noch eine kleine Weil'. Sind aber erst die Kapuziner im Dorf, wird's für den Leibhaftigen Maulschellen setzen – und brennen wird Geisling!«

März 1689

»Als nun die HH. Capuciner von Regenspurg herauß gewesen, und Ire Benediction mit Rauch, Teufels-Gaisln, Weychbrunn, so anderem, beim Tag gebraucht, hat sich gar nichts gemeldt. Auf befragen der HH. Capuciner, was für ein Geist das seye, das Dientl vermelt: Die Hannß Aurin. Die HH. Capuciner: wie khanst du es wissen? Das Dientl: Sye hats gesagt, es seys.
Die HH. Capuciner: das Dientl sey gar zu schlecht, und hat khain ansehen zu einer Geist erlesung.«
(Aus den Protokollen des Geislinger Hexenprozesses)

Der Kapuzinerpater ritt auf einem schmutzfarbenen Maultier; Frater Franz folgte ihm, so gut es in strohgestopften Sandalen ging, zu Fuß. Als sie Geisling erreichten, zitterte Pater Korbinian vor Kälte, während eine Blase an der rechten Ferse des untergeordneten Fraters übel zu bluten begonnen hatte.

Den schlammigen Weg vom Pfarrhof her lief ihnen Hochwürden Raimund Felß entgegen. Es war später Nachmittag, und über der Donau trieben dunkelgeränderte Regenwolken.

Der Dorfpfarrer buckelte vor dem Kapuzinerpater, nickte dem Frater zu. »Kommt schnell in den Pfarrhof«, forderte er dann die beiden Regensburger auf. »Es kann jeden Augenblick zu schütten beginnen.«

Die Kapuziner, bärtig unter spitzen Kapuzen, schlugen das Kreuzzeichen gegen den Dorfgeistlichen, und der Pater murmelte einen Dank. Felß griff nach dem Zügel des Maultiers, zerrte es der Kirche, dem danebenliegenden, geduckten Pfarrhof zu. Der Knecht kam heraus und war Pater Korbinian beim Absitzen behilflich, verschränkte die Unterarme zum Steigbügel, kroch vor dem Geweihten. »Nicht mir, sondern dem heiligen Franziskus dienst du«, murmelte Korbinian und ließ das Knie schwer in die Armschranke fallen.

»Ins Haus!« drängte der Pfarrer, während der Knecht das Maultier wegführte.

Als die drei Gottesmänner durch die niedriggewölbte Tür traten, peitschte ein jäher Regenschauer los. Die Donaumarsch, das Dorf wurden dunstig, waren nur noch in vagen Umrissen schemenhaft zu erkennen. Die Nüstern des Paters und seines Begleiters blähten sich, als sie in der Diele den Duft des Glühweins rochen. Im Dämmer der Pfarrstube lastete schwer ein halbmannshohes Kruzifix über der Szene. Unterhalb des Gekreuzigten saßen die geistlichen Herren und der Frater vor dampfenden Zinnbechern. Der Laienbruder hatte die rechte Sandale abgestreift und dehnte den schmerzenden Fuß vorsichtig in der Wärme.

»Der Auer hat Euch also meinen Brief gebracht«, wandte sich Korbinian an den Dorfpfarrer.

»Wie Ihr es ihm befohlen habt«, erwiderte Felß. »Er gab das Schreiben noch denselben Tag hier ab, da er bei Euch im Kloster bittstellte.«

»Und was haltet Ihr von der ganzen Angelegenheit?« wollte der Kapuziner wissen.

»Die Grueberschen sind einfache Leute, zählen zu den Ärmsten in Geisling«, antwortete vorsichtig der Pfarrer. »Und die Katharina ist noch niemals unliebsam aufgefallen. Eine zwölfjährige Dirn.« Er wurde mutiger. »Ich habe sie selbst getauft. Am Namenstag der Heiligen. Und ich weiß nicht, ob . . .«

Der Pfarrer brach ab und widmete sich seinem Becher. Der Laienbruder warf einen scharfen Blick auf den Pater. Der wiederum nickte, fast unmerklich. Eine Falte vom Nasenflügel zum Mundwinkel vertiefte sich.

»Ihr glaubt also nicht daran, daß die Katharina Grueber verhext ist?« fragte er den Pfarrer herausfordernd.

»Das habe ich nicht gesagt«, erwiderte Felß schnell. »Wahr ist's schon, daß seltsame Dinge in der Grueberschen Kate vorgehen. Zusammenrottungen jede Nacht. Schreie, Winseln, Klopfen, das man im ganzen Dorf hört.« Wieder trank er. »Es heißt, daß ihnen die Seele der verstorbenen Auer-Bäuerin erscheinen soll . . .«

»Und Ihr habt da nicht eingegriffen?« wollte nun der Frater wissen, stellte die Frage wütend noch vor seinem Vorgesetzten.

»Ich hätte Euch selbst nach Regensburg geschrieben, wenn der Auer nicht bei Euch vorgesprochen hätte«, verteidigte sich Felß. »Aber ich wollte zunächst beobachten, beten, beim Herrgott einen Rat suchen. – Was weiß ich denn schon von Hexenzauber und Teufelswerk? Und Ihr werdet zugestehen, daß man als Dorfpfarrer ohne Kaplan viele Pflichten hat. Mehr Pflichten manchmal, als man packen kann, gerade jetzt im Spätwinter: die vielen Sterbefälle, die Aussegnungen, und die Hinterbliebenen wollen getröstet werden. Freilich, jetzt, wo Ihr hier seid, begreife ich schon, daß man etwas tun soll.«

»Dann wäret Ihr also einverstanden mit dem Exorzismus?« fragte wiederum der Frater.

Ehe Felß antworten konnte, mischte sich aber Pater Korbinian ein: »Lassen wir das zunächst einmal. Was ist mit der Eckhin, über die der Auer ebenfalls klagte? Das ist doch dieses Buckelweib, nicht?«

»Die Elisabeth Eckhin«, Felß lachte, fast befreit. »Die tratscht seit dreißig Jahren im Dorf herum. Sieht Gespenster, wo es wahrhaftig keine gibt. Ist auch inbrünstig im Glauben. Einmal habe ich sie aus der Kirche weisen müssen. Sie hatte den Kreuzweg knieend heruntergebetet, wieder und wieder, bis sie blutete. Die Eckhin ist ein harmloses, armes Mensch. Hat stets unter ihrem Buckel zu leiden gehabt, wurde verlacht und verspottet, mußte den häßlichsten Kerl im Dorf zum Gemahl nehmen, den gelbäugigen Benedikt. Aber daß der ihr jemals bene getan hätte . . .« Der Pfarrer lachte dünn über seinen schwachen Witz. Korbinian verzog den einen Mundwinkel. Frater Franz lauerte und wirkte unwillig, als sein Vorgesetzter sagte: »Gut, daß die Buckel oftmals nicht ganz richtig im Kopf sind, wissen wir alle. Lassen wir also die Elisabeth Eckhin. Wir wollen die Sache nicht mehr aufbauschen als nötig. Die Gruebersche Dirn aber behauptet wirklich, daß sie mit der Verstorbenen in Verbindung sei? Bestätigt es mir noch einmal, Hochwürden!«

»Das sagt sie selbst, und viele im Dorf wissen es auch«, antwortete Felß nickend.

»Ihr ratet also zum Exorzismus?« Den Oberkörper vorgebeugt, sprungbereit, stellte Frater Franz erneut die Frage.

Der Dorfpfarrer spielte mit seinem Becher, drehte ihn, um spannte ihn mit derben Fingern. Das Zinn knackte scharf. »Ich rate dazu«, sagte er dann.

»So schickt heute noch Euren Knecht nach Pfatter zum Pfleger«, befahl Pater Korbinian. »Er soll sich morgen früh hier einfinden. Ich möchte den Vertreter des Kurfürsten als Zeugen beim Exorzismus haben.«

Kaspar Michel, der Pflegeamtsverwalter von Pfatter, fühlte sich an diesem Morgen unbehaglich. Seit er vor vier Jahren die Stelle in dem Marktflecken an der Donau, wenige Meilen östlich von Geisling, angetreten hatte, war es ihm vergönnt gewesen, ein vergleichsweise ruhiges Leben zu führen. Seine Arbeit hatte sich meistens im Anlegen und Vervollständigen der Steuerlisten erschöpft. Regelmäßig hatte er die Markttage genehmigt und nur sehr selten einmal das niedrige Gericht einberufen. Dort hatte er aber härtere Strafen als Geldbußen oder Stäupen niemals verhängen müssen. Es hatte keinen einzigen schweren Fall in seinem Amtsbereich gegeben, und wenn doch, dann wären solche Delikte ohnehin in der Stadt Straubing geahndet worden. Vor allen Dingen aber hatte der Pfleger noch nie mit einer Besessenen oder gar einer Hexe zu tun gehabt, und deswegen bedrückte ihn die Botschaft, die am gestrigen Abend der Knecht des Geislinger Pfarrherrn gebracht hatte.

Noch immer hatte Kaspar Michel die Worte des Dienstboten im Ohr: »Zwei Kapuziner aus Regensburg. Im Sack am Maultiersattel die Werkzeuge für die Teufelsaustreibung. Und stechende Augen unter den Kapuzen. Der Pfarrherr selbst hat Furcht. Ich hab's ihm deutlich angesehen. Und Ihr, Herr, sollt gewappnet und gewaffnet zur Austreibung erscheinen!«

Kaspar Michel fühlte sich unbehaglich, aber nicht

nur, weil man ihn in seiner amtlichen Eigenschaft nach Geisling gerufen hatte. Es gab noch einen weiteren Grund, und dieser quälte ihn weitaus mehr als der erste.

Anne, seine junge Frau, stammte aus Franken, aus der Coburger Gegend. Als er sie dort kennengelernt hatte, war sie verschüchtert und verängstigt gewesen. Erst viel später, als er Anne als sein Weib nach Pfatter gebracht hatte, war sie aufgeblüht. Denn sie mußte nicht länger in jenem Markt leben, in dem eine ihrer Tanten als Hexe gebrannt hatte. Angeklagt von einem Nachbarn, vom Pfarrer in die Fänge der Inquisition geschleudert, verkommen in der Hexenkaue am Fuß der Burgmauer, gefoltert und als ein zerschlagenes Bündel zum Scheiterhaufen gezerrt. Dann der Brechreiz erzeugende Geruch nach verbranntem, geröstetem Menschenfleisch.

Im ersten Jahr ihrer Ehe war Anne noch oft nachts hochgefahren, schweißgebadet, verängstigt wie ein geschlagenes Kind. Und dann hatte sie dem verstörten Gatten weinend erzählt, was sie als Zehnjährige mitbekommen hatte: den Feuertod der Hexe und später dann die Verachtung, war sie doch eine Verwandte der Verbrannten, sie und ihre ganze Familie. Anne war hübsch, doch in ihrer Heimat hatte sie keinen Mann finden können. Es war wie eine Befreiung und ein neues Leben gewesen, als Kaspar Michel gekommen war, sie gesehen, sich in sie verliebt hatte, als er auf das Gegeifer der Menschen nichts gegeben, sie zu seinem Weib gemacht und weggebracht hatte. In Pfatter, im kleinen Pflegschloß, hatte sie dann Frieden finden dürfen. Die Tochter des Notars, die über ihre Geschlechtsgenossinnen hinausragte, weil sie selbst Lesen und Schreiben gelernt hatte, war nicht länger verachtet. In Pfatter wußte niemand von dem Fluch, der ihre Familie getroffen hatte. Es hatte in dieser Gegend auch lange keine Hexenverfolgungen mehr gegeben.

»Und nun müssen die Regensburger Kapuziner in dieses verdammte Hornissennest stochern«, murmelte Kaspar Michel wütend, während er den Brustharnisch aus dem Kasten nahm und Anne rief. Denn allein würde er die verdeckt angebrachten Schnallen nicht schließen können.

Kaspar hatte seinem Weib in der Nacht gesagt, was ihn heute erwartete. Sie hatte verstört reagiert, und jetzt schien sie auch seinen Ruf überhört zu haben.

Der Pfleger nahm den Harnisch mit und verließ den Raum. In der Küche fand er Anne nicht, aber dann hörte er ein Geräusch aus seiner Schreibstube. Anne kauerte am Pult, hatte den Nacken vorgebeugt, die Schultern wie schützend nach oben gezogen und schien zu lesen.

»Was hast du da?« fragte Kaspar.

Sie fuhr herum, zeigte ihm ihr zerquältes Gesicht, die vom Weinen geröteten Augenlider. Mitleid und Liebe schnürten dem Pfleger die Kehle zu. »Was liest du da?« wiederholte er gepreßt und trat näher. In der Hand pendelte schwer der Harnisch.

»Das Buch, das mein Vater sich heimlich besorgte, das er mir schenkte, als ich mit dir wegzog«, antwortete Anne. »Du kennst es.«

»Das vom Spee? Vom Jesuiten?«

»Die Cautio Criminalis – Rechtliche Bedenken wegen der Hexenprozesse.« Anne übersetzte stockend und mühsam.

»Und das mußt du ausgerechnet jetzt hervorkramen? Du sollst dich nicht selbst quälen, mein Herzblut!«

»Dieses Buch quält mich nicht. Gerade heute will ich es in der Hand halten!«

Der Pfleger seufzte. »Hilf mir mit dem Harnisch«, bat er.

»Du willst wirklich reiten?«

»Ich will nicht. Ich muß.«

Das Buch, kleinformatig, unauffällig gebunden, blieb aufgeschlagen auf dem Pult liegen. Anne tat ihre Pflicht. Der Oberkörper ihres Mannes, den sie noch wenige Stunden zuvor nackt an ihrem eigenen gespürt hatte, verschwand hinter gewölbtem Stahlblech. Anne stopfte das wollene Untergewand unter den Armöffnungen und am Hals fest, zwängte die Schnallen zueinander, mühte sich mit widerspenstigem Riemenzeug. Brust- und Rückenpanzer fügten sich aneinander. Der Pfleger reckte den Hals und rang nach Luft.

»Du hättest nach Geisling melden können, daß du krank bist«, sagte Anne.

»Der Pfarrersknecht hat mich gestern abend gesund angetroffen«, widersprach Kaspar. »Sie könnten wittern, daß ich von dem ganzen Hexenzeug nichts halte. Könnten dich und mich in Verdacht bekommen. Könnten sich gegen uns selbst wenden. Nein, ich muß reiten.«

Er schnürte den Bund der ledernen Kniehose fest und ging auf Wollstrümpfen zurück in den Schlafraum.

Anne folgte ihm. Jetzt versuchte sie nicht mehr, ihn aufzuhalten, sondern war ihm behilflich, in die schenkelhohen Stulpenstiefel zu fahren.

Der Pfleger stampfte mit den Absätzen auf, fluchte, als Leder und grobe Wolle ihm die Fersen zwängten. Dann nahm er den Stoßdegen vom Wandhaken, legte sich das schärpenartige Gehänge über rechte Schulter und linke Hüfte. Den visierlosen Helm, eine altertümliche Schallern, behielt er noch in der Hand. Er küßte Anne; als er spürte, wie ihre Lippen sich ihm nicht öffnen wollten, sagte er: »Ich werde mich bemühen, daß es für die Dirn glimpflich abgeht.«

Anne preßte seine Hand und schwieg.

Kaspar setzte sich den Helm auf, vom Scheitel bis zu den Schultern nun ein einziger Schwung aus Eisen. Als er nach unten ging, klapperte die Schwertscheide auf den hölzernen Stufen. Im Hof des Pflegschlößchens wartete bereits der Stallknecht mit der gesattelten Rottaler Stute. Absichtlich hatte Kaspar Michel das Roß seiner Frau befohlen. Er wollte an diesem Tag nicht auf seinem eigenen schweren Streithengst nach Geisling reiten. Auf diese Weise drückte er seinen Protest aus.

Er schwang sich in den Sattel, trabte an, und die gegen ihre Flanke klatschende Degenscheide trieb die Stute rasch zum Galopp.

Im Pfleghaus kehrte Anne zu ihrem unscheinbar gebundenen Buch zurück.

In der Grueberschen Kate, hinter dem türseitigen Fenster, ballte sich ein zitterndes Menschengrüppchen. Links und rechts neben Katharina totenblaß Johann und Gertrud Grueber. Dahinter der siebzehnjährige

Sohn Balthasar, aufgesetzt trotzig, aber mit schweißnassen Händen und Unruhe in den Eingeweiden. Die übrigen vier Kinder zwischen den Beinen der Großen. Sie begriffen noch nicht, was geschah, nur das Unbehagen der Erwachsenen übertrug sich auf sie. Einigermaßen gefaßt, zwischen den Eltern, allein Katharina, die Zwölfjährige: steile Falte über der Nasenwurzel, der Mund verkniffen, fast kampflustig. Im Hinterkopf Gebete, verballhornte Beschwörungen. Ganz weit entfernt, dennoch irgendwie Schutz gewährend: Jörg, der Ahn.

Entlang des Wegs, der vom Pfarrhof zur Häuslerkate führte, drückten sich andere Gruppen von Dörflern um ihre Anwesen. Es hatte sich bereits am letzten Abend mit Windeseile im Dorf herumgesprochen, daß die Kapuziner eingetroffen waren, und in dieser Nacht hatte es keine Beschwörungen in der Grueberschen Kate gegeben. Manche der Geislinger hatten sich selbst verflucht, weil sie jemals dort gewesen waren. Man hatte sich flüsternd besprochen von Weib zu Mann, hatte geschworen zu leugnen, daß man jemals Geräuchertes, Eier, Brot zu den Hexenbuhlen getragen hatte. Die Eckhin war in dieser Nacht durchs Dorf gehuscht und hatte gefistelt, die Kathrin werde bald brennen. Kreuze waren verzweifelt geschlagen worden, Gebete hatte man sabbernd hervorgestoßen, Rosenkränze abgeleiert.

Aber die Angst war nicht geringer geworden. Jetzt, als der Zug vom Pfarrhof herankam, hockte sie in den meisten Fensterhöhlen, stak zwischen schiefen Türbalken, lauerte von den Dachböden. Aus hundert Augen glotzte die Angst auf den schlammigen Weg, den der Zug der Obrigkeit nahm.

Voran schritt der Dorfpfarrer im vollen Ornat, das Skapulier um den Nacken, in den gefalteten Händen das Kruzifix. Hinter ihm auf seinem Maultier der Kapuzinerpater, die kastanienbraune Kapuze tief über die Brauen gezogen, am Gürtelstrick pendelnd der Rosenkranz – eine Kette aus dunklen, abgegriffenen Kugeln, das Kruzifix selbst vom Geschlinge der blassen Finger des Paters begraben.

Einen halben Schritt hinter und neben dem Exorzisten Franz, der Frater. Seine Finger zupften und reihten die Male des Rosenkranzes, seine Augen schossen scharfe Blicke auf belagerte Fensterhöhlen. Zuletzt kamen nebeneinander der Pfatterer Pfleger und der Knecht des Pfarrherrn, der eine nach dem raschen Ritt mit schlammbespritzten Hosen, mit verschmutztem Harnisch, den Degen schwer an der Seite, der andere mit einem Weihwasserkessel bewaffnet. Kaspar Michel blickte abwesend, fast verstört. Am Weihwasserkessel hatte die Kälte der Kirche Flüssiges zu krustigem Eis gerinnen lassen.

Die fünf Männer erreichten unter unwägbarem Märzhimmel die Gruebersche Kate. Hinten, an der Abortgrube entlang, entwischte bucklig die Eckhin, floh an einer angebrochenen Krautmiete vorbei, ließ sich vom gärenden Geruch hinaus ins sichere Feld treiben. Der Dorfpfarrer erblickte sie, seufzte und schaute weg. Ob der Buckel doch an allem schuld sein könnte? Vom Leben mit Mißgunst geschlagen, Ausgleich suchend im Unwägbaren, Geheimnisvollen; auch darin, die Menschen gegeneinander zu treiben, sie aus der Sicherheit zu stoßen, ihr Leben dadurch dem eigenen, verdorbenen, verpatzten anzugleichen. Doch das behielt Felß für sich. Wenn er ehrlich war, dann hätte er lieber auch die Grueberschen verschont, aber nun wurde er von den Mönchen getrieben. Er konnte ihnen nicht mehr entkommen. Also löste er eine Hand vom Kreuz, das er trug, und stieß die Katentür auf.

Drinnen wich die Familie wortlos zurück an das andere Ende des ärmlichen Raumes, schlurfend die Erwachsenen, hastig die Kinder, langsamer und trotzig lediglich Katharina und ihr Bruder Balthasar. Das Mädchen stand genau an jener Stelle, an der es stets seine Beschwörungen durchgeführt hatte, und unbewußt, fast unmerklich, begann Katharinas Oberkörper sich zu wiegen.

Nur der Kapuzinerpater bemerkte es, tat einige schnelle Schritte auf Katharina zu und ergriff ihren Oberarm. Hinter ihm bildeten seine Begleiter einen Halbkreis: dunkel die Gewänder, hartkantig das Kruzifix des Pfarrers, metallisch mittendrin der Harnisch, die Schallern Kaspar Michels.

»Du bist die Kathrin?« fragte der Pater.

Er wartete das Nicken des Mädchens gar nicht ab und wandte sich sofort an die Eltern: »Eure Namen?« Gertrud Grueber antwortete unterwürfig für sich und ihren Gemahl, nannte auch die Namen der übrigen Kinder. Der Kapuziner wandte sich wortlos ab, zog Katharina mit sich durch die Stube, inspizierte jedes einzelne der wenigen Möbelstücke. An der Feuerstelle ließ er Katharinas Arm los, geduckt jetzt blieb das Mädchen, wo es war. Der Pater griff in den Rauchfang über dem Herd. Schinken kamen zum Vorschein, geräucherte Bauchstücke, zwei Armlasten voll. Gertrud Grueber stöhnte verhalten.

Der Kapuziner warf das Fleisch auf den Tisch, blieb wortlos, suchte weiter, aus versteckten Winkeln holte er Brotlaibe, Eierschwingen, frischgeschlachtetes Geflügel, Töpfe mit Milch und Eingemachtem hervor. Er sammelte stumm, aber die Anklage auf der Tischplatte wurde von Minute zu Minute beredter.

»Ihr lebt nicht schlecht«, sagte der Pater endlich, als er seinen Beutehaufen mit einem Batzen Gänseschmalz im Steinguttopf krönte. »Ihr lebt besser, viel besser, als Dienstleute es gemeinhin können.«

Der Pfarrer starrte auf die Lebensmittel. Er konnte seine Überraschung nicht verbergen. Selbst Kaspar Michel schien verwirrt, und die Nasenflügel des Fraters bebten wütend.

»Woher habt ihr das alles?« herrschte der Pater die alte Grueberin an. »Belüg mich nicht! Es wär' eine Todsünd'! Du weißt, ich könnte dein Beichtiger sein.«

»Es ist . . . es ist uns gebracht worden«, stotterte Gertrud und begann vor Angst zu schwitzen.

»Weil deine Tochter ihren Hokuspokus aufgeführt hat, nicht wahr?« Jetzt redete der Pater ganz ruhig. »Ihr habt die Menschen im Dorf hereingelegt, und sie haben für den Schwindel ihre Speisekammern geplündert. Ist's nicht so, Grueberin?«

Die Frau wand sich, aber Katharina sagte plötzlich mit fester Stimme: »Es ist kein Schwindel gewesen!« Mager stand sie da, mit strähnigem Haar; kampflustig der angespannte Körper.

»Es war also kein Schwindel.« Auch die Augen des Kapuziners blitzten. »Was war es dann?«

»Ich hab' die Auerin im Fegfeuer gesehen — und

auch andere aus dem Dorf«, erwiderte das Mädchen bestimmt. »Sie haben mit mir gesprochen.«

»Dann ist ein böser Geist in dich gefahren!« Der Vorwurf von Frater Franz kam schrill aus dem Hintergrund. Er drängte sich vor, deutete anklagend auf den Tisch und schrie noch lauter: »Und auch das da ist euch vom Bösen gekommen!«

»Still!« wies Pater Korbinian ihn zurecht. Und zu Katharina gewandt: »Du hast also wirklich die Toten gesehen, mit ihnen gesprochen? Wo geschah das?«

Katharina preßte die Lippen zusammen und antwortete dann: »Zuerst auf dem Friedhof. Schon vor Wochen. Zuerst mit meinem Ahn', dem Jörg. Dann mit der Auerin. Die hat mich angefleht, daß ich für sie beten soll. Daß ich sie erlös'. Dann ist's auch hier im Haus über mich gekommen. Zur Nacht. Wenn mich die anderen nach ihren Verstorbenen gefragt haben. Da hab' ich die Toten gesehen. Hab' aber nichts Böses getan. Wollt' ihnen bloß helfen. Die Leut' haben beten sollen für die armen Seelen.«

»Beten, ja — und euch das Naschwerk in die Hütte schleppen«, schimpfte der Pater.

»Ich hab's nie von einem verlangt«, gab Katharina trotzig zurück. »Hätte ich denn die guten Sachen zurückweisen sollen?«

»Hätten wir's verkommen lassen sollen?« schrillte die alte Grueberin.

»Ihr habt einen unheiligen Handel getrieben!« Der Pfarrer war empört, aber er sagte es nicht ohne Milde.

»Und Ihr?« schoß Katharina auf ihn los. »Nehmt Ihr nichts für Eure Seelenmessen?«

»Still, Kind!« Doch der alte Johann Grueber hatte

den Frevel nicht mehr verhindern können. »Sie lästert die Kirche«, schrie Frater Franz. »Ihr alle habt's gehört. Der Teufel spricht aus ihr. Jetzt muß der Exorzismus gebraucht werden!«

»In nomine domini – wir werden exorzieren!« Pater Korbinian sagte es mit schmalen Lippen und blassem Gesicht. »Holt die heiligen Geräte herein, Bruder Franz.«

Die alte Grueberin hatte zu wimmern begonnen, ihr Mann stand wie erstarrt da. Die Kinder, mit Ausnahme Katharinas und Balthasars, begriffen nichts.

Gertrud Grueber sank auf die Knie und rang die Hände gegen den Kapuziner. »Ihr könnt die Speis' haben, alles, was im Haus ist«, flehte sie.

Aber der Kapuziner stand da mit steinernen Zügen, beachtete sie nicht, musterte allein die reglose Katharina.

»Seid ruhig, es gilt nur der Tochter allein«, versuchte Pfarrer Felß die alte Grueberin zu beruhigen. »Und es ist nichts Böses dran, wenn die heiligen Geräte angewendet werden.«

»Schweigt!« verwies ihn der Pater streng. »Was entschuldigt Ihr Euch für das Heiltum der Mutter Kirche?«

Frater Franz war nach draußen gegangen und kam jetzt mit dem Sack zurück, der am Sattel des Maultiers gehangen hatte.

»Kniet nieder!« befahl der Pater. Er drückte Katharina dort zu Boden, wo sie stand, zeigte auf die übrigen Familienmitglieder und ordnete an: »Ihr dort hinten.«

Gebeugt kauerten sie auf dem Boden, Fleisch auf harten Dielenbrettern, die Köpfe geneigt, als sollten ihnen Schwerter in die Nacken fallen. Auch Kaspar Michel und der Pfarrknecht knieten, ebenso der Pfarrer selbst. Aufrecht standen allein noch die beiden Kapuziner. Der Frater hatte dem Pfarrknecht den Weihwasserkessel aus den Händen genommen, hielt ihn nun zusammen mit dem Sack bereit.

»In nomine domini«, wiederholte der Pater und griff nach dem Weihwasserwedel. Naß spritzte es in Katharinas Gesicht, auf die dünnen Muskelstränge ihres gebeugten Nackens. Sie zuckte nicht, verhielt sich regungslos. Aber eine atemlose Spannung stand plötzlich in der Kate. Selbst von den Kleintieren nebenan im angebauten Stall hörte man kein Geräusch.

Und dann fordernd, kämpferisch die Stimme des Paters: »Unheiliger Geist! Wenn du von diesem Kind Besitz ergriffen hast, so melde dich! Du bist beschworen im Namen Jesu Christi. Du bist beschworen im Namen der Dreifaltigkeit. Du bist beschworen im Namen der alleinigen heiligen Kirche.«

Er schwang den Weihwasserwedel wie eine Waffe gegen Katharina, doch das Mädchen blieb stumm.

»Halsstarrig«, flüsterte hingegen der Frater. »Der Teufel sitzt tiefer, als wir gedacht haben. Die scharfen Waffen der Benediction, Herr?«

»Wir wollen zunächst beten«, versetzte der Pater und begann eine lateinische Litanei zu murmeln. Widerwillig, offensichtlich gereizt wegen dieser zu großen Milde, fiel der Frater ein. Michel und der Knecht blieben stumm, bewegten lediglich die Lippen.

Katharina ließ die Sentenzen auf sich herniederdonnern, bewegte sich nicht, zuckte nicht, schien auch ihre Angehörigen vergessen zu haben, die verängstigt im Hintergrund kauerten. Als der Pater die Schlußhebung eines Verses sang, begann das kleinste Kind zu greinen. Dieser Mißton, mitten ins Gregorianische gesetzt, ließ den Pater abbrechen. »Den Weihrauch!« befahl er dem anderen Kapuziner.

Als der Frater die harzigen Kügelchen auf der Bronzepfanne anbrannte, die er aus dem Sack genommen hatte, als der Rauch zäh zu quellen begann, hustete Katharina, würgte gleich darauf krampfhaft.

Fast alle in diesen armseligen Dörfern haben es an der Lunge, dachte mitleidig der Pfleger von Pfatter. Aber er schwieg.

Statt dessen frohlockte der Frater: »Jetzt rührt sich der Teufel! Macht zu, Herr! Packt ihn! Greift ihn! Zerrt ihn heraus aus der Weibergrube!« Er schwang den Rauchkessel so heftig, daß er im Nu die ganze Stube vernebelte. Das Kind im Hintergrund plärrte noch lauter, auch die alte Grueberin wurde von einem Hustenanfall geschüttelt.

Katharina rang nach Luft, vor ihr tanzte der Rauchkessel. Der Pater ergriff sie am Oberarm. Speichelsprühend ließ er lateinische Lautfolgen auf sie herabprasseln; das Mädchen hing in seinem Griff wie ein kleines Tier, schrie dann plötzlich lauthals um Hilfe: »Vater, er reißt mir den Arm ab!«

»Laß den bösen Geist aus dir fahren!« fauchte der Pater, und der andere Kapuziner ließ den Rauchkessel gegen den Kopf des Mädchens stoßen, daß die Ketten klirrten. »Teufelsbrut. Teufelsgeist. Ans Licht mit dir!« schrillte er.

»Hilfe!« flehte Katharina, von einem neuen Hustenanfall geschüttelt.

Da sprang ihr Vater vor. Plötzlich war der alte Johann Grueber kein Feigling mehr. Er ging auf den Pater los und riß ihn von seiner Tochter zurück. »Was wollt's denn hier bei uns? Warum quält's uns und das Dirndl?« herrschte er den Mönch an. »Hat euch keiner eingeladen, zu uns in die Stube zu kommen.«

Er brach die Hand des Paters auf, löste die gelblichen Finger von Katharinas Arm. Das Mädchen rappelte sich auf und wich in die Stubenecke zurück.

»Laß mich! Auf der Stelle!« ächzte der Pater, außer sich über die Ungeheuerlichkeit, die sich der Häusler geleistet hatte.

Selbst der Dorfpfarrer tobte. »Michel, bringt ihn zur Raison, und wenn's mit der nackten Klinge ist!« rief er dem Pfleger zu.

Der zögerte, trat zwar einige Schritte vor, aber der Degen blieb in der Scheide.

Frater Franz hatte den alten Grueber am Kittel gepackt. »Teufelssau!« schrie er ihn spuckend an. »Bist auch im Bund mit dem Bösen. Fast war der Schweinsgeist schon im hellen Licht, da hast' eingreifen müssen. Am Galgen sollt' man dich tanzen lassen!«

»In meinem Dirndl steckt kein Teufel«, brüllte Johann Grueber zurück. »Das hast du alles bloß erfunden, du minderer Kuttenpfaff. Die Ehr' wollt ihr uns abschneiden, mir und meiner Familie. Laßt die Kathrin in Ruh', sonst . . .«

»Jetzt ist's genug, Grueber!« Kaspar Michel hatte sich auf seine Pflichten besonnen und drängte den Wütenden zur Hüttenwand zurück. Gegen den kräftigen Mann im Brustharnisch hatte der Taglöhner keine Chance. Er erschlaffte, sank in sich zusammen, begann zu weinen. Sein Weib mußte ihn halten.

»Führ den Kerl ab! Steck ihn ins Loch!« forderte giftig Frater Franz. »Der Saukerl hat Kirche und Obrigkeit beleidigt!«

Der Pfleger warf einen fragenden, unschlüssigen Blick auf Pater Korbinian. Der hatte sich gefangen. »Nein«, entschied er. »Der alte Grueber hat falsch gehandelt, aber doch als Vater. Laßt ihn.« Er wandte sich direkt an den schluchzenden Mann: »Es ist nichts Unrechtes, was wir deinem Kind tun. Es muß sein. Du kannst das schon verstehen, nicht wahr?«

Der alte Grueber reagierte nicht, greinte nur haltlos vor sich hin.

»Er wird jetzt Ruhe halten«, sagte der Pater. Er winkte Katharina. »Du, vergiß, was du soeben gesehen hast. Komm wieder her. Knie nieder. Es wird dir nichts Böses geschehen. Ich will dir nur helfen.«

Das Mädchen gehorchte. Sein Gesicht blieb starr.

»Jetzt die Teufelsgeißel«, befahl Korbinian. »Ihr, Michel, habt ein Auge auf den Alten. Falls er doch wieder . . .«

»Ich verstehe«, erwiderte der Pfleger und spürte es bitter in der Kehle quellen. Er schämte sich jetzt, weil er vorhin eingegriffen hatte; er schämte sich überhaupt, weil er hier war. Wäre ich an der Stelle des alten Grueber gewesen, dachte er, ich hätte den Pfaffen erschlagen. Das Kind ist so wenig vom Teufel besessen wie ich. Und die Leute hier hungern schon den ganzen Winter über. Es ist kein Wunder, daß sie sich durch ihren Hokuspokus Nahrung verschafft haben.

Dann legte er die Hand auf den Degengriff und stellte sich zwischen die Familie und den Pater.

Frater Franz hatte die Teufelsgeißel aus dem Rupfensack genommen, einen kurzen Holzgriff mit drei Schnüren daran, welche die Dreieinigkeit symbolisierten. In die Lederriemen waren kleine Kruzifixe, Rosenkranzkugeln, Marienbildnisse geknüpft. Franz küßte das Werkzeug und reichte es dem Pater, dann begann er erneut den Weihrauchkessel zu schwenken. Auf seinen Wink hin sprengte Felß Weihwasser über das nun wieder knieende Mädchen.

Und wieder Lateinisches, während kaltes Wasser spritzte, beißender Rauch quoll, während der Kapuziner die Geißel schwang. Und dann, als die Lederschnüre auf den, Rücken Katharinas klatschten, deutsch: »Melde dich, böser Geist! Gib dich zu erkennen!«

Katharina krümmte sich. Als der zweite Schlag ihre dünnen Schulterblätter traf, stöhnte sie.

»Ja!« keuchte der Frater und wand sich verzückt hinter dem tanzenden Rauchfaß. Der Pfleger würgte, stierte auf den alten Grueber, doch der blieb gebrochen in den Armen seines Weibes hängen.

Die Geißel traf zum dritten Mal, und jetzt schrie Katharina auf. An ihrem Halsansatz zeigte sich ein Rinnsal Blut.

»So ist es gut!« Auch der Pater schien jetzt über die Maßen erregt. »Wer ist es, der von dir Besitz genommen hat, Mädchen?«

Ein vierter Schlag der Geißel gegen kaum entwickelte Brüste. Er ließ Katharina knieend zurücktaumeln, doch sofort kippte ihr Oberkörper wieder nach vorne, und nun wiegte sie sich wie so oft zuvor. Aus dem Schrei heraus stammelte sie: »Die Auerin, die muß ich erlösen. Die brennt im Peinfeuer, und um sie herum tanzen die Geier. Wie ich an ihrem Grab gewesen bin, da hat sie mich gerufen. Hat mich gerufen, wieder und immer wieder. Hat um mein Gebet gefleht und um die Gebete von anderen, daß sie aus dem Fegfeuer erlöst werden kann . . .«

Die Geißel verhielt. Das Rauchfaß tanzte weniger heftig.

»Du willst nichts weiter, als die Seele der Auerin erlösen?« sagte der Pater, stellte die Frage jetzt in beinahe mildem Ton. »Und es ist kein Teufel in dir, der aus dir ausfahren möchte?«

»Kein Teufel«, wimmerte Katharina. »Auch wenn Ihr mich nochmals geißelt – kein Teufel!«

Dumpfes Atmen der Grueberschen, das Schluchzen des Vaters, plötzlich leiser werdend. Ein Schweißbächlein, das zwischen den Schulterblättern des Pflegers kitzelnd zu trocknen begann. Böse lauernd der Frater mit dem Namen des sanften Heiligen. Die Andeutung eines Lächelns im Mundwinkel des Felß, unbeweglich gemeißelt die Gesichtszüge des Knechts hinter dein Pfarrer. Und der Kapuziner fragte: »Willst du mir das schwören? Bei den sieben heiligen Wundmalen Christi? Bei seiner Mutter, der Jungfrau, der unbefleckten Empfängnis? Sag, willst du's beschwören?«

»Ich beschwör' es!« Katharina zögerte und setzte hinzu: »Nur die Auerin hab' ich erlösen wollen. Will sie immer noch erlösen. Es ist so schlimm, wie sie im Peinfeuer brennen muß. Wenn die Geier tanzen um ihre arme Seel' . . .«

»Das ist nicht deine Sache«, erwiderte der Pater und rollte die Geißelschnüre zusammen, küßte das Marterinstrument und setzte hinzu: »Das ist allein die Sache von uns Geweihten. Wir werden für die Auerin beten.

Aber du hast damit nichts zu schaffen. Sollst dich um deine eigene Seele kümmern, nicht um die von anderen. Willst du mir auch das versprechen?«

Katharinas Lippen bebten widerspenstig, aber sie nickte.

»Gut«, sagte der Kapuziner. »Wir wollen's dabei belassen. Die Sache soll nicht weiter verfolgt werden. Du bist einen Irrweg gegangen, Dirn, aber die Gnade des Allmächtigen hat dich auf den rechten Pfad zurückgeführt. Jetzt ist es gut. Es ist alles gut.«

Katharina begann zu schluchzen und schlich zu ihrer Familie.

Der Pater wandte sich an Felß: »Betet uns noch einen Rosenkranz vor, Pfarrer. Zum Dank, daß es glimpflich abgegangen ist. Danach wollen wir gehen.«

Alle in der ärmlichen Kate murmelten die Worte erleichtert. Selbst die Kinder schienen zu begreifen. Nur der Frater zerbiß die Sentenzen der Litanei grimmig zwischen den gelben Zähnen.

An diesem Abend saßen die Kapuziner und Felß im Pfarrhof beim Punsch. Der Pfleger war bereits vor Stunden zurück nach Pfatter geritten, hatte sich wortkarg und nicht besonders freundlich verabschiedet.

»Wir werden morgen ins Kloster zurückkehren«, sagte der Pater. »In Geisling gibt es für uns nichts mehr zu tun.«

»Das glaube ich auch«, stimmte Felß zu. »Das Mädchen war verwirrt, aber ganz bestimmt nicht vom Teufel besessen. Wäre letzteres der Fall gewesen, dann hätte die Geißel den Incubus schon herausgetrieben. Immerhin werde ich ein Auge auf die Kathrin haben. Sie muß mir jetzt öfter als zuvor in die Kirche kommen.«

»Haltet das so«, sagte der Pater nickend. »Und seht zu, daß die Sache bald vergessen wird. Wir wollen nicht aus jedem Gör, dem der Saft steigt, eine Hexe machen.«

»Aber die Dirn ist schlecht«, mischte sich der Frater ein. »Selbst zuletzt hat sie Euch nur widerwillig geschworen. Ich hätte sie an Eurer Stelle mindestens geprangert. Drei Tage und drei Nächte im Stock wären besser für sie gewesen als Eure Milde.«

»Sie ist ein dummes kleines Ding und hat sich in der Verwirrung etwas eingebildet«, beharrte Pater Korbinian. »Ins Fegfeuer hat sie niemals geblickt und wird auch nie eine Seele daraus erlösen. Ist viel zu unbedarft dazu.«

Frater Franz schlürfte Punsch, saugte ein paar danebengegangene Tropfen aus dem Bart und sagte: »Was ist mit dem Beschiß, den die Dirn und ihre sauberen Eltern mit den Dörpern getrieben haben? Ihr habt selbst die vielen Freßsachen gefunden, habt's durchschaut und habt doch zuletzt kein Wort mehr deswegen verloren. Soll man das auch so einfach hingehen lassen?«

Der Pater lachte. »Jeder Viehhändler und Bader bescheißt die Leut'. Sollen wir sie deswegen alle zu Hexen machen? Ich bin kein Büttel, Bruder Franz, und Ihr seid's auch nicht. Unsere Arbeit liegt im Seelengarten, und bei der Grueber-Dirn haben wir heut' das Unkraut ausgerottet. Da wird nichts mehr nachwachsen.«

»Ich werde darauf achten, daß nichts Unrechtes

mehr im Dorf geschieht«, versprach Felß. »Schwierig wird's nicht sein. Schon jetzt, so berichtete mir der Knecht, lachen die Geislinger über die Grueberschen und ihren eigenen Aberglauben. Es ist vorbei, und auch der Auer kann wieder ruhig schlafen. Es wird keiner mehr seinem verstorbenen Weib zu nahe treten.«

»Und die Eckhin?« beharrte Frater Franz. »Ob auch die jetzt Ruhe geben wird?«

»Laßt mir den Buckel in Frieden. Ist nur ein armes, blödes Weib«, verwies ihn der Pater.

»Ich werde ihr nach dem Gottesdienst am nächsten Sonntag die Leviten lesen«, versprach Felß.

»Gut!« Pater Korbinian griff zum Zinnbecher, trank und sagte: »Ich bin froh, daß es glimpflich abgegangen ist, und Ihr, Bruder Franz, solltet es auch sein. Wir haben eine Hexe gesucht und eine verwirrte Dirn gefunden. Und das ist gut so. Zwei Generationen nach dem unseligen Glaubenskrieg ist das Land noch immer ausgeblutet. Da schadet es und geht bis ins Mark, wenn die Leute auch noch auf dem Scheiterhaufen umkommen müssen. Und jetzt, Felß, schenkt mir noch einmal ein. Ihr lebt in einem armseligen Pfarrdorf, aber Euer Wein und die Gewürze sind gut.«

Januar 1689

»Über die verschiedenen Weisen, wie die Dämonen durch die Hexen die Unschuldigen zur Vermehrung jener Ruchlosigkeit an sich ziehen und verlocken.«
(Hexenhammer)

Tagelang spotteten sie im Dorf über Katharina, über die Grueberschen. Verängstigt hatten sie den Zug der Kapuziner, des Felß, des Geharnischten zur Kate verfolgt. Während der Beschwörung hatten manche gemeint, Teufel durch das Strohdach der Hütte ausfahren zu sehen. Doch als dann das Maultier zurück zum Pfarrhof trottete und der Geharnischte ohne eine Gefangene den Mönchen folgte, da war die Angst der Dörfler spöttischem Gelächter gewichen. Im Pfarrhaus hatten die Gekutteten Wein mit dem Felß getrunken, statt den Hexenbrand vorzubereiten. Nichts war also die Grueber-Dirn, keine, die mehr wußte als die anderen, eine Täuscherin, eine Betrügerin, die sie alle zum Narren gehalten hatte. Es war gut, jetzt spotten zu können, nachdem der Alpdruck der Kavalkade mit dem Maultier von den Geislingern gewichen war. Selbst diejenigen, die Geräuchertes und andere Leckerbissen an den Schwindel verloren hatten, waren den Grueberschen deswegen nicht böse. Sie durften wieder lachen, und das reichte ihnen.

Erleichtert trank Johann Auer seinen Schnaps, diesmal jedoch in Maßen. Dann holte er sich die Küchenmagd ins verwaiste Bett, und während er sie derb vögelte, schwor er sich, daß die Seele seiner verstorbenen Margaret längst ihre verdiente Ruhe gefunden habe.

Auch von den Gruebersc hen selbst war der Alpdruck hinweggenommen. Sie hatten Erniedrigung, sogar Todesangst in ihrer Kate dulden müssen, doch dann hatte der Geweihte in der kastanienbraunen Kutte seltsamerweise Milde gezeigt. Der Alte hatte seinen Angriff auf den Mönch nicht büßen müssen; sein Greinen hatte dem Kapuziner als Reue genügt. Katharina war durch ein einfaches Versprechen der Geißel und vielleicht Schlimmerem entronnen. Die Essenvorräte waren wieder im Rauchfang und in den Kästen verwahrt. Die Grueberschen taten sich weiterhin gütlich daran. Der Spott der Nachbarn störte sie nur wenig, und wenn sie durchs Dorf gehen mußten, taten sie es mit eingezogenen Köpfen – das schützte sie und schmerzte nicht.

Allein Katharina blieb still, in sich gekehrt, quälte sich immer noch mit dem, was ihr geschehen war, quälte sich stumm. Ihre Eltern, ihr älterer Bruder waren zu dumpf, um aufmerksam zu werden, aber manchmal in diesen Tagen schlich das Kind sich fort, strich auf schlammigen Wegen rund um das Dorf, stahl sich auch mehrmals in die Nähe des Friedhofs, vermied glücklich den Felß und seinen Knecht, wurde vom Grab der Auerin angelockt, suchte es dennoch nicht auf.

Und um die Wege Katharinas schlich eine andere, schlich hinter der Schleichenden, wurde aber von dem Mädchen niemals gesehen. Katharina selbst wurde dagegen von der Buckligen scharf beobachtet. Die Eckhin griente, als sie sah, wie es die Dirn zum Friedhof zog. Aber sie hielt sich zurück, wartete ab, und als sie zuschlug, da tat sie es so geschickt wie eine Kreuzotter.

Draußen auf den Feldbreiten war Katharina an diesem Tag einer Gruppe von Bauern begegnet, die prüften, ob sich die Märzerde bereits für die Egge eigne, und als das Mädchen scheu vorübergeschlichen war, da hatte es Gelächter und beißenden Spott ertragen müssen.

»Suchst wohl gar eine arme Seel' zwischen den Akkerfurchen, was?«

»Sei vorsichtig, sonst fährt dir eine Heppen unter den Rock, und 's ist gar der Teufel!«

»Komm her, Dirn! Von mir kannst zwei Eier kriegen, und dann zeigst mir, wie ein Weiberbusch im Feuer brennt, wenn ihn der Leibhaftige fegt.«

Katharina hatte sich hinter einen dürren Rain drükken wollen, aber dann waren Erdklumpen geflogen, und sie war weggerannt, hatte sich in die Nähe der Friedhofsmauer geflüchtet, steckte jetzt nahe der Stelle im Gestrüpp, wo auf der anderen Seite des Steinwerks das eingesunkene Grab Jörgs lag.

Und die Eckhin hatte das Verspotten beobachtet, Katharinas Flucht, war dem Mädchen hastig gefolgt, stellte es nun in seinem Versteck.

»Sie treiben's arg mit dir. Sollten sich der Sünden fürchten!«

Katharina hatte die Eckhin nicht kommen sehen, hatte sich nach dem Trost Jörgs gesehnt, der ihr wie ein Großvater gewesen war. Jetzt fuhr sie hoch aus vorjährigem Laub und dürrem Gezweig, erblickte erschrocken die Bucklige.

»Was suchst' hier? Was hab' ich denn mit dir noch zu schaffen?« fragte sie scharf.

»Was redest' denn? Wir sind doch immer gute Freundinnen gewesen«, schmeichelte die Eckhin. »Ich hab' gesehen, wie sie dir mitgespielt haben. Als ob du ein Depp wärst. Dabei haben dieselben Bauern noch vor einer Woche drum gebettelt, daß du sie ins Jenseits schauen läßt. Jetzt lachen sie dich aus. Paßt dir das, Kathrin?«

»Ich hab's dem Mönch versprochen, daß ich nichts mehr treib'«, erwiderte Katharina, schaute sich ängstlich um. »Aber ich hör' die Auerin noch immer rufen . . .«

»Die unerlöste Seel'. Hörst sie also immer noch!«

»Ja.« Katharina stand nun nahe bei der Eckhin, redete hastig. »Aber der Mönch hat's mir verboten. Er hat gesagt, daß ich mich nicht kümmern soll um solche Sachen. Ich muß auf ihn hören. Er ist ein Geweihter.«

Die Eckhin lachte hämisch. »Ein Pfaff oder nicht – er versteht nichts. Gar nichts. Ist er am Grab der Auerin gewesen oder du? Hat sie dich gerufen oder den Kuttenbeutel? Was hast' bloß mit dem Kapuziner? Geschlagen hat er dich und dich zum Gespött gemacht. Jetzt lachen sie im Dorf über dich. Keiner schenkt dir mehr ein Stück Brot, einen Braten. Ein Närrlein bist' geworden. Hungern werdet ihr in der Kate noch müssen, bis die nächste Ernte kommt. Und dabei könntest es viel besser haben . . .«

»Aber wenn's der Mönch erfährt!«

»Der ist weit. Ist längst wieder in seinem Kloster zu Regensburg. Wie soll er's erfahren?«

»Hat's einmal erfahren.« Katharina wand sich, wollte weg. Wollte bleiben.

»Weil dich der Auer hingehängt hat«, hetzte die Eckhin. »Und sogar dann hätt's noch gut hinausgehen können. Wenn du dem Kapuziner bewiesen hättest, daß du die Seel' wirklich rufen kannst. Das war dein Fehler, daß du bloß geflennt hast, daß du's dem Pfaffen nicht gezeigt hast.«

»Dann hätte er mich verbrennen lassen.« Katharina begann zu zittern.

»Zu einer Heiligen wärst du geworden«, schrie die Bucklige. »Wärst geworden wie der Herr Jesus. Der hat den Lazarus von den Toten auferweckt, und du hättest mit einer Toten reden können, und der Mönch hätt' es mitansehen müssen. Dann hätt' er dich nicht mehr geschlagen. Auf Händen getragen hätt' er dich.«

Mit gerunzelten Brauen stand Katharina da, zwischen dem Buckelweib und der Friedhofsmauer.

»Beschwör die Auerin noch einmal«, drängte die Eckhin. »Bitt den Pfarrer Felß dazu. Zeig, daß du's kannst, und dann darfst du die verspotten, die sich jetzt über dich lustig machen. Straf sie Lügen, die gottlosen Schreier. Noch einmal schwör die Auerin herauf!«

»Nein!« Katharina schüttelte sich, als würde sie sich gegen einen Bann wehren, drängte sich an der Eckhin vorbei, rannte mit klappernden Holzschuhen davon, ins Dorf, der elterlichen Kate zu. Und nochmals erklang ihr Schrei zwischen den Häusern: »Nein!«

»Doch wirst du's tun«, zischelte die Eckhin. »Mußt es tun!« Dann hockte sie sich an der Friedhofsmauer nieder, blieb lange dort – ein buckliges Wesen, dessen schwarzes Gewand wie Krähengefieder im Märzwind flatterte und sich pluderte.

In dieser Nacht fand Katharina keinen Schlaf. Der Jörg war in ihr, flüsterte ihr zu, drängte, forderte. Zuletzt setzte sie sich im Strohbett auf, lauerte auf den Atem der Schlafenden in der Kate; keiner würde bemerken, was sie tat. Ihr Körper begann sich zu wiegen. Fast unhörbar formte sie die magischen Worte: Domkron, Jumpfengranz. Ihr Denken wurde dumpf, der dunstige Katenraum verflüchtigte sich. Alles war weit, dann der Feuerschein. Die Auerin, die immer noch bis zur Weibermitte brannte, sich unter den Peinteufeln wand, um Erlösung flehte. Erlöß, erlöß, erlöß . . .

Und dann kam die Erleuchtung über das Kind. Der Mönch war nur eine Prüfung gewesen, und Katharina hatte versagt. Aber in der kommenden Nacht würde sie die Seele der Auerin erretten. Sie wußte es ganz genau. In der letzten Stund' vor Mitternacht, dachte sie, hatte das Gespräch mit der Eckhin vergessen, dachte aber auch daran, daß dann niemand mehr sie verspotten würde, daß die Bauern sie dann wieder achten und Gaben bringen würden, und allen voran der Auer.

Katharinas Kopf wurde wieder klar. Sie fühlte sich nun selbst wie erlöst. Sie zog das Hemd enger um sich, schlüpfte vom Strohsack und tappte zum Lager der Eltern. Unter der drängenden Berührung Katharinas erwachten Gertrud und Johann Grueber.

»Eines von euch muß zum Pfarrer gehen, gleich morgen früh«, flüsterte Katharina. »Ihr müßt ihm sagen, daß ich der Auerin ihre Seel' morgen nacht erlösen werde. In der letzten Stund' vor Mitternacht. Der Felß muß selbst sehen, wie sie mich alle ins Unrecht gesetzt haben. Wenn der Pfarrer dabei ist, kann's auch keine Sünd' sein.«

»Du bringst uns alle ins Unglück«, jammerte die Mutter. »Kannst' denn gar keinen Frieden geben?«

Aber der alte Grueber sagte, nachdem er sich schnaufend bedacht hatte: »Wenn der Felß dabei ist, hat alles seine Richtigkeit. Und die Leut' werden uns wieder achten. Werden uns wieder mitkommen lassen im harten Winter. Ich geh' zum Pfarrer – gleich morgen früh.«

Die Eckhin mußte einen sechsten Sinn haben. Schon im Morgengrauen duckte sie sich hinter dem abgestellten Brunnen beim Pfarrhof, und so sah sie den alten Grueber ins Haus kommen. Aufgeregt grinste sie überm gelben Stockzahn.

Drinnen saß Raimund Felß beim Frühstück. Die Morgenandacht hatte er bereits hinter sich. Als Johann Grueber sein Anliegen vorbrachte, fuhr der Pfarrer, gewöhnlich eher sanftmütig, wütend hoch.

»Seid ihr denn jetzt von allen guten Geistern verlassen? Kaum sind die Hochwürdigen Kapuziner aus dem Dorf, soll es, bei euch mit dem Spuk schon wieder losgehen. Der Pater Korbinian hat es deutlich gesagt: Deine Dirn bildet sich den ganzen Hokuspokus bloß ein in ihrem Kindskopf.«

»Die Katharina hat's mir geschworen, daß in der heutigen Nacht die Seel' der Auerin erlöst werden soll«, beharrte der Grueber. »Was könnt Ihr dagegen haben, Hochwürden? Es wär' eine gute Tat, wenn mein Dirndl mit seinen Gebeten . . .«

»Gebete. In der Kirche soll sie beten, die Göre«, schnaubte Felß.

Johann Grueber war ein einfacher Mensch und manchmal ein Feigling. Aber manchmal wußte er seinen Vorteil wahrzunehmen. »Gilt ein Gebet in der Kate nichts?« fragte er scheinheilig.

»Nichts, wenn es zwischen den Dünsten von Geselchtem und Gebratenem zum Himmel steigen will!«

Der Grueber begriff. »Ja, wir haben Gaben von den anderen im Dorf angenommen«, gab er zu. »Wir hätten's nicht tun sollen. Soll heut' nacht auch nicht mehr geschehen, Hochwürden. Ihr sollt selbst sagen, wen von den Leuten Ihr dabeihaben wollt. Es können die Frömmsten von Geisling sein. Gerade die sollen als Zeugen zu uns kommen.«

Angewidert stieß der Pfarrer das Frühstücksgeschirr zurück. »Ich sollte dir's nicht durchgehen lassen. Es sollt' endlich einmal ein Ende sein. Hast du schon vergessen, wie der Pater dein Kind mit der Geißel strich? Wie du selbst geflennt hast?«

»Gar nicht – und gerade deswegen will ich beweisen, daß die Katharina keine Schwindlerin ist.« Flehend blickte der Taglöhner den Geistlichen an. »Und bloß Ihr allein könnt mir dabei helfen. Laßt mich nicht im Stich, Hochwürden! Ihr braucht bloß kommen und schauen. Zusammen mit ehrbaren Leuten. Mehr verlang' ich nicht.«

»Hast überhaupt nichts zu verlangen«, preßte der Pfarrer hinter zusammengebissenen Zähnen hervor. »Wann sagst du, soll es sein?«

»Wenn Ihr eine Stunde vor Mitternacht kommen wollt, Hochwürden. Die Katharina schwört, daß in der letzten Stunde vor Mitternacht die Seel' der Auerin zum Himmel auffahren soll. Bringt den Witwer mit als Zeugen. Wenn es nicht ehrlich zugeht, soll mich der Auer selbst erschlagen dürfen.«

»Das Dirndl schwört, und der Vater will sich gar gleich erschlagen lassen. Sauber!« Felß schüttelte angewidert den Kopf. »Also gut, ich werde kommen, weil endlich einmal Schluß mit der Geschichte sein muß – so oder so. Aber das eine schwöre jetzt ich dir: Wenn ihr Grueberschen wiederum einen Schwindel aufzieht, dann kenne ich keine Milde mehr. Dann muß die Kathrin es büßen. Zum Pfatterer Pfleger lasse ich sie dann bringen, damit sie ihr dort am Pranger die Frechheit austreiben. Hast du mich verstanden, Johannes Grueber?«

»Es wird kein Schwindel sein«, beteuerte der Taglöhner. »Gelobt sei Jesus Christus. Bis eine Stund' vor Mitternacht also. Und vergelt's Gott, daß Ihr mich angehört habt.«

»Den Johann Auer bringe ich mit«, sagte Felß drohend zum Abschied.

Als der alte Grueber, zufrieden vor sich hin murmelnd, den Pfarrhof verließ, kicherte schadenfroh die Eckhin. Sie hatte, neben einem Fenster stehend, ungefähr gehört, was drinnen gesprochen worden war, und jetzt lief sie, um es in Geisling herumzutragen, daß die Katharina Grueber zuletzt doch stärker sein würde als die Regensburger Kutten.

Pfarrer Felß hatte seine eigenen Vorbehalte beinahe vergessen, solche Mühe hatte er sich mit Johann Auer geben müssen, um ihn zur Kate zu schleppen. Der Bauer hatte sich mit seiner Küchenmagd getröstet und wollte absolut nichts mehr von der brennenden Seele seiner verstorbenen Frau hören. Nur äußerst widerwillig hatte er sich zuletzt mit Felß zusammen auf den Weg gemacht, und nur die Hoffnung, der verfluchten Grueberschen endlich das Handwerk legen zu können, hatte ihn dazu bewogen. Jetzt betrat er, grimmig wie ein Stier, hinter dem Dorfpfarrer die Kate.

Die anderen, die Felß geladen hatte, warteten bereits drinnen: ein halbes Dutzend Bauern, die in der Vergangenheit nichts mit den Beschwörungen zu tun gehabt hatten und die der Pfarrer deswegen als seine Zeugen hergebeten hatte. Als Felß und Johann Auer eintraten, bildeten sie eine stumme Menschentraube nahe der Tür, während sich die Gruebersche Familie im Hintergrund des Raumes aufhielt. Allerdings waren nicht alle da. Gertrud Grueber hatte die vier jüngeren Kinder für diese Nacht zu einer Nachbarin gegeben. Nur Balthasar und natürlich Katharina waren geblieben.

Als Felß seinen Umhang ablegte, buckelten die Grueberschen. Die Frau warf einen ängstlichen Blick auf Johann Auer. Die anderen murmelten, streiften den Witwer mit fragenden, scheuen Blicken, nahmen ihn aber in ihre Mitte auf. Felß stand allein zwischen den beiden Gruppen.

»Es ist Zeit. Eine Stunde vor Mitternacht, wie du es gewollt hast, Katharina.« Der Pfarrer trat näher an das magere Mädchen heran. »Du willst nicht zurücktreten von deinem Vorhaben und bekennen, daß du uns wiederum am Narrenseil geführt hast?«

»Mein Kind beschwindelt keinen«, erwiderte, sich aufrichtend, die Grueberin.

»Ich werd' heut' nacht die Hannß Auerin erlösen«, murmelte das Mädchen abweisend.

Der Witwer im Hintergrund schnaufte schwer, schüttelte ungläubig den klobigen Schädel. Aber er sagte nichts.

»Dann beginne mit deinem Werk – und Gott sei mit dir.«

Felß hob, wie segnend, beide Hände über Katharinas Kopf. Als er die Arme wieder senkte, flackerte die Kerze auf der nackten Tischplatte. Menschenschatten tanzten schaurig an den Wänden der Kate.

»Fang an«, forderte der Pfarrer noch einmal.

Während ihre Eltern und Balthasar auf die Knie sanken, während dies widerwillig auch die Zeugen taten und nur Felß allein stehenblieb, ging das Mädchen zu dem Kruzifix in der Ecke des Raumes und kniete ebenfalls nieder. Eine Weile blieb Katharina stumm, dann begann sie sich zu wiegen. Wie einst vor dem Grab der Auerin lag sie da, ihr zu Beginn beinahe tonloses Gemurmel wurde lauter, dann füllte die verballhornte Litanei die Stube. Domkron und Jumpfengranz schrillten zuletzt zwischen lateinischen Wortfetzen, der Mädchenkörper zuckte; als Katharina schrie: »Auerin, arme Seel', fahr auf in die Seligkeit!«

Die Beschwörung wurde wiederholt, immer wieder; die Zeugen schwitzten, zeigten Furcht. »In den Himmel!« stöhnte, jammerte das Mädchen, wand sich, zuckte – dann brach sie zusammen.

Katharina lag auf den abgetretenen Dielenbrettern; wirres, schweißnasses Haar bedeckte dünne rauhe Holzfasern. Sie schluchzte.

Dann waren die Eltern bei ihr, auch der Pfarrer. »Was ist mit dir?« fragte Felß zwischen Strenge und Mitleid. »Ist dir schwach geworden?«

Katharina beruhigte sich, richtete sich mühsam auf. »Das Licht«, murmelte sie. »Die Kerze. Wenn sie brennt, kann die Seel' nicht aus dem Feuer kommen.« Lauter, fordernder: »Löscht die Kerze!«

»Unsinn!« widersprach der Pfarrer, aber blitzschnell war der alte Grueber am Tisch, drückte das Flämmchen zwischen Daumen und Zeigefinger aus. Man hörte die Bauern sich näher zusammendrängen, hörte den Auer unterdrückt fluchen. Felß tappte im Dunkeln und fühlte, wie Katharina sich von ihm entfernte. Irgendwo mußte ihr Vater stehen, aber in der Dunkelheit war jetzt nichts mehr zu erkennen. Dann Katharinas Stimme, ein Stück vom Pfarrer entfernt: »Jumpfengranz, erlöß! Auerin, zeig' dich! Gib uns ein Zeichen! Fahr auf in die Seligkeit . . .«

In der Kate plötzlich dröhnende Schläge. Es knallte seitlich der Stelle, wo Felß verdattert immer noch stand, an der Hüttenwand. Hart, scharf, mehrmals hintereinander.

»Jesus Christus«, stöhnte der Pfarrer unwillkürlich. Jetzt hätte er viel darum gegeben, wenn die Kapuziner und der Pfatterer Pfleger bei ihm gewesen wären. Dann Katharinas ekstatisch verfärbte Stimme: »Jaaa, jaaa . . . komm . . . Auerin . . .«

Etwas Helles, ein kaum sichtbarer Schemen, flatterte im Raum. Wieder das blasphemische, nervtötende Krachen. Katharinas Stimme, verwischt, gehaucht: »Auffahr, Seel' . . . jaaa!« Schemenhaftes Flattern, neues Donnern, der gurgelnde Schrei eines der Zeugen, vielleicht des Johann Auer, und dann drohte das Herz des Pfarrers auszusetzen. Etwas packte ihn am Gewand, zerrte ihn, zupfte ihn. Die Verstorbene, dachte er, während es ihm quälend in der Herzgrube brannte. Gleichzeitig griff er, aus einem Reflex heraus, zu. Streifte etwas Weiches, faßte nach; seine Finger gruben sich in heißes Fleisch – ein Unterarm, ein Handgelenk. Felß hielt fest, ganz nahe ein unnatürlich heller Schrei. Klopfen in jagendem Wirbel.

Und plötzlich flammte die Kerze auf dem Tisch auf. Einer der Zeugen hatte Feuer geschlagen und den Docht entzündet. In der Kate rötliches, wachsendes Licht – und in dessen Schein erkannte Felß, daß er Katharina am Arm gepackt hielt; sie versuchte sich loszuwinden, gleichzeitig ihr helles Hemd, das sie abgestreift hatte, mit dem sie schemenhaftes Geisterflattern vorgetäuscht hatte, wegzustecken. Der Pfarrer erblickte entsetzt nackte, gerade knospende Brüste und sah gleichzeitig an der Schmalseite des Raumes den alten Grueber, den Hammer noch in der Hand, mit dem er ihnen allen solche Angst eingejagt hatte.

»Teufelsbrut!« zischte der Pfarrer. »Mein Gott, wie böse habt ihr uns betrogen!«

Er brach ab, denn mit einem Sprung hatte sich Johann Auer auf den alten Grueber gestürzt. Auch er hatte begriffen.

»Drecksau!« schrie er den Taglöhner an, verpaßte ihm links und rechts Maulschellen. Der Hammer polterte über die Dielen, der Taglöhner krümmte sich hinter schützend emporgerissenen Armen. »So habt ihr meine Margaret verschimpfiert«, schrie der Bauer, hieb den Taglöhner in die Magengrube, trat nach ihm, beutelte ihn wie einen Sack.

Katharina heulte; rührend im flackernden Kerzenschein ihre kaum entwickelten Brüste mit den rosigen Warzen.

Der Pfarrer riß ihr das Hemd aus der Hand und legte

es grob über ihre Blöße. »Schluß jetzt!« herrschte er den Auer an. »Schlag den Sündenbeutel nicht gleich tot!«

Der Witwer hörte nicht auf ihn, aber andere rissen ihn vom alten Grueber zurück. Der blutete aus Mund und Nase. Heulend in der Ecke sein Weib, mit geballten Fäusten, aber hilflos Balthasar.

»Du und du«, Felß deutete auf den alten Grueber und Katharina, »ihr seid festgenommen. Ihr werdet in den Pfarrhof gebracht und bleibt dort für den Rest der Nacht. Schwer habt ihr den Herrgott gelästert, und jetzt soll euch nichts mehr vor der verdienten Strafe bewahren. Morgen bringe ich euch selbst zum Pfleger nach Pfatter!«

Johann Grueber wollte um Gnade bitten, aber der Auer drehte ihm den Arm nach hinten und brachte ihn so zum Schweigen. Katharina blieb stumm, ließ sich widerstandslos von einem der anderen Zeugen hinausführen. Die alte Grueberin wimmerte tonlos. Felß hob den Hammer auf, um ihn später als Beweisstück zu verwenden, und ging, ebenfalls wortlos. Sämtliche Zeugen begleiteten ihn und die Gefangenen zum Pfarrhof.

Felß holte seinen Knecht aus dem Bett und trug ihm auf: »Die beiden sperrst du in den Keller und bewachst sie bis zum Morgen. Dann sattelst du mir ein Pferd, denn wir werden die verstockte Dirn und ihren Vater nach Pfatter bringen.« Zu den Bauern sagte er: »Ihr werdet mich als Zeugen begleiten und dem Kaspar Michel berichten, was ihr heute nacht erlebt und gesehen habt.«

Damit wandte er sich schroff ab und verschwand im

Haus. Auch die Bauern gingen, erregt miteinander tuschelnd. Der Knecht stieß Katharina und den alten Grueber vor sich her, stieß sie in einen feuchten Kellerraum und verriegelte die Schlagtür. »Hexenpack«, schnaubte er und donnerte zur Bekräftigung mit dem Stiefel gegen den massiven Querbalken.

Weder der Knecht noch der Pfarrer noch die Bauern hatten die Eckhin bemerkt, die das Geschehen dieser Nacht gierig verfolgt hatte – zuerst draußen vor der Grueberschen Kate lauernd, dann im Schutz der Dunkelheit auf dem Weg, jetzt beim Pfarrhaus.

»Nach Pfatter müssen sie, ins Pflegschloß«, fistelte das Buckelweib, als es sich hüpfend auf den Heimweg machte. Dann verlor sich das halbirre Kichern der Eckhin im feuchten Windrauschen der Märznacht.

März 1689

»Und in wieviel eheleithen sie unainigkeit gemacht, das sie einander geraufft vnd geschlagen oder gar nit mehr beysammen bleiben khonden.«
(Kelheimer Hexenhammer, Discordia inter conjuges)

Der Zug, der sich am nächsten Morgen durch die Donaumarschen nach Pfatter bewegte, erregte Aufsehen. Am Wegrand liefen Knechte zusammen und ließen Mägde müßig die Arbeit sinken; aus den Fenstern im Dorf und aus einschichtigen Häusern lugten, ängstlich oder schadenfroh, die Bauern. In Windeseile lief das Gerücht durch den Gäu, daß eine Teufelsbuhlin und ihr hexerischer Erzeuger in das Amtsschloß zu Pfatter verbracht wurden. Und der regenschwangere Märzwind, der sich schon während der Nacht bemerkbar gemacht hatte, wehte und plusterte sich feucht über der Szene.

Auf seinem alten Wallach ritt voran der Pfarrer von Geisling, steinernen Gesichts, im Felleisen hinter dem Sattel einen abgegriffenen Hammer. Ihm folgten, die Hände mit Stricken auf den Rücken geschnürt, Katharina und Johann Grueber. Übernächtigt ihre Gesichter, der Mund des Taglöhners von geronnenem Blut verschorft. Verängstigt wirkten sie, hielten die Blicke auf den Matsch unter ihren Füßen geheftet; neben ihnen ging, mit einem Waidinesser im Gürtel, der Pfarrknecht. Sieben Geislinger Bauern, unter ihnen auch der verwitwete Auer, beschlossen den Zug. Das derbe Gesicht des Witwers war schon wieder vom Fusel gerötet.

Ab und zu holte er die Flasche aus der Tasche und nahm einen Schluck. Als sie den Markt Pfatter erreichten, schwankte Johann Auer bereits.

Felß schien es nicht zu bemerken. Er hatte während des ganzen Weges nicht einmal zurückgeblickt, hatte sich schwerfällig im Sattel stoßen lassen, schnalzte jetzt mit den Zügeln und trieb den Wallach durch den Torbau hinein in den kleinen, ummauerten Vorhof des Pflegschlößchens. Erst dort wandte er sich, noch ehe er aus dem Sattel stieg, um.

»Du führst die Grueberschen nach mir hinein«, befahl er dem Knecht. Und an die Gruppe der Bauern gerichtet: »Ihr wartet hier, bis man euch ruft.«

Er warf einen mißbilligenden Blick auf die Flasche, die Johann Auer schon wieder in der Hand hielt, schüttelte den Kopf, ließ es dabei bewenden und stieg ab. Der Herrgott verzeih' mir, dachte er dabei. Ich könnte die Betäubung jetzt auch vertragen.

Ein Pferdeknecht erschien, nahm die Zügel des Wallachs und führte das Tier weg zum Stall. Der Pfarrer stieg die wenigen Stufen der Freitreppe hinauf. Unter dem Portal wurde er bereits von Kaspar Michel empfangen. Ohne Harnisch wirkte der Pfleger schmal, beinahe jungenhaft. Als er Katharina und Johann, gefesselt, gestoßen vom Knecht, die Treppe heraufkommen sah, runzelte er die Brauen. »Ihr bringt mir die Grueberschen her, Felß?«

Der Pfarrer stand eine Staffel unterhalb des Pflegers, mußte zu diesem hochblicken. »Sie haben keine Ruhe gegeben. Haben ihre Schande weiter und weiter getrieben. Letzte Nacht konnte ich sie überführen, konnte sie bei ihrem bösen Schwindel ertappen. Die Bauern da sind Zeugen, auch der Auer, welcher durch den Hokuspokus besonders geschädigt ist – Michel, ich mußte Euch die beiden zur Abstrafung herschaffen. Kirche und Kurfürst dürfen's nicht dulden, daß sie sich weiterhin versündigen. Jetzt müssen sie ihre Strafe bekommen!«

»Kommt herein«, antwortete der Pfleger knapp. »Die Grueberschen und der Knecht auch. Ihr mit mir in den Amtsraum, Felß. Die anderen in die Küche.«

Als sich der Pfarrer und Michel auf breitlehnigen, lederbezogenen Stühlen gegenübersaßen, bat der Pfleger, wiederum kurz angebunden: »Gebt mir Euren Bericht.«

Felß redete, und es fiel ihm nicht leicht, aber er stand es durch. »Wir haben jetzt den Beweis, daß alles ein Schwindel war«, schloß er. »Ein halbes Dutzend Zeugen stehen draußen. Ich hätte auch zu den Kapuzinern nach Regensburg gehen können, aber ich bin zu Euch gekommen, Michel.«

»Warum?«

»Weil es bei Euch mit einer Rutenstrafe abgehen kann – aber im Kapuzinerkloster sitzt die Inquisition«, antwortete Felß kaum hörbar.

»Ich verstehe. Ihr seid keiner, der den Kerker oder gar das Feuer befürwortet.«

»Und Ihr?« fragte der Pfarrer.

»Wenn Ihr nicht wüßtet, wie ich denke, wärt Ihr nicht hier«, versetzte der Pfleger. »Vor einigen Tagen, beim Exorzismus, haben wir beide kein Vergnügen empfunden. Ich hab's Euch wohl angesehen damals.«

Felß nickte. »Wir sind uns also einig. Eine körperliche Züchtigung, damit die Dirn und ihr Vater zur Vernunft kommen. Ansonsten nichts an die große Glocke.«

»Und keine Meldung nach Regensburg«, schloß der Pfleger. »Ich werde zwar ein Protokoll anfertigen müssen, aber das kann dann gut und still in meiner Truhe liegen.«

»So wollen wir es halten«, bestätigte der Pfarrer.

»Gut, dann will ich nun die Zeugen und auch die Grueberschen kommen lassen«, sagte der Pfleger.

Die Verhandlung in der Amtsstube dauerte nicht lange. Die Bauern, auch der angetrunkene Auer, bestätigten übereinstimmend, Katharina und ihren Vater dabei ertappt zu haben, wie sie den Spuk mit Hilfe des Gewandstücks und des Hammers vorgetäuscht hatten. Das beschlagnahmte Werkzeug lag auf dem Richtertisch. Johann Grueber leugnete gar nicht. Katharina stotterte anfangs noch immer von der unerlösten Seele der Auerin, als der Pfarrer sie aber hart anfuhr, begann sie zu weinen und gab zuletzt zu, in der vorigen Nacht und auch früher die Gespenstererscheinungen nur vorgetäuscht zu haben.

»Matz, bösartige!« ging der Auer sie an, wurde aber von Michel sofort zur Ordnung gerufen. »Die Bauern können jetzt gehen«, ordnete der Pfleger dann an. »Was jetzt noch zu tun ist, erledigen der Pfarrer und ich allein.«

Die Geislinger schienen froh, aus der Amtsstube zu kommen, nur der Auer sperrte sich, wurde aber von den anderen zur Raison gebracht. »Verbrennt sie!« verhallte draußen sein trunkener Ruf.

»Da hört Ihr, was ich meine«, sagte der Pfarrer leise

zu Kaspar Michel. »Wenn *das* Schreien erst einmal anhebt, dann ist es schwer wieder zu stillen. Der betrunkene Auer ist noch nicht gefährlich. Aber wenn es ein ganzes Dorf erfaßt, einen ganzen Landstrich . . .«

»Man darf es erst gar nicht hochkommen lassen«, gab der Pfleger, ebenso leise, zurück. »Und jetzt wollen wir die Sache hinter uns bringen.«

Er hatte über die Zeugenaussagen ein Protokoll angefertigt: ein kurzer Sachverhalt auf faserigem Papier, nun schrieb er auch das Urteil nieder und verkündete es anschließend laut den beiden Angehörigen der Familie Grueber:

»Du, Johann Grueber. Und du, Katharina! Weil ihr schamlosen Hokuspokus und groben Unfug getrieben habt, auch das gute Andenken einer Verstorbenen dabei verunglimpft, den Pfarrer Felß zudem habt zum Narren machen wollen, was euch aber nicht gelungen, werdet ihr zu einer Rutenstrafe und anschließend zu eintägigem Stehen am Pranger verurteilt. Du, Johann Grueber, sollst zwei Dutzend Streiche erhalten. Du, Katharina, weil du ein schmales Weib, eineinhalb Dutzend. Die Strafe wird morgen bei Tagesanbruch vollstreckt. Bis dahin habt ihr in der Hexenkaue zu bleiben.« Er blickte die beiden Verurteilten scharf an und setzte hinzu: »Letzteres soll euch eine besondere Warnung sein! Habt ihr das verstanden?«

Katharina starrte ihn mit großen Augen an. Johann Grueber war in sich zusammengesackt und begann nun, wie schon einmal, haltlos zu flennen.

»Bring sie hinaus!« befahl der Pfleger schroff dem Knecht des Pfarrers. »Meine Leute zeigen dir die Kaue.«

Als Felß und er allein waren, fragte Michel: »Darf ich Euch einen Becher Wein bringen lassen? Ich glaube, Ihr könnt das jetzt ebenso nötig brauchen wie ich selbst.«

Doch Felß lehnte ab. »Wenn Ihr erlaubt, reite ich auf der Stelle nach Geisling zurück. Obwohl unvermeidlich ist, was nun geschieht, kann ich nicht Wein trinken, während die beiden in der Kaue schmachten.«

»Ich verstehe Euch«, erwiderte der Pfleger. »Dann werde ich diese Stunde allein durchstehen müssen.«

»Ihr habt ein gutes Weib«, entgegnete Felß. »Eigentlich sollte ich ein Seelsorger für Euch sein, aber zwischen uns ist es besser, wenn gewisse Dinge nicht groß zur Sprache kommen. Beredet Euch also mit Eurer Anne, wenn Ihr müßt. Ich glaube, sie wird Euch verstehen.«

Michel blickte den Pfarrer erschrocken an. Sollte Felß etwa von Annes Vergangenheit wissen?

Doch der Pfarrer bemerkte weder den Blick noch die Furcht des Pflegers. Er war arglos und meinte zum Abschied: »Euer Weib hat milde Augen — das ist mir schon früher aufgefallen.«

Durch den Märzschlamm trabte Felß, holte die dahintappenden Bauern ein, überholte sie, dann verloren er und das Roß sich im Dunst der Donaumarschen und im böigen Regenwind. Kaspar Michel blickte dem Pfarrer vom oberen Stockwerk des Schlößchens aus nach, bis er ihn nicht mehr erkennen konnte, dann legten sich zwei Hände von hinten auf seine Schultern, und ein nachgiebiger Leib drückte sich gegen seinen verspannten Rücken.

»Du, Anne?«

»Ich habe gespürt, daß du mich jetzt brauchst«, antwortete die Frau. »Du hast die Geislinger verurteilt?«

»Zu einem Tag und einer Nacht in der Kaue – und morgen zu Ruten und Pranger.«

»Wegen Hexerei?«

»Um sie endlich zur Vernunft zu bringen!« Der Pfleger drehte sich um. Anne preßte unwillkürlich die Lippen zusammen, als sie den gequälten Zug um seine Augen sah. »Der Felß hat angedeutet, die Sache könnte viel schlimmer ausgehen, wenn die Kapuziner wieder eingeschaltet würden.«

Michel flüsterte jetzt: »Es wäre wohl seine Pflicht gewesen, die neue Geisterbeschwörung der Grueberschen nach Regensburg zu melden – aber er hat es nicht getan. Mit den wenigen Worten, die er sich erlaubte, bat er mich indirekt, die Geschichte hier aus der Welt zu schaffen. Bei uns sind es nur die Ruten. Wären die Kutten wieder auf der Fährte, dann könnte es der Scheiterhaufen sein.«

»Ich habe wieder im Spee gelesen«, sagte die Frau, ebenfalls flüsternd. »Danach hätten das Mädchen und ihr Vater auch die Ruten nicht verdient.«

»Sie haben immerhin die Bauern und den Pfarrer betrogen«, erwiderte der Pfleger.

»Weil die Tölpel so dumm waren, es ihnen zu erlauben. Nun, vielleicht nicht der Felß.«

»Der ganz gewiß nicht!« Kaspar Michel nahm die Hand seiner Frau, preßte sie wie hilfesuchend. »Aber was kann ich denn tun, als die Sache möglichst glimpflich abgehen zu lassen? Du mußt auch mich verstehen, Anne! Wir haben nun einmal die Hexengesetze – obwohl der Spee dagegen schreibt. Ich kann nichts weiter tun, als die Grueberschen vor den Kapuzinern zu schützen, und auch das nur, weil der Felß den Mund halten wird. Mehr ist nicht möglich.«

»Doch«, sagte die Frau fest. »Wenn alles vorbei ist, können wir uns um das Mädchen kümmern. Die Katharina soll nicht nach Geisling zurück. Dort kommt sie bloß wieder in Versuchung. Ich habe gehört, daß die bucklige Eckhin ihr vieles eingeflüstert hat, und die Eltern haben das Mädchen dann ausgenützt. Wenn das Kind bei uns bleibt und eine vernünftige Arbeit tut, in der Küche vielleicht, dann können wir ihr wirklich helfen. Erlaube es, Kaspar!«

Der Pfleger überlegte. Dann antwortete er: »Du bist klüger als ich, der Richter, Anne. Wir wollen es so machen, wie du gesagt hast. Und wenn du willst, dann können wir den beiden Grueberschen gleich mitteilen, was wir beschlossen haben.«

»Dann zur Hexenkaue«, sagte Anne. Obwohl sie über die Nachgiebigkeit ihres Gemahls hätte erfreut sein müssen, fröstelte, sie.

Die Hexenkaue war an die Grundmauer des Schlößchens angebaut, dort, wo der Wohntrakt gegen das Stallgebäude stieß. Die Mauern waren hier feucht, auf der Stallseite von Jauche durchtränkt, scharf nach Ammoniak riechend. Die Kaue selbst war lieblos aus einem Gemisch von Bruchsteinen und Ziegeln aufgeführt, mit körnigem Mörtel verkleistert. Das Dach bestand aus quergelegten Balken und Brettern. Drinnen, in dem nicht einmal mannshohen Loch, gab es eine Schütte altes Stroh und an der Rückwand mehrere eingemauerte Ketten mit Handschellen daran. An diesen hingen, jeweils an einem Arm gefesselt, Katharina und ihr Vater. Ein halbflüssiger Haufen Fäkalien in einer Ecke stank entsetzlich – der alte Grueber hatte Durchfall bekommen, gleich nachdem man ihn hier angekettet hatte. Scheußliche Spritzer klebten an seinen Hosenbeinen.

Es verschlug dem Pfleger und seinem Weib den Atem, als sie gebückt eintraten. Anne würgte, hatte sich aber sofort wieder in der Gewalt. Ihr Mann reichte ihr sein Sacktuch, schützte sich selbst Mund und Nase mit einem Zipfel seines Umhangs. Katharina errötete vor Scham und beide Gefangene starrten die Besucher mit großen Augen an.

Anne fand als erste Worte: »Mein Gemahl möchte noch einmal mit euch sprechen.«

Als keiner der Angeketteten antwortete, sagte der Pfleger: »Ihr habt euer Urteil vernommen – daran wird sich nichts ändern. Aber Anne, mein Weib, hat für Katharina gebeten. Das Mädchen soll, nachdem es seine Strafe erhalten hat, bei uns auf dem Amtssitz bleiben. Sie soll als Magd in der Küche dienen, damit sie in Zukunft keinen Unsinn mehr anstellen kann. Hast du etwas dagegen, Johann Grueber?«

Die Kette des Gefangenen klirrte. Er schnaufte schwer, rümpfte die Nase, antwortete: »Es ist uns eine Ehr', der Herr! Nichts hab' ich dagegen, gar nichts. Und die Kathrin ist eine anstellige Dirn. Geschickt und auch nicht dumm. Vielleicht ein wenig verzogen vom Ahn Jörg her. Von ihm stammt's, daß sie manchmal spintisiert hat. Aber die Kathrin ist nicht schlecht. Hätte von sich aus nie etwas Böses getan.« Seine Stimme wurde lauter, er beugte sich vor, stemmte sich gegen die Kette. »Das ist allein die Schuld meiner Alten, der

Gertrud. Die hat uns zu dem Hokuspokus angestiftet, mich und die Dirn. Die ist schuld an allem. Meine Alte und auch die Eckhin. Ich schwör's!«

»Du sollst nicht schwören!« versuchte Anne Michel den Alten zum Schweigen zu bringen, aber es war zu spät.

»Davon hast du vorhin nichts gesagt«, herrschte der Pfleger den Gefangenen an. »Du und Katharina – ihr habt euch also von deinem Weib und der Eckhin zu den Untaten anstiften lassen?«

»Das ist die reine Wahrheit«, beteuerte Johann Grueber. »Ist's nicht so, Kathrin?«

Das Mädchen nickte langsam, verstört. In seinem Kopf war es wieder so seltsam dumpf, als ob jemand dort drinnen endlose Litaneien sänge. Dunkel erinnerte Katharina sich an die vorletzte Nacht, als sie aufgewacht war, als sie gewußt hatte, daß die Auerin sie wieder gerufen hatte. Und als sie gefordert hatte, daß jemand zum Pfarrer gehen müsse, da hatte es einen Streit zwischen dem Vater und der Mutter gegeben. Einen Streit, und irgend jemand hatte sich der erneuten Beschwörung widersetzt. Der Vater? Die Mutter? – Katharina wußte es nicht mehr. Doch jetzt hatte der Vater sie so flehend angesehen, und deswegen wollte sie ihm helfen.

»Ja, ja, es war schon so«, sagte Katharina langsam und nickte erneut.

Dann erschrak sie über die tiefe Kerbe, die sich zwischen den Brauen des Pflegers gebildet hatte, und hörte den großen Mann sagen: »Nachdem die Tochter deine Anschuldigungen bestätigt, Grueber, muß ich auch deine Frau festnehmen lassen. Und die Eckhin dazu.

Hat dich die Bucklige zu deinen Untaten angestiftet, Katharina?«

»Die Eckhin war an der Friedhofsmauer«, murmelte das Mädchen, war zu Tode erschrocken, weil nun auch die Mutter in die Kaue gebracht werden sollte, setzte hinzu: »Die Eckhin hat's getan.«

»Kaspar!« bat Anne leise. »Muß das denn sein?«

Der Pfleger blieb hart. »Es nützt nichts, wenn wir den einen faulen Zahn hier ziehen, und in Geisling eitert der andere weiter«, versetzte er. »Ich habe es einmal angefangen, und jetzt will ich es auch ein für allemal zu Ende bringen. Aber sei beruhigt, Anne! Ich lasse die Weiber nicht wegen Hexerei, sondern wegen Betrugs und wegen ihrer Schandmäuler einsperren und auspeitschen. Sie werden morgen mit den beiden anderen am Pranger stehen, und dann werden wir ja wohl wieder Ruhe haben im Pflegamt.«

Während die beiden Gefangenen vor Angst stumm blieben, nickte Anne mit zusammengepreßten Lippen, dann wandte sie sich noch einmal Katharina zu: »Trotz allem bleibt es bei dem, was ich dir versprochen habe. Wenn das hier ausgestanden ist, trittst du deinen Dienst bei mir in der Küche an.«

Danach folgte die Pflegerin, blaß und mitgenommen, ihrem Mann nach draußen. Tief sogen beide die frische Luft ein. Aber der Gestank der Hexenkaue verfolgte sie noch diesen ganzen Tag, an dem auch die Grueberin und die Eckhin nach Pfatter geschleppt und in dem verrufenen Kerker angekettet wurden.

Der Gestank in der Kaue war pestilenzisch. Er trieb den vier Gefangenen den Schweiß aus den Poren, quälte

Lungen und Bronchien, ließ ihr Denken noch dumpfer werden, als es ohnehin war.

Katharina lag in dieser Nacht, ohne wirklich Schlaf zu finden, in halber Ohnmacht auf dem verfaulten Stroh. Ihr Vater, den noch immer der Durchfall quälte, war so gleichgültig geworden, daß er jetzt im eigenen Kot lag. Sein Weib hatte die Knie an die schlaffen Brüste gezogen, kauerte so in einem Winkel und knirschte zuweilen mit den Zähnen. Die Eckhin hatte zu beten begonnen, haspelte die Wundmale Christi und die Namen obskurer Heiliger sabbernd herunter Ihr Buckel rieb sich im Rhythmus dieser Litanei an der ammoniakgetränkten stallseitigen Kauenmauer. Im eigenen Brodem lagen und saßen die vier Angeketteten, und draußen rauschte monoton der Märzregen in der Nacht. Nach Stunden drang das Wasser durch den schwellenlosen Eingang, kümmerte sich nicht um Riegel und Ketten, verursachte den Gefangenen zusätzliche Qual.

Als der Knecht am Nachmittag die beiden Frauen gebracht hatte, da hatten sie mit dem alten Grueber und Katharina nur wenige Sätze gewechselt. Der Schock war zu groß gewesen: Zuerst, noch in Geisling, das rigorose Vorgehen des Pfarrers, dann der plötzlich losgebrochene Haß der Bauern, zuletzt der Büttel des Pflegers, kettenschwingend und hämisch von Prangerstock und Folter faselnd. Die Grueberin und die Eckhin hatten sich einfach mitschleppen lassen, hatten nur langsam begriffen, in was sie hineingeraten waren, und jetzt, mitten in der Nacht, brach es aus Gertrud heraus.

»Du hast uns hergebracht!« schrie sie ihren Mann an, »weil du nach dem Traum der Dirn zum Pfaffen rennen mußtest! Geschah dir recht, daß sie dich eingekäut haben, du Narr. Aber warum hast' mich und den Buckel auch noch hinhängen müssen?«

Johann Grueber verlagerte ein Bein; eine Wolke von Gestank stieg hoch.

»Sauteufel!« keifte nun auch die Eckhin. »Mußt' denn wie ein Vieh unter dich scheißen?«

»Warum sie euch hergeschleppt haben, weiß ich nicht«, stotterte der Taglöhner. »Ich bin gewiß nicht schuld daran.«

»Hast uns aber dem Pfleger angegeben«, beharrte sein Weib. »Der Büttel hat's gesagt. Ich und die Eckhin wären's gewesen, die zum Hexenwerk getrieben hätten.«

»Ich weiß ja nicht mehr, was ich beim Verhör gesagt hab'«, jammerte der Grueber. »Mein Bauch . . .«

»Sauteufel«, wiederholte anklagend die Eckhin und rückte, so weit sie konnte, von dem Taglöhner weg.

Der Grueber ging gar nicht darauf ein. »Ich war beisammen, als hätt' mir einer über den Schädel geschlagen«, sagte er. »Schon da, wie uns der Felß abgeführt hat, mich und die Kathrin. Und nachher auch, wie der Richter und sein Weib in die Kaue gekommen sind. Nichts weiß ich mehr von dem, was ich erzählt hab'. Vielleicht war's die Kathrin, die euch angegeben hat.«

»Auf das Kind schieben, du Saubär!« Die Grueberin warf sich gegen ihre Ketten, konnte so den Mann pakken, beutelte ihn, stieß ihn hart gegen die Mauer »Du bist zum Pfaffen gerannt. Du hast keine Ruh' geben wollen, obwohl schon die Kutten dagewesen sind!« Sie fuhr zurück neben die Eckhin.

»Unschuldig werden wir brennen müssen, weil du

dein Maul nicht gehalten hast«, keifte die Bucklige. »Arschloch, du!«

Da fuhr endlich auch der Grueber auf: »Du halt dein Maul, Buckelsau! Wenn's eine Hex' in Geisling gibt, dann bist du es. Hast nicht der Kathrin auf dem Friedhof aufgelauert? Und warst es nicht du, die uns die ersten Neugierigen in die Hütte gebracht hat? Hexenteufel, buckliger. Wenn sie dich verbrennen, dann will ich ein Halleluja singen!« Übernervös und keckernd begann er zu lachen.

»Ha, und wenn ich sterben muß, dann singst' wohl auch«, schrie sein Weib. »Aber vor mir soll's noch dich erwischen, dafür werd' ich schon sorgen! Ich sag' dem Pfleger, daß du schon immer ein Hexer gewesen bist. – Weißt noch, wie ich nicht wollt' und wie du mich trotzdem hergenommen hast? Damals, vor zwölf Jahren. Hast mir die Dirn da in den Bauch gehext, und jetzt hat uns das böse Blut alle mitsammen ins Unglück gebracht. Ein Hexenteufel bist', daß du's weißt!«

»Du und nicht wollen«, knurrte wütend der Grueber. »Bist immer hinter mir her gewesen wie eine läufige Hundsmatz. Du hast mich verhext, daß ich dir sechs Bankerten hab' machen müssen, und fünf dazu, die verstorben sind. Wo wir nie genügend Brot in der Hütten gehabt haben. Und jetzt willst du's auf mich schieben, du Deixelshur', du. Aber ich kann dem Richter auch was erzählen! Wie du Hex' mir mit dem Maul an den Prügel gegangen bist, weilst' gar nimmer genug hast kriegen können . . .«

Die Eckhin schrie angeekelt auf und furzte laut. Die Grueberin begann in krampfhaften Stößen zu heulen. Katharina hockte zitternd da und hatte eine Faust in den Mund gepreßt, biß sich verzweifelt auf die Knöchel, bis das Blut kam. Am liebsten hätte sie sterben wollen. Selbst der Scheiterhaufen ängstigte sie in diesem Moment nicht mehr. Lautlos begann sie zu weinen. Aber in der Kaue gab es niemanden, der auf sie geachtet hätte.

Der Streit zwischen den Erwachsenen ging weiter, heftig und rücksichtslos zuerst noch, später beinahe mechanisch, monoton. Der ekelhafte Streit zwischen den Ehegatten hatte sich selbständig gemacht, lief nach seinen eigenen Gesetzen die ganze lange Nacht weiter. Manchmal ging die Grueberin mit geballten Fäusten auf den Vater ihrer Kinder los, dann wieder stieß der Mann mit den Füßen nach seinem gefesselten Weib. Hätten sie zueinander kommen können, dann hätten sie vielleicht auch ruhiger werden können. Doch das verhinderten die Ketten – und die Eckhin, die keifend immer wieder neue Stachel in den Streit setzte. So ging es weiter bis zum Morgengrauen, während, unaufhörlich wie das Gezeter, draußen der Märzregen rauschte, während Katharina schon keine Tränen mehr hatte und die brennenden Augen mit geballten Fäusten zu schützen versuchte. Bevor man sie in die Kaue gebracht hatte, war sie nichts weiter als ein verwirrtes Kind gewesen, das gelegentlich von unerlösten Seelen träumte und ihnen beistehen wollte. Ein Kind, das sich über Lebensmittel, die es sozusagen selbst verdient hatte, freuen konnte. Ein Kind, das noch auf einen ruhigen Weg hätte zurückgeführt werden können.

Doch während der Nacht in der Kaue zerbrach etwas in Katharina. Etwas in ihrer Seele veränderte sich, verhärtete, wurde irreparabel. Der blasphemische Streit der Eltern und der Eckhin bewies Katharina, daß es etwas im Leben gab, das sie bisher nie kennengelernt hatte. Sie begriff bei weitem nicht alles, was die Erwachsenen sagten, aber sie begriff, daß die Welt und die Menschen unsagbar böse sein konnten. Und so trat sie in dieser Nacht heraus aus der Welt und flüchtete sich in eine andere: Weniger schlimm als die schreienden und sich prügelnden Erwachsenen erschienen ihr nun tatsächlich Teufel und Hexen. In ihrem Gemüt war ein Riß entstanden, und der würde für den Rest ihres Lebens nicht mehr zu heilen sein.

Der Märzregen rauschte auch bei Sonnenaufgang, als der Büttel die Gefangenen aus der Kaue holte. Er fluchte, als er in dem stinkenden Verschlag die Fesseln lösen mußte, versetzte dem alten Grueber einen wütenden Fußtritt. Dann klirrten die Ketten ins faule Stroh, und der Knecht trieb Katharina und die drei Erwachsenen wie eine Horde Schweine hinaus in den Regen. Der Schloßhof war teilweise überschwemmt; wo sich Pfützen gebildet hatten, tanzten unter schräg niedergehenden Regenschnüren Heuhalme und verrottete Blätter vom letzten Herbst. Von schlammigem Wasser bedeckt war auch der Platz vor dem Portal des Wohngebäudes, wo der aus Eichenblöcken zusammengefügte Pranger dunkel buckelte.

Mehr Knechte kamen hinzu und stießen die Verurteilten zu diesem Gerüst. Barfuß, wie die Geislinger auch, patschten sie durch die Lachen. Als Katharina einmal ausrutschte, riß ein Rothaariger sie derb wieder hoch und gab dabei fluchend eine Zote von sich. Katharina reagierte nicht darauf. Sie starrte ins Weite, als sähe sie weder den Mann noch den Richtblock.

Auch ihre Eltern und die Eckhin gaben jetzt endlich Ruhe. In der Enge der Kaue waren sie aufeinander losgegangen wie eingepferchte Raubtiere. Jetzt sagte ihnen ihr Instinkt, daß sie sich am besten ruhig verhalten und auch nicht den geringsten Widerstand versuchen sollten. Sie benahmen sich wie die Unterdrückten aller Zeiten: wüteten gegen sich selbst und gegeneinander, nahmen jedoch dumpf hin, was immer auch von der Obrigkeit kam.

Vor dem Prangerblock beugte als erster der Alte den Oberkörper, streckte, nachdem ihm der Büttel den Kittel vom Oberkörper gezogen hatte, von sich aus die Arme vor. Hals und Handgelenke wurden in die engen Muldungen des Eichenholzes gezwängt, daraufhin dieser Teil des Strafblocks zugeklappt und mit einem Pflock verschlossen.

Dann fielen im strömenden Regen auch die verschwitzten, verdreckten Hemden der beiden Frauen. Grotesk ragte der Buckel der Eckhin über erstaunlicherweise noch prallen Brüsten, während die der Grueberin, die elfmal geboren hatte, als welke Hautsäcke über strangartig hervortretenden Rippen hingen. Die Knechte zwangen auch die Frauen in den Pranger und keilten die Blöcke fest. Gekrümmt, verspannt, wuchsen nun drei Leiber in den dunklen Eichenblock hinein, zeigten obszön gespreizte Beine und herausgereckte Hinterteile, auf der anderen Seite, wie Fremdkörper, eingezwängte Köpfe und verkrampfte, fahrige Hände.

Für Katharina war kein Platz mehr übrig. Der Pranger der kleinen Ortschaft war nur für drei Delinquenten berechnet. Deshalb führte der Büttel das stumme Mädchen zu einem etwas abseits in die Erde gerammten Pfahl, der in Brusthöhe ein Querholz trug. Er war am Abend zuvor extra aufgerichtet worden. Mit Stricken fesselte der Knecht Katharinas Arme an den waagrechten Balken, verschnürte dann ihre Taille und auch ihre Knöchel am senkrechten Pflock. Notgedrungen mußte das Mädchen den Kopf seitlich drehen, so daß ihre linke Wange in einer beinahe intimen Haltung auf dem Holz auflag. Auch Katharinas Oberkörper war nackt, in ihre magere Brust schnitten die groben Fasern des Eichenstempens, weil die Rinde nur unvollständig abgeschält worden war.

Als alles für die Bestrafung bereit war, traten die Knechte zurück. Nur der Büttel blieb zwischen Schandpfahl und Block stehen. In der Faust hielt er jetzt ein dünnes Bündel vorjähriger Haselruten, ausgetrocknetes, geschältes Holz, das elfenbeinfarben schimmerte wie totes Gebein.

Als auf der Freitreppe der Pfleger erschien, gegen den Regen mit einem wollenen Kapuzenumhang geschützt, ließ der Henker das Rutenbündel probeweise durch die diesige Luft pfeifen. Die Eckhin zuckte zusammen und begann zu winseln, gleich darauf fiel auch die Gruebersche ein. Doch Kaspar Michel zögerte noch mit dem Befehl zum Beginn der Züchtigung.

Statt dessen wandte er sich an die müßigen Knechte: »Ihr verriegelt das Tor zur Straße, dann schert ihr euch in eure Quartiere. Ich will niemanden hier sehen, wenn der Büttel seine Pflicht tut. Euch nicht und auch keine Neugierigen aus dem Markt!«

Erstaunt gehorchten die drei Knechte, legten am Straßentor den Querbalken vor, dann verdrückten sie sich, empört untereinander murmelnd.

Auch der Büttel war verwirrt. »Soll's denn nicht wie sonst sein?« fragte er seinen Herrn. »Ich dachte, es gäbe ein Volksfest für ganz Pfatter heute . . .«

»Nein!« erwiderte der Pfleger bestimmt. »Nur du und ich werden dabei sein. Und jetzt fang an. Zwei Dutzend für die Erwachsenen, eineinhalb Dutzend für das Mädchen!«

Die Hände Kaspar Michels verkrampften sich unter seinem Umhang, als der erste Streich den Buckel der Eckhin traf. Die Ruten trieben das verwachsene Fleisch auseinander, rissen blutrote Striemen, streiften im Ausschwingen, da der Büttel links hinter der Frau stand, die rechte Brust. Braundunkel schwoll die Warze, und die Eckhin begann wie ein Tier zu brüllen.

Als die Schläge einer nach dem anderen fielen, wand sie sich wie ein Tier, riß sich Handgelenke und Nacken in den engen Löchern blutig, stieß mit den Beinen erfolglos nach dem Knecht. Zuletzt hing sie halb ohnmächtig, mit einem Gittermuster von Striemen auf dem Rücken, im Block. Sie hatte sich die Lippen aufgebissen, und aus ihren Mundwinkeln troffen gelber Schleim und blaßroter Speichel.

Nicht anders blieb Gertrud Grueber im Block hängen. Ihr Gatte bemachte sich selbst, noch ehe das erste Dutzend voll war. Zu seinen Füßen mischten sich Blut und dünnflüssiger Kot. Alle drei hatten aus Leibeskräften gebrüllt und um Gnade gefleht; jetzt stöhnten sie nur noch.

Katharina schrie nicht, als die Streiche ihren Rücken

trafen, auch dann nicht, als ein fehlgegangener Hieb ihr über die rechte Gesichtshälfte fetzte. Da ihr Kopf zur Seite gezwängt war, hatte sie die Züchtigung ihrer Eltern und der Eckhin die ganze Zeit über mit ansehen müssen, hatte die Erwachsenen im Zustand der tiefsten Erniedrigung erblickt – nichts hätte sie mehr treffen und anekeln können. Als die beiden Frauen und der Mann zuletzt wie schlaffe, blutige Gliederpuppen im Block hingen, da hatte sie alle drei abgrundtief zu hassen begonnen. Erklären konnte und wollte sie sich diesen Haß nicht.

Aber der Ekel war so stark, daß sie die Streiche, die ihr selbst ins Fleisch bissen, kaum wahrnahm; sie lenkten sie höchstens von dem Bild der so furchtbar erniedrigten Erwachsenen ab. Am Ende wunderte sich Katharina fast, weil kein Schlag mehr kam. Sie murmelte einen Fluch, den sie irgendwo aufgeschnappt hatte, dann spuckte sie hinter dem abgehenden Büttel her.

Die Auspeitschung hatte ihren Leib nicht gebrochen, nur der Riß in ihrer Seele hatte sich weiter vertieft. Die Mutter hängt da wie eine Hexe, dachte sie verwirrt. Die Eckhin auch, recht geschieht's ihr. Und der Vater hat sich vollgeschissen, der Teufel.

Und dann, in ihre wirren Gedanken hinein, die erregte, bebende Stimme des Pflegers: »Ihr bleibt zu eurer eigenen Schande stehen, am Pranger und am Pfahl, bis Sonnenuntergang. Danach wird man euch freilassen. Diese Strafe wird euch jetzt hoffentlich eine Lehre sein! Wenn ihr es noch einmal treibt wie zuvor, dann werdet ihr brennen. Habt ihr mich verstanden?«

Ein ersticktes Gurgeln der Eckhin, leises Stöhnen

von den beiden Grueberschen. Katharina versuchte zu nicken, konnte es aber nicht, weil ihr Kopf gegen den Pfahl gezwängt war, brachte ein kurzes »Ja« heraus.

»Gut!« Der Pfleger ging – auffallend taumelig – in das Gebäude zurück. Der Märzregen klatschte schräg aus jagenden Wolken auf die malträtierten Körper der vier Delinquenten. In Pfatter selbst wurde über die entsetzlichen Schreie, die aus dem Schloßhof gedrungen waren, getuschelt und geraunt. Doch Genaueres wußte niemand im Markt, denn die Knechte hielten auf den strengen Befehl ihres Herrn den Mund. Der Märzregen fiel den ganzen Tag, und am Abend wurden vier Körper aus dem Block und vom Pfahl genommen, die bestürzend an bleiche, blutleere Wasserleichen erinnerten.

April 1689

»Ist der böß Feind in eynes Menschen Gestalt mit rotem Rock, rotem Leibl, gelben Strümpfen und einer Schmerhauben auf dem Kopfe neben Ir hergangen. – Und sind die Mutter und die Weinzierlin von Geisling in den Montag-, Freitag- und Samstag-Nächten auf Gabeln ausgefahren, und jedesmals 2 oder 3 Köpf Butter Schmalz und Milch heimbracht.«
(Aus den Protokollen des Geislinger Hexenprozesses)

Die Hexenkaue und die Auspeitschung waren jetzt nur noch ein böser Traum. Der Märzregen, der damals noch Tage angehalten hatte, hatte Blut und Kot weggewaschen, und als dann im April die Sonne kräftiger und die Tage länger geworden waren, da hatte Katharina allmählich vergessen können. Nur tief drinnen in ihr nistete noch die Erinnerung an jene gespensterhafte Nacht und den folgenden grauenhaften Tag; manchmal wurde das Mädchen davon noch im Schlaf verfolgt. Aber die prickelnden Apriltage brachten ihr mehr und mehr das Leben zurück. Katharina lief über den Schloßhof, scherzte mit den Hunden, formte in der Küche mit schmalen Händen Knödel, und wenn sie letzteres tat, war sie manchmal sogar glücklich.

Möglicherweise hatte Katharinas schnelles Vergessen seinen Grund darin, daß sie ihre Eltern seit dem Tag am Pranger nicht mehr gesehen hatte, daß zerpeitschte Rücken und der entsetzliche Streit zwischen Vater und Mutter gnädig aus ihrer Welt herausgelöst worden waren. Der Pfleger hatte die Eckhin und die

Grueberschen damals noch in der Nacht auf einem strohgepolsterten Karren nach Geisling zurückbringen lassen. Katharina aber war auf Veranlassung von Anne Michel in eine saubere Kammer mit einem richtigen Bett geführt worden. Dort hatte sie sich dann erholen dürfen, bis die dünnen Schrammen auf ihrem Körper verschorft waren. Danach war sie als Magd in die Küche gekommen und hatte in der Frau des Pflegers so etwas wie eine bessere Mutter gefunden.

An diesem späten Apriltag, an dem das Pflegschloß und Pfatter unter blauem Himmel lagen, während im Norden, über dem Waldgebirge, dunkelgeränderte Wolken trieben, hatte die Pflegerin Lust verspürt, sich in der Küche richtig auszuarbeiten. Jetzt saßen sie und Katharina sich gegenüber auf zwei niedrigen Buchenschemeln und jede von ihnen rupfte ein Suppenhuhn. In dem Gewölbe hing sämig und sauer der Geruch nach angebrühtem Fleisch. Die Hühner hatten bereits einige Zeit im Topf gekocht, und jetzt lösten sich die Kiele leichter.

Anne hatte eine Zeit geschwiegen, aber nun fragte sie plötzlich: »Träumst du jetzt immer noch von . . . von der verstorbenen Auerin?«

Ein Hauch von Angst trübte die Augen Katharinas, doch sofort waren sie wieder klar. »Fast gar nicht mehr«, antwortete sie. »Manchmal wischt vielleicht im Traum etwas vorbei, aber dann wach' ich immer gleich auf.«

»Das ist gut«, sagte die Pflegerin und schlug einen Hühnerflügel um. »Und deine Eltern gehen dir auch nicht ab?«

»Sie schicken Grüße, wenn jemand von Geisling

nach Pfatter kommt«, gab das Mädchen Bescheid. »Dann weiß ich immer, daß es ihnen an nichts fehlt. Sie sind jetzt schon wieder draußen auf den Feldern, und der Vater hat Arbeit beim Weinzierl bekommen. Sie wissen auch, daß es mir gut geht, hier bei Euch. Mir gehen meine Leut' nicht ab. Bloß zur Kirchweih, im Herbst, da würde ich schon wieder mal gerne nach Geisling gehen. Möcht' dann mit meinen Leuten die Schmerküchlein essen.«

»Das wird sich machen lassen«, versprach Anne Michel. »Gefährlich wird's ja nicht mehr sein, denn du bist um ein gutes Stück klüger geworden seit . . . damals.«

»Ihr meint – die Kaue? Daran möcht' ich nicht mehr denken!« Katharinas Augen hatten sich jetzt deutlich verschattet. Sie wischte sich mit der Hand darüber, eine feuchte Hühnerfeder blieb in ihrem Haar hängen.

»Sollst auch nicht mehr daran denken«, bemühte Anne sich das Mädchen zu beruhigen. »Das ist vorbei, ein für allemal. Aber du mußt auch verstehen, daß mein Gatte durchgreifen mußte. Was ihr getrieben habt, war gefährlich. Es hätte viel Schlimmeres herauskommen können als die Kaue. Das weißt du, gell?«

»Die Kapuziner sind schlimmer gewesen.«

Katharina rupfte jetzt hastig, und die Pflegerin spürte, daß sie nicht weiter in das Kind dringen durfte. »Du hast dich brav herausgemacht, hier bei mir«, sagte sie deswegen freundlich. »Und jetzt wollen wir zusehen, daß die Hühner fertig werden. Die sollen eine kräftige Suppe für den Eisenamtmann Simon Hanndloß abgeben, der heute abend bei uns zu Gast ist. Möchtest du dann auftragen, Kathrin?«

»Ja, das wär' eine Ehre!« Das Mädchen strahlte schon wieder. »Der Eisenamtmann ist ein großer Herr, nicht?«

»Kein Barren aus Amberg oder Regensburg schwimmt in Pfatter auf der Donau vorbei, den der Hanndloß nicht aufschreiben würde«, bestätigte Anne Michel. »Der Amtmann und mein Gemahl, die herrschen hier im Markt. Mußt also besonders freundlich zu dem Hanndloß sein. Aber wenn etwas von dem Hühnertopf übrigbleibt, kriegst du nachher auch noch deinen Teil ab.«

Katharina lachte. »Mir läuft schon jetzt das Wasser im Maul zusammen!«

»Im Mund – so heißt es«, rügte wohlwollend die Pflegerin.

»Im Mund läuft's mir zusammen«, bestätigte Katharina.

Jetzt lachte Anne Michel.

Wenig später waren die Hühner gerupft. Die letzten Stoppeln wurden über einer Kerzenflamme abgesengt, dann kamen die schlaffen, weißlichen Leiber in den kochenden Sud. »Nun brauche ich dich nicht mehr«, sagte die Pflegerin. »Kannst hinaus und im Hof spielen. Aber bei Sonnenuntergang wäschst du dich und trägst dann droben im Herrenzimmer das Essen auf. Und jetzt lauf!«

Katharina rannte nach draußen, fand einen der Jagdhunde des Pflegers und begann sich mit ihm genau an der Stelle zu balgen, wo der Prangerstock gestanden hatte. Doch daran dachte sie jetzt nicht mehr. Der Hund, seine zärtlich zupackenden Kiefer, sein langer brauner Behang, nahmen das Mädchen vollkommen gefangen. »Bist mein Prinz, bist mein Geliebter«, sang Katharina und drückte die Lippen auf die samtige Stelle zwischen den klugen Augen des Tiers.

Durch das ebenerdig gelegene Fenster der Küche sah es Anne Michel. »Bist wieder gesund geworden, Mädchen«, sagte sie leise zu sich selbst. »Mein Gott, wie mich das glücklich macht . . .«

Der Eisenamtmann Simon Hanndloß stammte aus dem Oberbayerischen; sein Großvater, der mit dem Silberkegel anstelle der linken Hand, war noch Ritter gewesen. Doch Simon war der Nachkomme eines jüngeren Sohnes, der diese Würde aus Geldmangel nicht hatte erben können. Deswegen hatte sich der Enkel des Oberbayern ins Flachland hinaus verdingen müssen. Erst mit einundvierzig Jahren hatte man ihm kürzlich die Amtmannsstelle zugesprochen. Vorher hatte er als Fähnleinführer bei der Regensburger Stadtwache gedient, und es war ein hartes Brot gewesen. Um so froher war er nun um die Pfründe in Pfatter.

Das Leben war allerdings viel langweiliger hier draußen im Gäu, als Hanndloß es von der Stadt her gewohnt war. Die Kontrolle der Eisenschiffe, die donauabwärts nach Straubing, Deggendorf, Passau, Linz und sogar nach Wien gingen, füllte ihn nicht aus. Ebensowenig das Zählen der Salzscheiben, die vom Frühjahr bis zum Herbst stromauf getreidelt wurden.

Immerhin hatte der Eisenamtmann sich einen Ausgleich zu schaffen gewußt: Wann immer sich die Gelegenheit dazu ergab, nahm er sich eines der willigen Weiber in sein Bett, die es als eine Ehre betrachteten, von einem kurfürstlichen Beamten beschlafen zu werden. Es hatte mit Küchendirnen und Witwen begonnen, doch in letzter Zeit hatte es Hanndloß immer stärker nach jüngerem Fleisch verlangt. Erst in der vergangenen Woche war seine Beischläferin eine Bauerndirn aus Brennberg gewesen, die Butterschmalz als Abgabe ihres Herrn ins Amtshaus gebracht hatte. Sie war erst vierzehn gewesen und noch Jungfrau, und weil ein Frühjahrsgewitter sie am rechtzeitigen Heimgehen verhindert hatte, hatte der Eisenamtmann sich die ganze Nacht lang mit ihr vergnügen können.

Als er nun bei Sonnenuntergang ins Pflegschlößchen schritt, dachte er immer noch an den unvergleichlichen Spaß, den er gehabt hatte, als er sich in die zuckende Grotte der Kleinen gedrängt hatte. Und er sehnte sich danach, bald wieder solch zartes, ängstliches Fleisch unter sich zu haben. Gerade, als ihm bei diesem Gedanken ein wollüstiger Schauer durchs Gemächt rieselte, erblickte er Katharina, die sich in einer Ecke des Schloßhofes mit einem braunen Jagdhund mit langem Behang herumbalgte.

Der Eisenamtmann blieb stehen und pfiff überrascht durch die Zähne.

Der Hund hatte den Pfiff vernommen, löste sich von Katharina und blickte aufmerksam, mit gespitzten Ohren, zu dem Mann im pludrigen Gewand und mit dem Federhut herüber. Dasselbe tat erschrocken auch Katharina, denn es war ihr jäh bewußt geworden, daß sie längst zum Servieren hätte fertig sein sollen. Jetzt stand der Eisenamtmann bereits im Hof, und sie selbst war noch nicht einmal gewaschen, wie es die Pflegerin befohlen hatte.

Katharina wollte wegrennen und das Versäumte

schleunigst nachholen, aber nun rief sie der große und etwas beleibte Mann in dem protzigen Gewand zu sich: »Komm her! Was bist du denn für eine hübsche Dirn? Hab' dich ja noch nie im Schloß zu sehen bekommen.«

Katharina trat heran und knickste, so wie Anne Michel es ihr beigebracht hatte. »Ich bin noch nicht lang da«, sagte sie schüchtern. »Erst ein paar Wochen. Bin aus Geisling.«

»So, so und wie heißt du?« wollte Hanndloß wissen, während der Hund um ihn und das Mädchen herumtrottete.

»Katharina«, kam, noch leiser, die Antwort. Das Mädchen fürchtete sich plötzlich. Denn es war etwas in den Augen dieses Mannes, das sie nicht kannte, das abstoßend fremd war.

»Katharina«, wiederholte Hanndloß nachdenklich. Dann schien er sich an etwas zu erinnern. Als Amtsperson hatte er Kenntnis von den Dingen, die sich hier im März hinter verschlossenem Tor abgespielt hatten. »Die Gruebersche vielleicht gar? Die Hex', die der Pfleger dabehalten hat, damit sie unter Aufsicht ist. Bist du die?«

»Bin keine Hex' – die Gruebersche schon«, antwortete Katharina. »Und jetzt muß ich in die Küch'.« Sie wollte weg.

Doch der Amtmann hielt sie plötzlich am Oberarm fest. Das Ziehen in seinem Unterleib war stärker geworden. »Mußt dich doch nicht schämen, weil ich dich so genannt habe«, sagte er mit heiserer Stimme. »Ist doch bloß ein Spaß gewesen. Verstehst' etwa keinen Spaß, Kathrin?«

»Ich . . . weiß nicht«, erwiderte schüchtern das Mädchen.

Der Amtmann zog sie näher zu sich, schämte sich seines Tuns – zwölf Jahre, höchstens dreizehn war das Gör! –, konnte sich dennoch nicht zurückhalten, wollte diese Zarte, sicher Jungfräuliche aus ihrer Reserve lokken.

Doch da rief plötzlich die Pflegerin, die den Eisenamtmann vom oberen Stockwerk aus hatte kommen sehen: »Katharina, was trödelst du?«

Das Mädchen konnte sich aus dem Griff des Hanndloß lösen und rannte mit flatternden Haaren davon. Leicht spreizbeinig ging der Beamte auf die Freitreppe zu. Und er war plötzlich sehr angetan davon, daß der Pfleger ihn für diesen Abend eingeladen hatte. Katharina war genau der Bissen, den er sich nach der Brennbergerin ersehnt hatte.

Die Hühnersuppe war verzehrt, dazu weißes Brot, eingemachte Rübchen, Geselchtes und aus der Donau eine frühe Barbe. Jetzt saßen der Pfleger und der Eisenamtmann beim Wein – nicht mehr in Gesellschaft der Hausfrau. Denn die hatte sich frühzeitig zurückgezogen. Auch Kaspar Michel war müde, aber das wollte er sich dem älteren Mann gegenüber nicht anmerken lassen. So bemühte er sich, das Gespräch nicht einschlafen zu lassen, während er heimlich hoffte, daß Hanndloß von sich aus bald aufzubrechen wünschte. Doch dies war nicht der Fall. Der ehemalige Regensburger Söldner schien gar im Pflegschlößchen übernachten zu wollen.

Und jetzt, während er sich mit seinem achten oder

neunten Becher beschäftigte, brachte er das Gespräch zu Michels Leidwesen auch noch auf Katharina: »Ihr habt da eine neue Dirn im Haushalt? Eine Blonde. Sie ist mir über den Weg gelaufen, wie ich hergekommen bin.«

»Ein Häuslermädchen aus Geisling«, beschied ihn der Pfleger kurz.

»Und dieselbe, die Ihr wegen Hexenzaubers im März habt auspeitschen lassen, nicht wahr?« Hanndloß lachte und trank erneut. »Ein hübsches Hexenfrätzchen, das muß man anerkennen.«

Kaspar Michel war ärgerlich, aber er witterte nicht, was der Eisenamtmann im Schilde führte. »Die Katharina wurde nicht wegen Hexerei abgestraft«, sagte er, »sondern weil sie, auf Anstiften ihrer Eltern, andere Leute betrogen hat. Anne wollte sie hier im Haus behalten, um ein Auge auf sie zu haben und sie zurück auf den rechten Weg zu führen. Und das scheint ihr auch zu gelingen. Das Mädchen ist eines der anstelligsten, die wir je hatten.« Er gähnte. »Aber was unterhalten wir uns über eine Dienstmagd? Habt Ihr Neuigkeiten aus München bekommen? Es würde mich interessieren, ob der Kurfürst jetzt endlich aus Belgrad zurückgekehrt ist.«

»Ihro Gnaden Max Emanuel haben die Türkenstadt erobert und genießen dort immer noch Ihren Sieg«, erwiderte Hanndloß spöttisch. »Na, man behauptet ja, daß die osmanischen Weiber es besonders wild treiben mögen. Ich kann's unserem Herrn nicht verdenken, wenn er sich nicht lösen will aus den Früchten seines großen Sieges.« Er lachte meckernd über seinen eigenen Scherz und vollführte eine obszöne Geste.

Der Pfleger dagegen fühlte sich angewidert. Und er beschloß, seinem Ärger jetzt freien Lauf zu lassen und den Amtmann endlich hinauszukomplimentieren. Sonst würde der Kerl gar noch bis zum frühen Morgen beim Wein sitzen bleiben. »Es geziemt Euch und mir nicht, über den Landesherrn zu spotten«, sagte er scharf. »Ihr solltet dem Kurfürsten mehr Achtung entgegenbringen, Hanndloß. Aber wahrscheinlich liegt's daran, daß Ihr zuviel Wein getrunken habt. Wenn ich Euch raten darf, so schlaft Euch jetzt aus. Ihr werdet sonst morgen Schwierigkeiten bei der Erfüllung Eurer Pflichten haben. Ihr wißt, morgen passieren hier die Amberger Eisenschiffe für Wien.«

Hanndloß hatte, genau begriffen, daß der Pfleger ihn loswerden wollte. Er hätte deswegen beleidigt sein können — wenn der verkappte Hinauswurf nicht ganz in seinem Sinne gewesen wäre. Deswegen gab er sich versöhnlich und lenkte ein:

»Ich bitte um Pardon, Michel! Ich habe wirklich zuviel getrunken und will mich jetzt lieber auf den Heimweg machen. Euch mein Dank und mein Respekt für Speise und Trank. Das nächste Mal seid Ihr und Euer Weib bei mir zu Gast geladen.« Er leerte seinen Becher bis zur Nagelprobe, erhob sich, stand leicht schwankend, mit geröteten Augäpfeln, da.

»Ich begleite Euch noch zum Tor«, bot der Pfleger an.

Aber Hanndloß winkte ab. »Beschämt mich nicht, mein Freund. So betrunken bin ich nun auch wieder nicht, daß ich meinen Weg nicht allein finden könnte. Wenn Ihr mir bloß noch Feuer für meine Laterne gebt, will ich schon zufrieden sein.«

Er ging zu der Truhe, wo er seinen Mantel und das

Sturmlicht abgelegt hatte. Viel zu schwungvoll warf er sich den schweren Umhang über die Schultern.

Der Pfleger steckte inzwischen den Kerzenstumpf in der Laterne an und schloß dann das verglaste Gitter. »Das Tor ist offen«, sagte er dabei. »Einer meiner Fischer ist draußen und soll im Morgengrauen mit den Aalen in den Hof kommen können, ohne daß er jemanden wecken muß.«

Hanndloß nahm die Laterne. »Aale sind etwas Feines«, murmelte er. »Stärken die Manneskraft. Ich wünsch' Eurem Fischer einen guten Fang.«

Kaspar Michel schluckte wütend, erwiderte aber nichts mehr, sondern brachte seinen mißliebigen Gast noch bis zum Portal. Dort wankte der Eisenamtmann unvermittelt zur Treppe, die drinnen nach unten führte.

»Nicht dort hinunter«, entfuhr es dem Pfleger. »Dort schläft die Katharina.«

Hanndloß kam zurück. Er grinste, doch wegen der hochgeschlagenen Kapuze bemerkte Kaspar Michel es nicht. »Wäre ich doch beinahe falsch gegangen«, murmelte der Eisenamtmann. »Diese Tür also.«

Er tappte hinaus. Der Pfleger blickte ihm nach, bis die Laterne über den Hof gegeistert war und zuletzt hinter der Mauer verschwand. Erst dann ging Kaspar Michel in das Gebäude zurück und verriegelte sorgfältig das Portal.

Wenig später löschte er im ehelichen Schlafgemach das Licht, schlüpfte unter die Felle und schmiegte sich an Annes zusammengerollten Leib. Sie erwachte und fragte schlaftrunken: »Wie ist es mit dem Hanndloß gewesen?«

»Eine Tortur«, antwortete ihr Mann. »Er ist und bleibt ein ungehobelter Söldnerführer, säuft auch wie ein Loch. Ich bin froh, daß er endlich gegangen ist. Ach, Anne . . .«

Er zog sie in seine Arme, tastete, fast wie schutzsuchend, nach ihrer Brust. Sie öffnete die Schenkel, schlang ein Bein um seine Lenden und nahm ihn in sich auf.

Simon Hanndloß lauerte außerhalb des Mauertors. Die Laterne hatte er unter seinem Mantel verwahrt, so daß kein Lichtschimmer ihn verraten konnte. So wartete er ab, bis auch im Pflegschloß alles dunkel geworden war. Die kühle Nachtluft hatte seine Trunkenheit halbwegs verfliegen lassen.

»Jetzt liegst du also bei deinem Weib, Michel«, flüsterte er grinsend. »Und ich will mir jetzt das meinige suchen. Ein Jungfräulein – kein ausgeleiertes Loch wie das, das du wohl gerade bespringst . . .«

Vorsichtig, die Laterne nur immer für Sekunden benutzend, schlich er zurück in den Schloßhof, zog hinter sich das schwere Tor geräuschlos wieder zu und stahl sich zu jenem Fenster neben der Küche, hinter dem Katharina schlief. Der Pfleger selbst hatte ihm zuvor unwillentlich den richtigen Weg gewiesen.

Ein Aufblitzen der Laterne – Hanndloß erkannte, daß es leichter werden würde, als er gedacht hatte. Früher einmal war das ebenerdige Fenster vergittert gewesen, doch jetzt lagen die zusammengeschweißten Eisenstäbe verrostet auf der Erde. Man hatte wohl eine Reparatur durchführen wollen und das dann vergessen. Nur ein hölzerner Laden schützte die Fensterhöhle, und den entfernte Hanndloß mit einem einzigen Griff. Als sich der Eisenamtmann, die Füße voran, in die Kammer gleiten ließ, konnte er bereits den Duft des Mädchenkörpers riechen.

Er stand auf etwas Weichem. Als er die Laterne wiederum aufleuchten ließ, da erkannte er, daß es sich um Katharinas einfaches Leinenkleid handelte, das diese achtlos hatte zu Boden fallen lassen. Und Katharina selbst lag in Reichweite des Eindringlings: ein zusammengerollter Leib unter grober Wolldecke, das Gesicht unter einem Arm vergraben, blondes Haar über Hand und Deckensaum geringelt.

Hanndloß stellte die Laterne auf einen Schemel, setzte sich selbst schnaufend auf das schmale Bett, berührte Katharinas Schulter. Das Mädchen stöhnte im Schlaf. Der Griff des Mannes wurde fester, auch fahriger. Die Hand schob die Decke weg; nun konnte Hanndloß die kleinen, kindlichen Brüste seines Opfers erkennen. Er klemmte eine Warze zwischen Zeige- und Mittelfinger, rieb den rosigen Knubbel. Katharina ächzte, fuhr dann hoch, war wach.

Der Amtmann ahnte, daß sie schreien würde. Er löste die Hand von ihrer Brust und preßte sie ihr auf den Mund.

»Nein!« flüsterte er. »Sei ganz ruhig! Ich tu' dir nichts.«

Das Mädchen wand sich unter seinem harten Griff, aber in seinen Augen lag keine allzugroße Furcht. Katharina hatte den Eindringling jetzt erkannt. Es war nur ein Mensch und kein Gespenst, wie sie, aus dem Schlaf gerissen, zuerst gedacht hatte. Ihr Widerstand erschlaffte; Hanndloß gab sie langsam frei. Katharina gab keinen Laut von sich.

»So ist es schön«, flüsterte der Amtmann. »Brauchst keine Angst vor mir zu haben. Ich will dir nichts Böses. Bist viel zu schön, als daß man dir etwas Schlimmes tun wollte. Bist das schönste Mädchen in ganz Pfatter. Wie wir heute abend im Hof draußen geredet haben, da ist's mir gleich aufgefallen.«

Katharina erinnerte sich an die Szene. Zwischen ihren Augen erschien eine kleine Falte. »Ich will von Euch nicht solche Dinge hören«, sagte sie. »Und Ihr hättet nicht durch das Fenster steigen dürfen, Herr!« Sie erkannte plötzlich, daß ihr Oberkörper nackt war und zog die Wolldecke blitzschnell bis zum Kinn.

Hanndloß lachte unterdrückt. »Ich bin aber durchs Fenster gekommen – und deine Brüstlein hab' ich auch schon gesehen, auch wenn du sie jetzt wieder vor mir versteckst. Komm, sei ein liebes Kind! Zeig sie mir noch einmal. Sie sind so frisch und rund wie junge Äpfel . . .«

Er packte Katharinas Schulter, zog mit der anderen Hand die Decke weg. Das Mädchen wehrte sich, wollte um Hilfe rufen – aber dann war der Mund des Amtmanns züngelnd an ihrer Warze. Noch nie hatte Katharina etwas Vergleichbares erlebt. Sie fühlte sich plötzlich schwach, in ihren Schläfen hämmerte es. Der Mann sog ihre Brustspitze weit zwischen seine Lippen, tastete gleichzeitig an ihrem Leib entlang, strich über ihren Bauch, ließ die Finger zwischen magere Schenkel gleiten, fand das erst zaghaft entwikkelte Büschlein.

Er stöhnte wollüstig – und in das Stöhnen hinein

brannte der Schlag, den Katharina ihm versetzt hatte. Hanndloß fuhr zurück. Dadurch fand das Mädchen Gelegenheit, aus dem Bett zu springen, die Decke mit sich zu reißen, sich schutzsuchend in eine Ecke der Kammer zu drängen. Sie hätte schreien können, aber daran dachte sie jetzt nicht. Denn sie spürte trotz allem noch den Mund, die Hand des Mannes – alles in ihr war in Aufruhr, aber sie wollte ihn trotzdem nicht bei sich haben.

»Geht!« flehte sie.

»Von wegen – erst hast du mich heiß gemacht, und jetzt willst du dich zieren. Nicht mit mir!« Hanndloß ging spreizbeinig auf das Mädchen zu. Katharina sah seine gierigen Augen und auch die Wölbung hinter seinem Hosenlatz. Sein Schädel rot, das Haar wirr, dicke Aderstränge auf den nach vorn gestreckten Händen.

»Nicht weiter!« flüsterte sie. Doch Katharina wollte jetzt auch gar nicht mehr um Hilfe rufen; sie hatte sich ja selbst schuldig gemacht, weil sie Lippen und Hand dieses Mannes an ihrem Leib geduldet hatte. Die Sünde war bereits in ihr, aber größer durfte sie nicht werden – und dann sah Katharina den Ausweg. Die Hände mit dem dichten Adergeflecht waren nur noch Zentimeter von ihrem Leib entfernt, als sie fauchte: »Rührt mich nicht an. Nicht mich! Ihr würdet eine Hexe anrühren! Es wär' um Eure Seele geschehen!«

»Was?« Der Eisenamtmann erstarrte. »Was sagst du da?«

In diesem Augenblick war sich Katharina ihrer Macht vollkommen bewußt. Sie war stärker als dieser große Mann! Ein wildes Triumphgefühl durchflutete sie, schwemmte die Verwirrung in ihrem Leib hinweg.

Sie, Katharina, konnte den mächtigen Hanndloß in seine Schranken weisen. Die kleine Küchendirn den großen kurfürstlichen Amtmann! »Ich bin eine Hex' und komme aus einer Familie von Hexen«, zischte sie.

Hanndloß musterte sie ängstlich aus zusammengekniffenen Augen. »Du lügst«, murmelte er, »willst mich bloß schrecken.« Er schwankte zwischen Furcht und Begierde. Aber er kam nicht näher. Statt dessen zuckte unbewußt sein Unterleib.

Katharina nahm, ebenfalls unbewußt, diese Herausforderung an. »Soll ich Euch wirklich sagen, wie's um mich steht? Ja?«

Als der Amtmann verwirrt schwieg, sie lediglich mit fahrigen Blicken musterte, setzte sie hinzu: »Im vorigen Jahr hab' ich bei einem Bauern in Burgweinting als Kindsmagd gedient. Da ist mir der Teufel als eine Katze erschienen und hat mir das Kopftuch heruntergerissen. Hat mir auch zwanzig Maulschellen gegeben, daß ich ganz wirr im Kopf geworden bin . . .«

Sie funkelte den Amtmann an. Der bedachte sich und erwiderte schwach: »Maulschellen kannst du von mir auch bekommen. So ein Schmarrn, was du da erzählst! Komm, leg dich wieder ins Bett und laß mich zu dir. Dann wirst du den Teufel schnell vergessen haben.«

Aber Hanndloß machte keine Anstalten, tatsächlich handgreiflich zu werden. Er wußte nicht mehr, was er von diesem Mädchen halten sollte. Er war verunsichert, und genau das trieb Katharina dazu, ihre Trümpfe noch weiter auszureizen. Das alles war jetzt ein Spiel für sie, in dem sie ihre Macht über den großen Mann auskosten konnte. Der Riß in ihrer Seele, der sich zuerst in den Armen Jörgs, dann auf dem Geislinger Friedhof am Grab der Auerin, später in der Grueberschen Kate und zuletzt am Schandpfahl gebildet hatte, war wieder aufgebrochen, und er klaffte in diesem Moment weiter, gefährlicher denn je.

»Wie ich dann meinen Dienst in Burgweinting gekündigt hab'«, zischelte sie, »wie ich nach Hause gelaufen bin, da ist mir der böse Feind in Menschengestalt erschienen!« Katharina fuchtelte im Eifer mit den Armen; die Wolldecke glitt von ihren Schultern, doch sie bemerkte es nicht. »Der Teufel hat einen roten Rock und ein rotes Leibl angehabt. Gelbe Strümpf' dazu und auf dem Hörnerschädel eine schwarze Schmerhauben.* So ist er lange neben mir hergegangen.«

Während der Amtmann sie noch verwirrter und mit aufgerissenem Mund anstarrte, kicherte Katharina, fragte, keckerte aus dem Kichern heraus: »Wollt Ihr noch mehr hören? Ja? Von meiner Mutter? Die ist auch eine Hex'! Zusammen mit der Weinzierlin von Geisling ist sie immer in den Montag-, Freitag- und Samstagnächten auf Gabeln ausgefahren, zu den anderen Bauern. In die Ställ' sind sie eingefallen und haben jedesmal zwei oder drei Köpf'** Butter, Schmalz oder Milch heimgebracht. Hexenbutter. Hexenschmalz. Hexenmilch. Ja, damit haben sie mich dann eingeschmiert, und so bin ich selber eine Hex' geworden . . .«

»Halt' den Mund jetzt!« raunzte Hanndloß, wütend und verstört zugleich. »Ich will solches Teufelszeug

---

* Schmerhaube: Ein rundes, den Scheitel deckendes Käppchen aus schwarzem Leder. (Schmeller).

** Ein Kopf: Bäuerliches Hohlmaß = 0,83 Liter.

nicht hören! Du erzählst mir Märchen, weil du nicht willst, daß ich dir auf den Leib komm', Schwanztäuscherin, du! Aber ich werd's dir beibringen. Auf der Stelle!«

Katharinas nackter Oberkörper, die kleinen Brüste waren stärker als die Furcht des Amtmanns. Er sprang auf sie zu, stellte sie in ihrer Ecke. »Von mir aus sollst du eine Hexe sein«, keuchte er, während er nach Schultern und Brüsten griff. »Vielleicht ist's ganz schön mit einer Hexe.« Er lachte, drängend nahe an Katharinas Ohr. Das Mädchen sperrte sich, war wie erstarrt. Ihr Mittel hatte versagt. Der speichelnde Mund des Mannes an ihrem Hals, seine Hand an ihrer Brust, seine Hand an ihrem Gesäß, in der Backenspalte. Unkontrollierbares Zittern durch den ganzen Leib.

»Ja, so ist's gut«, keuchte Hanndloß. »Ja . . . ja . . .«

Doch dann plötzlich der fürchterliche Stoß in sein Gemächte, der ihn augenblicklich lähmte, ihn würgte, ihn hilflos machte. Brechreiz und eiskaltes Schrumpfen zwischen den Schenkeln. Das Mädchen hatte ihm ein Knie zwischen die Beine gewuchtet. Hanndloß taumelte zurück, konnte sich kaum noch aufrechthalten. Der Schmerz schien ihm die Eingeweide zu zersprengen . . .

Als Katharina ihn zum Fenster zerrte, stieß, ihm hinaushalf, ihn mit ungeahnter Kraft durch die Höhle schob, da wurde ihm immer wieder schwarz vor Augen. Er glitt draußen an der Mauer entlang zu Boden, rang nach Luft. Das Mädchen reichte ihm die Laterne, stieß damit gegen seinen geschundenen Körper, bis er sie ergriff. Immer noch furchtbar der Schmerz, aber die Schwärze vor seinen Augen schwand allmählich.

Hanndloß zog sich an der Mauer hoch, stand aufrecht da. Und dann drang aus der Fensterhöhle Katharinas zischelnde Stimme zu ihm: »Eine Hex' bin ich, jetzt weißt du's. Wie meine Mutter. Wie die Weinzierlin. Die haben sich oft mit Hexensalbe eingeschmiert und sind auf Mistgabeln und Besen durch den Kamin ausgefahren. So wie du jetzt durch's Fenster. Und nun geh', Hanndloß! Geh'! Geh!«

So haßerfüllt klang das Zischeln, daß der Amtmann gehorchen mußte. Er schleppte sich, ohne noch einmal zurückzublicken, über den dunklen Schloßhof, zwängte das Tor auf, war taumelnd draußen. In seinen Eingeweiden wühlte immer noch der unsagbare Schmerz. »Verfluchte Sau!« stöhnte er, als er sich gekrümmt auf den Heimweg machte. »Verfluchte Hex'! Hast es ja selber eingestanden. Und wie sonst hättest du dich auch gegen mich so gut wehren können? – Aber wart nur ab! Dir werde ich's zeigen! Hast selber zugegeben, daß du und die Deinen Hexen seid. Dann müßt ihr auch als solche behandelt werden. Du wart nur ab, du Schwanztäuscherin, du Sauhex'. Du wart nur ab!«

So verschwand der Eisenamtmann fluchend in der Nacht. Und drinnen, in ihrer Kammer, war Katharina zusammengebrochen, fieberte und litt mehr denn je zuvor unter dem grausamen Riß in ihrem Kopf.

Mai 1689

»Simon Hanndloß hat gemacht eyne aidliche Aussag.«
(Aus dem Protokoll des Geislinger Hexenprozesses)

Nachdem er einige Tage unmäßig getrunken und wiederum die nach ihrer Entjungferung gierig gewordene Brennbergerin beschlafen hatte, ging der Eisenamtmann eine Woche lang in sich gekehrt einher. Während dieser Zeit wuchs sein Haß auf die Kleine, die ihm so übel die Hoden malträtiert hatte, ins Unermeßliche. Und am zweiten Maitag suchte Hanndloß erneut den Pfleger in seinem Schloß auf, war diesmal nicht geil, sondern streng dienstlich, übersah Katharina, die im Hof Holz schichtete, und forderte drinnen in der Amtsstube von Kaspar Michel, ein Protokoll aufzuzeichnen, das er diktieren und auch beeiden wolle.

»Ihr wirkt so ernst?« fragte der Pfleger, während er Papier, Feder und Tintenfaß bereitstellte. »Worum geht es denn, daß Ihr es so förmlich macht?«

»Um nicht mehr und nicht weniger, als daß Ihr eine Hexe in Euer Haus aufgenommen habt«, erwiderte grimmig der Eisenamtmann. »Das kann und werde ich Euch beweisen. Es ist die Katharina Grueber, und sie ist mit dem Leibhaftigen im Bund!«

Das Federmesserchen, mit dem Kaspar Michel am Gänsekiel geschnitzt hatte, fiel auf die Platte des Schreibpults.

»Was behauptet Ihr da? Das kann nicht Euer Ernst

sein!« Der Pfleger versuchte ein Lachen, aber es wirkte gequält.

»Ihr habt Euch vor zwei Wochen selbst von dem Mädchen bei Tisch auftragen lassen, habt sogar mit ihr gescherzt. Und jetzt seht Ihr plötzlich eine Hexe in ihr? Das begreife ich nicht, Hanndloß.«

»Weil sie Euch ebenso zu blenden vermocht hat wie damals beim Mahl mich selbst«, versetzte der Eisenamtmann und warf den massigen Schädel nach hinten. »Wenn Ihr aber erst aufschreibt, was ich Euch heute zu melden habe, dann werdet Ihr anders denken. Es ist so und bleibt dabei: Die Katharina Grueber ist eine Hexendirne!«

»Dann beweist es!« forderte unwillig der Pfleger und wünschte sich in dieser vermaledeiten Situation sein Weib herbei. Doch Anne war an diesem Tag in die Maria Läng* nach Regensburg geritten.

»Das will ich«, beteuerte der Eisenamtmann. »Nehmt Wort für Wort auf, was ich Euch zu sagen habe.«

»Vielleicht einen Becher Wein zuvor?« versuchte Michel abzulenken.

Doch Hanndloß erwiderte hart: »Kein Wein heute. Und jetzt schreibt!«

»Wie Ihr wollt.« Der Pfleger gab sich geschlagen.

»Nachdem ich zwei Wochen lang mit mir zu Rate gegangen bin und auch viel in dieser Zeit gebetet habe«, begann Hanndloß, »gebe ich vor dem Pfleger zu Pfat-

* Maria Läng – eine noch heute existierende Wallfahrtskapelle in Regensburg, in der die angebliche Körpergröße Marias gezeigt wird.

ter, Herrn Kaspar Michel, dem Vertreter des Kurfürsten hier, das Folgende zu Protokoll:

In der Nacht, in der ich bei dem genannten Pfleger speiste, verließ ich das Schloß ungefähr um Mitternacht. Von dem Pfleger hatte ich mich bereits zuvor unter dem Portal verabschiedet, und nun durchquerte ich allein den dunklen Hof. Da stand plötzlich, wie aus der Hölle herausgewachsen, die Katharina Grueber, Dienstmagd des Pflegers Kaspar Michel, vor mir. Dieselbe war bis zum Nabel nackt und versperrte mir mit unflätigen Gebärden den Weg . . .«

Die Feder des Pflegers kratzte über das grobe Papier, blieb plötzlich hängen. »Ihr seid verrückt, Hanndloß! Was Ihr mir da erzählt, das kann ich Euch nie und nimmer abnehmen. So etwas hätte die Katharina niemals getan!«

»Sie hat's getan, und Ihr werdet es aufschreiben, weil ich es auf meinen Eid zu nehmen gedenke«, hielt der Eisenamtmann dagegen. »Ich beschwöre es siebenmal, wenn es sein muß! Und jetzt macht weiter!«

Mit verkniffenen Lippen gab sich der Pfleger vorerst geschlagen. Der Gänsekiel senkte sich wieder auf das Papier.

»Versperrte mir mit unflätigen Gebärden den Weg«, wiederholte der Eisenamtmann. »Und als ich ein Stoßgebet von mir gab und die Magd fragte, was sie von mir wolle, da antwortete sie, sie sei eine Hexe und stamme aus einer Hexenfamilie. Und ich solle ihr zu Gefallen sein als Mann, dann würde sie mich reich belohnen.«

Kaspar Michels Hand zitterte, aber er schrieb nun wortlos auf, was Hanndloß ihm weiter diktierte:

»Ich gab der Magd nach einem weiteren Stoßgebet

zu verstehen, daß ich ihr nicht glauben könne, daraufhin flüsterte sie mir zum Beweis eine Reihe von schändlichen Greueltaten zu, die sie oder ihre Familie verübt hätten:

Item, daß sie im vorigen Jahr bei einem Bauern in Burgweinting als Kindsmagd gedient habe und ihr dort der Satan in Gestalt einer Katze erschienen sei. Der habe ihr das Kopftuch heruntergerissen und zwanzig Maulschellen versetzt.

Item, daß sie dann nach Hause zurückgegangen sei, sich aber vom Leibhaftigen habe begleiten lassen, und diesmal sei er als ein Mensch bei ihr gewesen, bekleidet mit rotem Rock, rotem Leibl, gelben Strümpfen und einer Schmerhauben auf dem Kopf.

Item hat die Katharina zugegeben, daß ihre Mutter und die Weinzierlin, beide von Geisling, in den Montag-, Freitag- und Samstagnächten auf Gabeln ausgefahren seien und jedesmal zwei bis drei Köpf Butter, Schmalz und Milch heimgebracht hätten.

Item, daß die Gertrud Grueber und ihre Mithexe, die Weinzierlin, sich oft mit der verdammten Hexensalbe eingeschmiert hätten, und daß sie danach aus dem Grueberhaus nachts auf Mistgabeln und Besen durch den Kamin ausgefahren seien.«

Der Eisenamtmann holte nach dieser Tirade tief Atem und blickte scharf auf den Pfleger, der mit verkniffenen Lippen die letzten Worte aufzeichnete. Als das geschehen war, setzte Hanndloß noch hinzu: »Ich, der Eisenamtmann zu Pfatter, habe das alles mit eigenen Ohren gehört, und ich bezeuge auch, daß die Katharina Grueber mir danach mit wiederum äußerst unflätigen Gebärden und Worten zu verstehen gab, daß sie mir gerne als Succuba wolle dienen. – Hätte das verworfene Hexenweib, die böse Teufelsbuhlin, also beschlafen sollen, aber meine Stoßgebete haben mich geschützt, und ich konnte von ihr fliehen. Bin danach von einem heftigen Fieber befallen worden, so daß ich erst an diesem heutigen zweiten Tag im Mai, Anno Domini 1689, Anzeige beim Pfleger hier zu Pfatter habe erstatten können.

Und ich will diese Aussagen auf meinen heiligen Eid nehmen und sie ernsthaft beschwören! Gott soll mich am Leib und an meinem Seelenheil strafen, wenn ich falsch geschworen habe!«

Kaspar Michel schrieb, sehr bleich jetzt, auch dies nieder. Aber er mußte dabei den Gänsekiel über das grobe Papier zwingen.

»Und nun gebt her«, forderte zuletzt der Ankläger, las das Protokoll langsam durch und unterzeichnete schwungvoll: Simon Hanndloß, Eisenamtmann zu Pfatter. Am zweiten Maitag A. D. 1689.

»Ihr wißt, daß Ihr in jener Nacht betrunken wart«, sagte Michel, als der Amtmann ihm das Protokoll wieder zuschob.

Hanndloß grinste und zeigte dabei einen gelblichen Eckzahn. »Ihr erinnert Euch vielleicht, daß Ihr mir Eure Begleitung angeboten habt, die ich aber dankend ablehnte. Ich benötigte sie nicht. Weshalb also sollte ich betrunken gewesen sein?«

»Nicht hilflos. Aber Ihr hattet eine Menge Wein intus«, beharrte der Pfleger.

»Und ich hätte doppelt so viel gebraucht, um wirklich voll zu sein«, erwiderte Hanndloß. »Es scheint, Ihr wollt mir nicht glauben, was ich Euch eben diktiert habe.«

»Das wundert Euch?« fuhr Michel auf. »Ich selbst blickte Euch nach, bis Ihr draußen auf der Straße wart. Ihr gingt allein. Die Katharina habt Ihr gar nicht getroffen, sonst hätte auch ich sie sehen müssen . . .«

»Jetzt wißt Ihr, was für eine gefährliche Hexe sie ist«, unterbrach ihn der Eisenamtmann. »Ihr habt sie nicht einmal gesehen, und mich hat sie leibhaftig mit ihren unflätigen Anträgen bedrängt. Die Matz hat einen Zauber über Euch geworfen, daß Ihr sie nicht erkennen konntet im Hof. Daß Ihr habt glauben müssen, ich sei sang- und klanglos durch das Tor hinausgewandert. Was Ihr eben vorgebracht habt, ist der beste Beweis für die Richtigkeit meiner Anklage!«

Der Pfleger wirkte verwirrt. Er hatte Katharina entlasten wollen, und nun war die Anklage nur noch schlimmer geworden. »Ich kann und kann es nicht glauben«, murmelte er lahm. »Das Mädchen ist keine Hexe. Hat sich christlich und anstellig geführt seit der Auspeitschung.«

»Und vorher! Was war vorher?« geiferte der Amtmann. »Haben die Kapuziner sie nicht unter der Fuchtel gehabt? Hat sie Euch nicht der Pfarrer von Geisling herschleppen müssen, weil er mit ihr und der anderen Brut nicht mehr fertig werden konnte? Ihr sagt, Ihr könnt es nicht glauben. Potzelement, Kaspar Michel, wollt Ihr mich gar als einen Meineidigen hinstellen? Ich habe geschworen! Beschworen habe ich, was da im Protokoll steht. Nennt mich noch einmal einen Lügner, und ich bringe Euch selbst vor das Gericht!« Er war jetzt maßlos erregt, sein Gesicht rot angelaufen. »Mit dem Degen will ich Euch gegenübertreten, wenn Ihr mich noch einmal der Lüge bezichtigt!« Er riß die Waffe halb aus der Scheide – ein häßliches Geräusch, das dem Pfleger einen jähen Zahnschmerz verursachte.

Er mußte sich zusammennehmen, um sagen zu können: »Als Lügner habe ich Euch nicht bezeichnet, Herr! Und laßt Euch die Galle nicht so quellen!« Bestimmter: »Ich will nichts anderes, als auch die Katharina Grueber zu den Vorwürfen zu hören.«

Der Degen wurde in die Scheide zurückgestoßen. »Dann holt sie her«, sagte Hanndloß. »Ich kann es Euch nicht verbieten.«

Er wandte sich um, ging zum Fenster, starrte hinaus in den hellen Maitag. Seine Nasenflügel zuckten jetzt nervös. Aber das bemerkte Kaspar Michel nicht, denn er war bereits im Begriff, die Amtsstube zu verlassen, um Katharina zum Verhör zu holen. Mehr noch als zuvor wünschte sich der Pfleger sein Weib herbei.

Katharinas Hände waren schmutzig. Sie hatte seit dem Morgen rauhe Holzkloben gestapelt. Jetzt stand sie schmal neben dem Schreibpult, vermied den Blick des Eisenamtmanns. Als sie ihn beim Eintreten erkannt hatte, war ihr ein leiser Schrei entfahren.

»Ahhh – das ist ihr schlechtes Gewissen«, schnappte Hanndloß sofort.

»Verwirrt das Mädchen nicht!« wies ihn der Pfleger zurecht. Seit er nicht mehr mit dem Amtmann allein war, wirkte er mutiger. Dann fragte er Katharina: »Du kennst diesen Mann?«

»Ich hab' ihn vor zwei Wochen nachts hier gesehen.«

»Nachts?« mischte sich sofort wieder Hanndloß ein. »Da habt Ihr es schon, Michel!«

»Wann in der Nacht?« fragte der Pfleger.

Katharina, die bei dem Einwurf des Hanndloß zusammengezuckt war, faßte sich wieder: »Als ich das Essen aufgetragen habe.«

»Und später bist du ihm nicht mehr begegnet?« Michel, der die Verwirrung des Mädchens bemerkt hatte, fragte nun schärfer.

Katharina schwieg.

»Bist du ihm dann noch einmal begegnet?« bohrte der Pfleger.

Als Katharina wiederum nicht antwortete, mischte sich erneut der Eisenamtmann ein: »Wir haben uns doch noch einmal getroffen, als ich wegging. Draußen im Schloßhof.« Er sagte das letzte Wort lauter als nötig. Dann wiederholte er: »Im Schloßhof.«

Katharinas Gedanken jagten sich. Der Amtmann hatte dem Pfleger also offenbar nicht verraten, daß sie in ihrer Kammer mit ihm zusammengewesen war. Das durfte der Pfleger nie wissen! Sie schämte sich deswegen noch immer entsetzlich. Wenn er sagte, daß es im Hof gewesen war, wollte er sie schützen. Eine Brücke wollte er ihr bauen.

»Ja«, antwortete Katharina. »Nach dem Essen hab' ich ihn auch noch im Schloßhof getroffen.«

Hanndloß warf dem Pfleger einen triumphierenden Blick zu. Michel selbst wirkte plötzlich noch verwirrter als das Mädchen. Bin ich in jener Nacht denn selbst betrunken gewesen? dachte er. Ich — und nicht der Hanndloß?

»Und was habt ihr getan, als ihr im Hof zusammen standet?« fragte er Katharina mit matter Stimme.

»Geredet«, erwiderte das Mädchen zögernd. »Nur geredet . . .«

»Worüber?« Die zwangsläufige Routine des Verhörs gab dem Pfleger ein wenig Haltung zurück.

Katharina blieb erneut stumm.

Ehe der Richter nachhaken konnte, trat Hanndloß mit dem Protokoll in der Hand vor. Sein Gesicht wirkte jetzt ausnehmend freundlich. Ganz unbeschwert begann er aus dem Schriftstück vorzulesen – jene Passagen, in denen er selbst Katharina zitiert hatte. Als er geendet hatte, fragte er harmlos: »Über diese Dinge haben wir damals gesprochen, nicht wahr?«

Katharina, von der Freundlichkeit des Eisenamtmanns irritiert, nickte, ohne nachzudenken. Einen Lidschlag später errötete sie, wollte noch etwas sagen. Daß sie das damals alles nur erfunden hatte, um den zudringlichen Hanndloß abzuwehren. Daß sie lediglich einen Betrunkenen hatte einschüchtern wollen. Doch sie kam nicht mehr dazu, auch nur einen einzigen Ton hervorzubringen.

Denn der Eisenamtmann schnappte, jetzt wieder scharf und gnadenlos: »Du gibst es also zu, daß du eine Hexe bist! Auch deine Mutter und die Weinzierlin!«

»Nein . . .«, stieß das Mädchen hervor. »Ich . . .«

»Du hast es bereits zugegeben! Versuche jetzt nicht, dich wieder herauszuwinden. Du hast gestanden, und der Pfleger hat es gehört! Ihr habt's gehört, Michel, oder?«

»Ich habe es gehört«, sagte der Pfleger mit ersterbender Stimme. »Katharina, wie konntest du . . .« Er schüttelte verwirrt den Kopf, war jetzt nichts weiter mehr als ein fassungsloser Junge, gegenüber der Schläue des Hanndloß ein verdattertes Kind trotz seiner zweiunddreißig Jahre. Er drehte sich um, wandte sich dem Eisenamtmann zu, fast, als bäte er diesen, die Untersuchung weiterzuführen.

Und Hanndloß nahm den ihm aus Hilflosigkeit zugespielten Ball nur zu gerne auf. »Ihr wißt nun, daß ich Euch nicht belogen habe«, sagte er verschwörerisch zum Pfleger. »Selbstverständlich wird das Mädchen nun wieder alles abzustreiten versuchen, wird möglicherweise auch Geschichten erfinden, um sich reinzuwaschen und andere in den Dreck zu zerren. Aber Ihr habt es gehört, Michel! Sie hat das Protokoll bestätigt, das ich selbst zuvor beeidet habe. Das allein gilt!« Er holte Luft, um seinen abschließenden Worten den richtigen Nachdruck zu geben: »Die Grueber-Dirn muß sofort zurück in die Hexenkaue. Dazu die Mutter, die genannte Weinzierlin, auch sonst die ganze Brut. Dann muß mein Protokoll an die kurfürstliche Regierung zu Straubing gesandt werden. Für Euch ist der Fall zu groß geworden, Kaspar Michel. Jetzt werden die gelehrten Kommissäre sich damit beschäftigen müssen.«

Als von der Hexenkaue die Rede gewesen war, hatte Katharina gequält aufgestöhnt. Jetzt blickte sie flehend auf den Pfleger. Doch der würdigte sie – er mußte sich allerdings dazu zwingen – keines Blickes mehr.

»Ich hole den Büttel«, sagte er tonlos zu Hanndloß. »Paßt Ihr mir inzwischen auf das Mädchen auf.«

»Gerne«, erwiderte der Amtmann, während Kaspar Michel den Raum verließ.

Als er mit Katharina allein war, zischte er ihr zu: »Jetzt schadet's nicht einmal mehr was, wenn du erzählst, daß ich zu dir in die Kammer gekommen bin. Jetzt wird dir niemand mehr glauben. Bist geliefert, Schwanztäuscherin, Hex'! Hast mich nicht umsonst da verletzt, wo es einem Kerl am übelsten tut. Jetzt wirst du deine Strafe bekommen – das schwöre ich jetzt dir!«

Katharina, die nun alles begriffen hatte, sank vor ihm auf den Boden, umklammerte seine Beine. »Habt doch Gnade!« flehte sie. »Bitte!«

»Würdest du es doch noch mit mir treiben, wenn ich gnädig wäre?« fragte Hanndloß scheinheilig.

»Ja, um aller Heiligen willen, ja!« beteuerte Katharina, und gleichzeitig schüttelte sie der Ekel.

Der Eisenamtmann stieß sie mit einem Fußtritt von sich.

»Aber ich will dich nicht mehr«, sagte er grinsend. »Da weiß ich mir bessere Weiber, die keine Hexen sind. Einmal hättest du es von mir haben können, aber jetzt bekommst du nur noch den Tod von mir.« Er lachte gellend – ein abgewiesener Bock, der seine Rache bekommen hatte.

Als der Pfleger zusammen mit dem Büttel eintrat, fanden sie Katharina winselnd in einer Ecke vor. Der Eisenamtmann stand teilnahmslos am Fenster.

»Habt Ihr sie etwa geschlagen?« fragte erschrocken Michel.

»Nein, es ist nur ein neues Spiel, das die Hexe da treibt«, antwortete Hanndloß. »Ihr wißt doch, dieses Pack kennt alle möglichen Ränke.«

»Die werden wir ihr schon austreiben«, versprach der Büttel und zog Katharina am Oberarm hoch. »Los, Mädchen, zurück in die Kaue!«

Als Katharina Grueber fortgebracht worden war, blieb der Pfleger fassungslos in seiner Amtsstube zurück. Auf dem Pult lag das Protokoll, bereits jetzt einem Todesurteil gleich. Totenblaß stand daneben Kaspar Michel. Durch das Fenster konnte er sehen, wie der Knecht das Mädchen in die Kaue stieß. Wie Hanndloß sich vergewisserte, daß der schwere Außenriegel richtig vorgelegt wurde, wie der Amtmann danach quer über den Hof ging und verschwand – allein, so wie ihn der Pfleger auch damals in der Nacht beobachtet hatte. Doch selbst an diesen Augenschein konnte Kaspar Michel inzwischen nicht mehr glauben.

»Wahrscheinlich ist sie tatsächlich eine Hexe«, murmelte er nach einer Weile. »Unglück genug hat sie schließlich über sich und andere gebracht. Wahrscheinlich gehört sie in die Kaue, ins stinkende Stroh. Wahrscheinlich ist der Eisenamtmann klüger als ich. Der Hanndloß hat geschafft, was den Kapuzinern und dem Geislinger Pfarrer nicht gelungen ist. Er hat sie als Hexe überführt. Hat's zu Protokoll gegeben und beeidet. Und nun kann keiner mehr was dagegen machen.«

Er nahm das Blatt Papier in die Hand. Einen Augenblick schien es so, als wollte er es zerreißen, zerfetzen. Doch dann klappte er den Deckel des Schreibpults auf und legte das Dokument sorgfältig in die Lade darunter. »Sie ist wirklich eine Hexe«, sagte er noch einmal und war gleichzeitig entsetzt über sich selbst, Katharina, das ganze Leben.

»Du bist ja verrückt! Katharina und eine Hexe! Das werde ich nie und nimmer glauben!« Anne Michel, die bei Sonnenuntergang von ihrer Wallfahrt zurückgekehrt war, hatte in ihrem Zorn, ihrer Scham den Gatten am Brustlatz gepackt und schüttelte ihn, tat es in ihrer Empörung mit der Kraft eines Mannes. »Wie konntest du dich bloß so von diesem nichtswürdigen Zöllner einwickeln lassen? Der kann viel beschwören, was sich letztlich als Meineid herausstellt. Los, sofort holst du die Katharina aus der Kaue, wenn du noch einen Funken Gewissen hast. Das Mädchen ist ebenso unschuldig wie ich, daß du's weißt!«

Der Pfleger machte sich von seinem Weib los. »Ich kann nichts mehr ändern«, erwiderte er. »Der Hanndloß hat seine Anklage zu Protokoll gegeben und beschworen. Und die Katharina hat sie bestätigt, ohne Ausnahme. Hat damit zugegeben, daß sie eine Hexe ist. – Der Fall geht morgen nach Straubing an die Regierung. Ich kann nichts mehr dazu tun und will es auch nicht. Denn du täuschst dich, Frau. So harmlos, wie wir immer gedacht haben, ist die Gruebersche nicht. Schließlich hat sie's eingestanden, daß sie es mit dem Teufel hat. Als es bloß der Hanndloß behauptet hat, da habe ich ihm noch nicht geglaubt. Aber dann hat sie es selbst zugegeben . . .«

Da ging Anne zum Bücherbord und nahm den schmalen Band heraus, in dem sie in letzter Zeit oft gelesen hatte: die Cautio Criminalis des Jesuiten Spee, gedruckt im Jahre 1631 zu Köln. Sie zeigte das Buch ihrem Gatten, hielt es ihm entgegen wie eine Anklage. »Und das hier hast du ganz vergessen?« In ihren Augen standen Tränen. »Vergessen, daß es nach der Meinung dieses Priesters gar keine Hexen gibt? Vergessen, daß sie mir meine eigene Verwandte unschuldig verbrannt haben? Daß ich selbst vielleicht auf dem Scheiterhaufen hätte landen können zu Coburg? Sag, hast du das alles auf einmal vergessen? Vergessen, daß wir untereinander so oft über den Wahnsinn der Hexenprozesse gesprochen haben? Kaspar, das kann doch nicht sein! Du kannst doch nicht wirklich glauben, daß dieses zwölfjährige Mädchen . . .«

Der Pfleger wirkte verzweifelter denn je. »Anne«, flehte er. »Du hast ja recht – und doch wieder nicht recht. Bis heute vormittag war alles noch so klar für mich. Aber dann der Eid des Hanndloß – und seine Aussage, daß er in jener Nacht Katharina im Schloßhof getroffen habe. Ich selbst hatte ihn allein hinausgehen sehen. Aber das Mädchen bestätigte, mit ihm im Hof gesprochen zu haben. Das beweist doch, daß sie eine Hexe ist, daß sie über Hexenkräfte verfügt, daß sie mich, den Pfleger, damals mit Blindheit hat schlagen können. Sie hat uns getäuscht, Anne, dich und mich. Das würde ich jetzt auch beschwören können!«

»Getäuscht bist du wohl worden«, antwortete Anne leise. »Vielleicht auch von Katharina – ganz sicher aber von diesem Hanndloß. Nur kann ich beim besten Willen nicht begreifen, wie das alles zusammenhängt. Ich kann dich nur noch einmal bitten: Gib das Mädchen frei und verbrenne dieses unselige Protokoll!«

Kaspar Michel brauchte ungewöhnlich lange, bis er antwortete: »Ich bin der Pfleger. Ich muß meine Pflicht tun. Du kannst mich nicht davon abhalten, Anne.«

Da ging die Frau wortlos hinaus. Das unscheinbar gebundene Buch des Jesuiten Spee nahm sie mit.

Juni 1689

»Aus allen Prämissen ist zu schließen, daß die Behauptung gut katholisch und sehr wahr ist, daß es Hexen gibt, welche mit Hilfe der Dämonen, kraft ihres mit diesen geschlossenen Paktes, mit Zulassung Gottes wirkliche Hexenkünste vollbringen können, ohne auszuschließen, daß sie auch Gaukeleien und Phantasiestückchen durch Gaukelkünste zu vollbringen imstande sind.«
(Hexenhammer)

Seit dreißig Tagen faulte Katharinas Leib in der Hexenkaue. Das Gewand, das sie am zweiten Maitag getragen hatte, war zu stinkenden Lumpen verrottet; die Fetzen bedeckten kaum noch ihre Blößen. Die Nägel des Mädchens hatten sich über Finger- und Zehenkuppen gekrümmt, unter dem Horn grindeten Fäkalienreste und Schmutz. Im stumpf gewordenen Haar nisteten die Läuse. Da in dreißig Tagen kein einziger Sonnenstrahl sie getroffen hatte, war Katharinas Haut widernatürlich bleich geworden. Ihre Pupillen hinter entzündeten Lidern starrten eulengroß. Das alte Stroh, auf dem sie seit dreißig Tagen kauerte, war zu fauligem Matsch geworden. Die Kettenschelle hatte ihr das Handgelenk aufgeschwollen und verschorft. Katharinas Bauch war aufgetrieben, und das wäre noch viel schlimmer gewesen, wenn die Pflegerin ihr nicht ab und zu ein Stück Brot zur Wassersuppe hätte durch den Büttel zustecken lassen. Das aber war alles an Barmherzigkeit gewesen, was Katharina in diesen dreißig Tagen hatte erfahren dürfen; mehr hatte der verstörte Kaspar Michel nicht gestattet.

Während das Mädchen in der Hexenkaue mehr und mehr vertierte, schlimmer hausen mußte als ein Vieh, studierten in der kurfürstlichen Stadt Straubing, zwei Reitstunden von Pfatter entfernt, der Regimentsrat Franz von Scherer und der Kriminalkommissar Anton von Edlmar lange und ausführlich jenes Protokoll, das am zweiten Maitag der Eisenamtmann Hanndloß dem Pfleger zu Pfatter diktiert und aufgezwungen hatte. Weil es sich bei diesem Fall – das war von vornherein und ganz offensichtlich klar – um ein Kriminalverbrechen der schwersten Art handelte, waren die Herren direkt von der kurfürstlichen Regierung beauftragt worden.

Nun wälzten und wendeten der Regimentsrat und der Kommissar jedes einzelne Wort, das auf dem groben Papier geschrieben stand. Sie ereiferten sich darüber mehr und mehr, wurden von Tag zu Tag hitziger, und um die Mitte des Monats Mai kamen sie, ob der schier unglaublichen Schwere des Verbrechens, überein, auch noch Wolf Hainrich Notthafft, den Grafen und Herrn zu Wernberg, außerdem Vizedom, um Beistand zu bitten.

Eine Abschrift des Pfatterer Protokolls, dazu ein dikkes Bündel Kommentare des Regimentsrates und des Kommissars gingen mit einem berittenen Kurier auf das Schloß des Grafen in der nördlichen Oberpfalz. In seinem Turmzimmer hatte sich nun auch Wolf Hainrich Notthafft mit dem teuflischen Fall zu befassen.

Der Vizedom, ein Magnat von eher geringen Geisteskräften, verbohrte sich schnaufend und weintrinkend in das Protokoll und die wüst formulierten Kommentare, fluchte immer öfter in der unchristlichsten Art und Weise und sah sich von Tag zu Tag weniger imstande, sich seinerseits vernünftig zu dem Wust zu äußern. Er war nur noch verwirrt und hätte die Geislinger Hexenbrut am liebsten eigenhändig am nächsten Baum aufgeknüpft, um der mißliebigen Papierfechterei so schnell wie möglich ein Ende zu machen. In seiner Not suchte der Graf gegen Maiende die Hauskapelle seines Geschlechts auf. Dort kniete er neben dem in Rotmarmor gehauenen Bildnis eines seiner ritterlichen Ahnen aus dem vierzehnten Jahrhundert nieder.* Rosenkränze murmelnd, betrachtete er eingehend das Bildnis seines Vorfahren mit dem martialischen Schnurrbart im von spitzer Kettenhaube gerahmten Gesicht, dem Wappenkleid mit lendentiefem Schwertgurt, der übermannshohen Lanze, die dem damaligen Herrn von Wernberg an den Leib gekettet war. Und beim Anblick dieser Kette kam Graf Wolf Hainrich Notthafft endlich die Erleuchtung in der Hexensache von Geisling. Nachdem er den Rosenkränzen dankbar noch ein Vaterunser draufgesetzt hatte, eilte er zurück in sein Turmgemach, wischte Protokoll und Kommentare beiseite und schrieb umgehend nach Straubing, daß nicht nur die Katharina Grueber, sondern auch deren vermaledeite Eltern sowie die verfluchte Christine Weinzierlin in Ketten nach Straubing in die Fronfeste gebracht und dort in Gefangenschaft gehalten werden sollten. Damit

* Dieser Grabstein kann noch in der Kirche von Wernberg-Köblitz bei Weiden besichtigt werden.

habe man dann die schlimmste Hexenbrut beisammen und könne der weiteren Gerechtigkeit ihren Lauf lassen. Er, Notthafft, selbst werde bei der peinlichen Befragung zugegen sein und zu diesem Zweck am letzten Maitag in Straubing eintreffen, worauf man am ersten Juni mit Hilfe der Geistlichen scharf gegen die Hexenbrut vorgehen wolle.

Nachdem dieses Schreiben erledigt war, ließ der Graf ein Pferd satteln und ritt, fröhlicheren Sinnes als lange, zur Jagd. Ein Kurier preschte unterdessen nach Straubing.

Der klare Befehl des Grafen erlöste auch die Herren von Scherer und Edlmar aus ihrer juristischen Verwirrung, und schon eine Stunde, nachdem das Schreiben des Vizedom bei ihnen eingetroffen war, machten sie sich, von einem Dutzend gewappneter Reiter aus der Fronfeste begleitet, nach Geisling auf. In Pfatter wurde kurz gehalten und dem auffallend schweigsamen Pfleger mitgeteilt, daß er noch bis zum Abend weitere Gefangene in seine Hexenkaue bekommen werde. Einen Tag später sollten dann sämtliche Hexen nach Straubing überführt werden. Der Pfleger selbst solle sich bereithalten, dem Gericht beizusitzen.

Als Kaspar Michel darauf nicht gleich antwortete, tröstete ihn der Kriminalkommissar Anton von Edlmar: »Ich weiß, das bedeutet eine Inkommodation für Euch, doch darf ich Euch aus eigener Erfahrung sagen, daß derlei Spektakel zuweilen recht unterhaltsam sein können. Wir sehen uns also, auf Befehl des Grafen zu Wernberg, am ersten Juni in der Fronfeste wieder.«

Damit ließ er den betroffenen Pfleger stehen, setzte

sich, zusammen mit dem Regimentsrat, wieder an die Spitze der Kürassiere und führte den Trupp weiter nach Geisling.

Katharina in ihrer stinkenden Kaue hatte die Stimmen, das Stampfen der Gäule, das Klirren der Harnische und Waffen vernommen, und weil geschundene Menschen oft hellsichtig zu werden pflegen, bemächtigte sich ihrer eine Angst, die mit keiner in ihrem bisherigen Leben zu vergleichen war. Doch einstweilen geschah nichts; die niedrige Tür zu ihrem ekelhaften Gefängnis blieb geschlossen.

Die beiden Räte und das Dutzend Trabanten trabten, Erdkrumen und Blütenstaub aufschleudernd, aufwehend, durch die Donaumarsch nach Westen, streiften Auengestrüpp, setzten durch halb verlandete Altwasser. Eisen klirrte, Lederzeug knarrte, um schabrackenverzierte Zügel spannten sich die Fäuste. Einer der Straubinger Soldaten war ortskundig, stammte selbst aus dieser Gegend. Auf seinen Wink hin zog sich der Trupp am Dorfrand von Geisling auseinander, und im Handumdrehen war der etwas abseits stehende Hof des Bauern Weinzierl von den Gepanzerten umzingelt.

Zehn der Kürassiere sperrten sämtliche Ausgänge; zwei folgten den beiden Räten in das Innere des umbauten Vierecks. Ein fünfzehn- oder sechzehnjähriges kurznackiges Mädchen versuchte ins Wohnhaus zu kommen, doch der Kriminalkommissar rief, schwer atmend: »Das muß die Hex' sein!«, und der vordere der Eisenreiter jagte ihr nach, ließ seinen Gaul mit dem Bug gegen den gedrungenen Körper prallen, sprang klirrend aus dem Sattel, riß die Gefangene wieder hoch, zwang ihr die Hände auf den Rücken und band sie mit einem groben Strick zusammen.

Aus dem Stall kam der alte Weinzierl, ein vierschrötiger Mann in der Mitte der Vierzig, eine Mistgabel in beiden Händen, die er quer vor den Leib hielt. »Hundsbande!« schrie er und wollte wütend auf den Soldaten los, der seine Tochter gefesselt hatte. »Jörg, Matthias, zu Hilf'!«

Doch die beiden Knechte griffen nicht ein, lugten nur vorsichtig vom Heuboden herunter, denn einer der Wache stehenden Eisenreiter kam über den Hof gesprengt drängte den Bauern gegen die schiefe Stallwand und hielt ihn mit gesenkter Lanze in Schach. Vom Hals bis zu den Schläfen wachsbleich werdend, ließ Wolfgang Weinzierl die Mistgabel fallen.

»Versichert euch auch der anderen!« befahl der Regimentsrat. Aber die beiden Knechte kamen freiwillig auf den Hof, wurden mit Schaftstößen der Lanzen in den Stall getrieben. Eine Magd entdeckte man in der Küche. Auch sie stieß man in den Stall. Dann wurde die Tür verriegelt, und einer der Soldaten bezog Posten davor.

Erst jetzt wandten sich der Regimentsrat und der Kommissar dem Mädchen und dem alten Weinzierl zu. »Ihr seid verhaftet«, eröffnete ihnen Franz von Schwerer, doch sein Begleiter unterbrach ihn: »Nur das Mädchen! Wegen des Alten hat der Graf von Wernberg nichts angeordnet.«

Scherer räusperte sich, begann erneut: »Du also bist verhaftet, Christine Weinzierl. Wegen Hexerei und weil du im Bund mit dem Leibhaftigen bist. Wir bringen dich nach Straubing in die Fronfeste zum Verhör und zur Aburteilung. Wenn du Widerstand leistest, ist dein Leben auf der Stelle verwirkt! Hast du mich verstanden?«

Das Mädchen wand sich und begann Rotz und Wasser zu heulen.

Scherer rümpfte angewidert die Nase und wandte sich dann dem Bauern zu: »Du bist gerade noch einmal davongekommen. Verdient hast du es wahrscheinlich nicht. Und jetzt in den Kuhstall mit dir. Dort bleibst du, bis wir mit deiner Brut abgeritten sind.«

Der Bauer zeigte Mut. »Wer hat meine Christine als eine Hex' verleumdet?« fuhr er den Regimentsrat an. »Das will ich auf der Stelle wissen! Die Christl ist eine anständige Dirn!«

»So anständig, daß sie mit der Grueberschen auf dem Besen geritten ist«, fuhr der Herr von Edlmar dazwischen. »Mit der Grueberin, deren Balg bereits seit vier Wochen in der Hexenkaue von Pfatter liegt. Hast du das verstanden, du Dorfdepp?«

Als der Name Grueber fiel zuckte Wolfgang Weinzierl zusammen. Seine Courage war schlagartig verflogen. Denn jedem im Dorf war inzwischen bekannt, daß die Katharina wegen Hexerei in der Kaue saß. Er senkte die Lider, schaute nicht einmal mehr auf Christine und machte sich freiwillig auf den Weg zum Stall. Einer der Reiter entfernte den Riegel, stieß den Bauern mit einem Fußtritt ins Dunkel, verschloß die Tür erneut.

»Und nun müssen wir das Haus durchsuchen«, ordnete Scherer an. »Wir müssen alles sicherstellen, was später als Beweismittel dienen könnte. Außerdem heißt es ja im Malleus Maleficarum*, wenn einer der Hexerei angeklagt sei, sehe er seine Güter eingezogen.« Er wandte sich an den von Edlmar: »Ich denke, wir beide können die Untersuchung allein durchführen. Da brauchen wir die Reiter nicht.«

Der kurfürstliche Kommissar stimmte eilig zu, und die beiden Edelleute verschwanden im Wohnhaus, während draußen die Gepanzerten die dralle und mondgesichtige Christine umringten und sie mit derben Zoten angingen.

Eine halbe Stunde später kamen Scherer und Edlmar wieder ins Freie. Jeder von ihnen schleppte einen bauchigen Sack. Eigenhändig wuchteten sie ihre Beute hinter die Sättel ihrer Gäule und schnürten sie fest. Durch den Rupfenstoff duftete Geräuchertes, und als einer der Gäule stampfte, klirrte schweres Metall. Die Edelleute hatten ihre »Beweisstücke« sichergestellt: Im Haus der Familie Weinzierl gab es jetzt keinen einzigen wertvollen Gegenstand mehr.

Die meisten der Kürassiere grinsten wissend. Damit sie den Mund hielten, würden sie später, in Straubing, wohl einen Teil der Hexenbeute abbekommen. »Und nun zu den Grueberschen!« befahl Scherer und setzte seinen Fuchs in Trab. Der Trupp folgte ihm. Christine war, die Hände auf dem Rücken, einen Strick um den Hals, an den Steigbügel des letzten Rosses gebunden worden. Wenn sie nicht zu Tode geschleift werden wollte, mußte sie aus Leibeskräften rennen.

Doch es war nicht allzu weit bis zu der Taglöhnerka-

---

* Hexenhammer

te. Die Reiter donnerten die staubige Dorfgasse entlang. Hinter rasch geschlossenen Fensterläden und Türbögen lauerten überall ängstliche Gesichter, wie schon einmal in diesem Jahr, als ein Maultier durch das Dorf getrottet war, mit einem Kapuziner im Sattel, und dahinter der Pfarrer, ein Frater und der Pfleger von Pfatter, geharnischt.

Jetzt klirrten sogar ein Dutzend Harnische, aber als sie die Gruebersche Kate erreichten und rasch durchsuchten, fanden sie diese leer. Nicht einmal Beute gab es hier zu machen. Die Lebensmittel aus den gewissen Nächten waren längst aufgezehrt, ansonsten besaß die Taglöhnerfamilie nichts an irdischen Reichtümern. Das Kleintier im Stall war dem Kommissar und dem Regimentsrat zu gering.

»Anstecken!« befahl Scheren. »Bei dieser einzeln stehenden Hütte hat's damit keine Gefahr für die anderen.«

Die Ziege, zwei Ferkel, wurden ins Freie gejagt, aus einem Nachbarhaus ein Feuerbrand geholt; der flog durch die Tür in die Strohlager, die den Grueberschen als Schlafstellen gedient hatten.

Als die ersten Flammen aus den Fenstern schlugen, stellte sich keuchend der Dorfpfarrer ein. Felß war sichtlich gealtert in den letzten paar Monaten. Auch er hatte von dem Schicksal gehört, das Katharina Grueber getroffen hatte. Von seinen Nasenflügeln zu den Mundwinkeln hatten sich scharfe Falten gebildet. Er hatte das Mädchen schützen wollen, und nun war er selbst der Betrogene: Sie war eine Hexe.

»Ihr brennt ab?« erkundigte er sich überflüssigerweise bei Anton von Edlmar.

»Das seht Ihr doch, Hochwürden«, entgegnete der Kommissar. »Am besten wäre es, die Gruebersche Teufelsbrut steckte noch drinnen. Wo sind die Leute hin, Hochwürden?«

»Wohl auf dem Feld, drüben auf den Eckhschen Gründen«, erwiderte Felß. Er deutete die Richtung an. Dann fügte er, seinem guten Herzen gehorchend, hinzu: »Aber nehmt Rücksicht. Sie haben wohl auch die kleinen Kinder bei sich.«

»Die wird schon keiner fressen«, sagte Scherer lachend, saß auf und gab den Befehl zum Abreiten.

Nach Norden, der Donau zu, ritt der Trupp aus dem Dorf, wieder schleppte der letzte Soldat Christine Weinzierl am Halsstrick mit sich. Als die Reiter den Dorfrand erreicht hatten, schlug in der Kate schon das Feuer durch das Dach.

Johann und Gertrud Grueber, Balthasar, auch die kleineren Kinder, kamen bereits vom Feld gerannt. Sie hatten den Qualm über ihrer Hütte aufsteigen sehen. Da der Weg sich an der betreffenden Stelle krümmte, von Gestrüpp und Bäumen gesäumt war, prallten die Kürassiere förmlich in die siebenköpfige Familie hinein. Die vordersten Rösser bäumten sich, und um ein Haar wäre Scherer abgeworfen worden. Die Kinder begannen zu heulen, drängten sich gegen die Erwachsenen. Balthasar packte einen der Gäule am Zügel, versuchte ihn abzudrängen. Der Reiter – es war derjenige, der aus der Gegend stammte – rief: »Das sind sie!«

Rösser wurden aus dem Tumult gepeitscht, umzingelten das Grüppchen der Tagelöhner, die Kinder. Scherer und Edlmar brauchten diesmal keine Befehle zu geben. Die beiden Erwachsenen wurden gepackt, zu

Boden geworfen und in Ketten gezwungen. Gertrud Grueber blutete nach einem Faustschlag aus Mund und Nase. Einer der Soldaten drehte Balthasar den Arm auf den Rücken. Um die Kleinen kümmerte sich niemand.

»Wegen Hexerei festgenommen!« rief der Herr von Edlmar auf nervös tänzelndem Pferd. »Johann Grueber. Gertrud Grueber. Ihr werdet nach Straubing gebracht. In die Fron . . .«

»Unser Haus!« Rauh hing der Schrei des alten Grueber in der milden Mailuft.

»Die Kinder!« Gellend, verzweifelt die Mutter.

»Gebt Ruhe!« brüllte Scherer sie an. »Die Kate brennt, weil sie verhext war. Um die Kinder wird sich schon wer annehmen. Der Große da« – er deutete mit der Reitpeitsche auf den gekrümmt im Griff des Soldaten hängenden Balthasar – »bringt die Brut zum Pfarrer. Der wird schon weiterwissen.«

»Nein!« Voll kreatürlicher Qual der Schrei der alten Grueberin. »Meine Kinder!«

»Halt's Maul!« herrschte der von Edlmar sie an. »Die Stricke – und abreiten!«

Schlingen flogen um die Hälse von Gertrud und Johann Grueber. Wiederum wurden die Enden an Steigbügeln befestigt. Die Reiter zogen davon, schleppten ihre lebendige Beute hinter sich her: drei Menschen jetzt, die taumelnd und stolpernd ihre Hälse zu retten versuchten. Die Grueberin hatte trotz allem den Kopf gedreht, wollte den flackernden Blick nicht von ihren Kindern wenden. Die standen da wie eine verlassene Herde, mitten unter ihnen mit ohnmächtig geballten Fäusten Balthasar. Als der Trupp gleich die Richtung zurück nach Pfatter nahm, querfeldein, ohne noch einmal das Dorf selbst zu berühren, wurden die Kinder in den Augen der Mutter rasch kleiner: ein verlorenes Häuflein, wie verflogene Krähen im Ried der Donaumarsch.

In jener Nacht lagen vier Kinder und ein Halbwüchsiger auf Stroh in der Diele des Geislinger Pfarrhofes. Brot und Milch aus der Speisekammer des Felß hatten sie notdürftig wieder beruhigt. Jetzt schliefen sie mit geröteten Augen und Rotzbahnen unter den Nasenlöchern. Balthasar hatte unbewußt noch immer die Fäuste geballt.

Der Pfarrer selbst hockte bis nach Mitternacht in seiner Stube. Die Tür hatte er offen gelassen, so hatte er die Kinder stets im Auge. Vor ihm stand ein Becher Wein, den er jedoch seit Stunden nicht angerührt hatte. Morgen würde er sich um die Brut draußen kümmern müssen. Er würde zu den Bauern gehen und versuchen, die Kinder einzeln dort unterzubringen. Es würde Bettelei kosten und viel Überredung. Wer würde sich schon einen Hexenbalg ins Nest setzen wollen?

Auch die Augen des Pfarrers brannten – wie die der Kleinen dort draußen. »Eure Eltern und die Kathrin haben bloß ein wenig Schabernack getrieben«, murmelte er lange nach Mitternacht. »Und jetzt seid ihr alle zusammen Hexen!«

Er gewahrte den Wein, packte den Becher wie ein Süchtiger und schüttete ihn auf einen Zug hinunter. Beinahe hätte er sich übergeben müssen. Aber dann schenkte ihm der Alkohol die Gnade der Betäubung, des Vergessenkönnens.

In jener Nacht lagen vier Menschen auf dem stinkenden Stroh der Hexenkaue zu Pfatter: zwei Erwachsene, eine Halbwüchsige, ein Kind. Katharina war nach der einmonatigen Kerkerhaft so stumpf geworden, daß sie ihre Eltern und Christine kaum erkannt hatte, als man sie in der Abenddämmerung hereingestoßen und neben ihr angekettet hatte. Erst das Tasten der Mutter, ihre wilden Heulkrämpfe, hatten sie aus ihrer Lethargie gerissen. Und im Lauf der Nacht hatte sie dann begriffen, daß man sie alle zusammen nach Straubing in die Fronfeste schleppen würde: zum Prozeß! Zur Aburteilung! Zum Tod!

Aber es war seltsam! Während die Alten sich kaum zu fassen wußten, die ganze Nacht jammerten und greinten, während Christine Weinzierl immer wieder den Kopf gegen die jauchegetränkte Kauenmauer stieß, blieb Katharina selbst ruhig. Denn sie war bereits viel näher am Unaussprechlichen als die anderen. Sie war bereits gebrochen und konnte sich nicht einmal mehr Vorwürfe machen, weil sie die Eltern, weil sie Christine in die Fänge der Hexenjäger gegeben hatte, damals, als sie sich vor dem brünstigen Hanndloß hatte schützen müssen.

Katharina wiegte sich nur und betete lautlos ihre alte, verballhornte Litanei hinauf und hinunter.

In jener Nacht mußten Anne und Kaspar Michel anhören, wie die Trabanten in der Wachstube grölten, sie mußten zusehen, wie der Regimentsrat und der Kommissar sich betranken. Scherer und Edlmar saßen nicht stundenlang, wie der Pfarrer von Geisling, vor einem vollen Becher. Sie stürzten einen um den anderen hinunter, und es war der schwerste Wein aus dem Keller des Pflegers.

Scherer und Edlmar waren Edelleute, aber sie benahmen sich wie die übelste Soldateska, soffen, fraßen und brüsteten sich lauthals der Taten dieses Tages. Noch einmal jagten sie in ihrer Trunkenheit den alten Weinzierl in den Stall, verbrannten noch einmal die Kate in Geisling, schwadronierten, wie sie drei Hexen an ihren satanischen Hälsen hinter sich hatten herschleppen lassen.

»Und bald, das schwöre ich, werden wir uns noch mehr von dieser Brut nach Straubing holen!« schrie der von Scherer auf dem Gipfel seiner Trunkenheit.

Anne, die den ganzen Abend mit unter dem Tisch geballten Fäusten dagesessen hatte, konnte sich zuletzt nicht mehr zurückhalten. »Unschuldige habt Ihr uns in die Kaue geschleppt!« herrschte sie die beiden Menschenjäger an. »Die Christine Weinzierl hat gar nichts verbrochen, und die Grueberschen haben im letzten Winter zwar ein paar Geislinger betrogen, haben aber längst dafür gebüßt. Hier im Schloß sind sie deswegen gepeitscht worden und haben am Pranger stehen müssen. Warum verfolgt Ihr sie denn jetzt noch?«

»Das weißt du doch, Anne«, erwiderte matt ihr Gatte. Doch sie funkelte ihn an und er verstummte.

»Wenn die Bauern betrogen worden sind, dann hat man sie verhext«, schrie Scherer. »Anders wär's gar nicht möglich gewesen, daß sie den Satansbuhlen auf den Leim gegangen waren.«

»Und was sie sonst noch getrieben haben, das darf die Pflegerin gar nicht wissen«, mischte sich Edlmar ein. »Das Weibchen ist zu zart gebaut dazu. Aber wir wissen's, gell, Scherer!«

»Wir wissen's und haben heut' gut katholisch auf die Sauteufel losgedroschen«, brüllte der Rechtsrat. »Hokuspokus oder Hexerei, das ist alles eins. Was ist, Edlmar, wollen wir sie noch einmal hauen? Daß der Teufel nicht zur Ruh' kommt in ihnen?«

»Ja, Peitschen her«, stimmte ihm der Herr von Edlmar zu, lüftete die schwere Perücke und kratzte sich ungeniert den Schädel. »Und dann zur Kaue! Wir wollen sie tanzen lassen, die satanische Saubrut!« Er sprang taumelnd auf die Beine.

Anne warf ihrem Gatten einen flehenden Blick zu. »Mach' ein Ende«, flüsterte sie entsetzt.

»Ich denke, die Herren sollten jetzt ihre Kammern aufsuchen«, sagte der Pfleger und bemühte sich, Nachdruck in seine Stimme zu legen, aber es gelang ihm schlecht.

»Was da? Kammer? Wir haben Besseres vor!« schrie Scherer. »Kommt mit, Pfleger, Pflegerin! Dann sollt Ihr sehen, wie man die Teufel austreibt!«

Die Angesprochenen weigerten sich, konnten aber nicht verhindern, daß der Regimentsrat und der Kommissar hinaustaumelten, fluchend, Weinflaschen in den Fäusten.

Scherer und Edlmar platzten in das Gelage ihrer Soldaten, ließen sich Knuten geben und stolperten dann beide über den Schloßhof zur Hexenkaue. Aber sie waren zu betrunken, und die frische Luft gab ihnen den Rest. Es gelang ihnen nicht mehr, den Außenriegel an der Kauentür abzuheben. Eine Zeitlang mühten sie sich, dann gaben sie es auf, hockten sich auf den Erdboden und tranken weiter, bis sie besinnungslos umfielen.

Der Pfleger und seine Frau mußten sie zurück ins Schloß schleppen. »In denen sitzt der Teufel – nicht in den Gefangenen«, sagte Anne zuletzt, als endlich Ruhe war. Aber ihr Mann antwortete nicht und schwieg – wie schon einen ganzen Monat lang.

Juni 1689

»Ob er ihr nit an der Stürrn umbgangen, und sich erzaigt, alß ob er ihr waß wollte außkhratzen?«
(Kelheimer Hexenhammer)

Die Straubinger Fronfeste lag hart am Ufer der Donau; der Strom schützte ihre nördliche Flanke. In dem Gemäuer, das anderes, mittelalterliches, verbarg, war die Bernauerin* gefangen gewesen, ein paar Stunden nur, ehe man sie in der Donau ersäuft hatte wie eine Katze. Jetzt diente der alte Herzogskasten immer noch als Gefängnis. Statt der Agnes Bernauer beherbergte er aber nun – unterhalb der Verwaltungstrakte, tief im steinernen Gekröse – Hexen.

Diese Kerker waren feucht und schimmelig. Sie lagen tief unter der Wassermarke des Stroms. Granit aus dem Bayerischen Wald und Kalkstein aus der Oberpfalz mischten sich unterirdisch zum trostlosen, unüberwindlichen Gefüge. Asseln wuselten in den Gesteinsritzen und im Stroh, im schwarzen Grundschlamm der Kerker, nisteten rotäugige Ratten. Die ewige Feuchtigkeit hatte das Eisen der Ketten und Handschellen verrosten lassen, so waren schon nach wenigen Stunden die Gelenke der vier Gefangenen wundgerieben.

Scherer und Edlmar hatten ihre menschlichen Beute-

---

* Agnes Bemauer, heimliche morganatische Ehefrau Herzog Albrechts III. von Bayern. Am 12.10.1432 in der Donau ertränkt.

stücke getrennt einkerkern lassen. In dem einen Verlies hingen Gertrud und Johann Grueber angekettet, in einem zweiten, auf der gegenüberliegenden Seite eines schmalen Ganges, schmachteten Katharina und Christine Weinzierl. Die Einrichtung beider Kerker bestand lediglich aus ein paar Bündeln Stroh auf dem nackten Boden, dazu pro Person einer groben Schüssel aus gebranntem Ton, in die vom Wärter einmal am Tag Suppe, einmal Wasser geschöpft wurde. Löffel dazu gab es nicht. Das Brot, das man ihnen reichte, zerrissen die Angeketteten mit den Zähnen. Schlimmer als der Hunger war der Durst. Das dargereichte Wasser reichte lediglich aus, um die Gefangenen am Leben zu erhalten. Wenn die Qual zu groß wurde, leckten sie die faulige Feuchtigkeit von den Kerkerwänden.

Mehrere Tage blieben die drei Grueberschen und die Tochter des Bauern Weinzierl sich selbst überlassen. Man schien sie in ihren Löchern vergessen zu haben. Wenn sie einmal aus ihrer fast permanenten Betäubung erwachten – denn mit dauernd wachen Sinnen hätten sie hier unten gar nicht überleben können –, kämpften sie auf ihre Weise gegen die Eintönigkeit und die Angst an. Johann und Gertrud Grueber stritten dann und gingen, wie damals in jener Nacht zu Pfatter, trotz ihrer Ketten aufeinander los. Sie gaben sich gegenseitig die Schuld für das Unglück, das sie in dieses Verlies getrieben hatte. Haß und Abneigung, die sich im Alltag einer langen Ehe angestaut hatten, brachen jetzt ungehemmt durch. Einmal schlug der alte Grueber, nachdem sie sich stundenlang angefaucht hatten, seinem Weib die Wasserschüssel aus den Händen. Daß Gertrud danach stundenlang vor Qual wimmerte, ließ ihn freudig vor sich hin kichern. In der anderen Steinkammer flüchtete sich Christine Weinzierl in endlose Gebete. Naturgemäß mußte sie die wenigen, die sie in ihrem kurzen Leben gelernt hatte, wieder und wieder murmeln. Zwischendurch, wenn sie sich an den heimatlichen Hof erinnerte, schrie sie laut nach ihrem Vater und ihrer Jahre zuvor verstorbenen Mutter. Kamen diese Schreie gellend genug, dann konnte es geschehen, daß sogar Katharina aus ihrer Lethargie gerissen wurde. Das Mädchen pflegte dann nach Christines Schultern zu greifen und die andere mit in das eigene unaufhörliche Wiegen hineinzuziehen. Jumpfengranz, Mariengebete und Domkron erklangen dann in einer seltsamen zweistimmigen Monotonie.

Die Eingekerkerten tauschten während dieser ersten Tage ihrer Gefangenschaft kaum einen vernünftigen Satz. Sie konnten es nicht, denn die Richter, die sie aus Geisling und Pfatter geholt hatten, hatten ihren Willen bereits gebrochen. Die vier Angeketteten waren wie geblendete Tiere, der Willkür der anderen — weiter oben im steinernen Verhau — hilflos und gedankenlos ausgeliefert. Willenlosigkeit und Schwäche — genau das hatten die Peiniger mit dieser Gefangenschaft bezweckt.

Die Inquisitoren, die den Prozeß führen sollten, ließen es sich inzwischen in den helleren Räumen der Fronfeste wohl ergehen. Nachdem Scherer und Edlmar ihren Kater von dem Besäufnis im Pfatterer Pflegschloß auskuriert hatten, stöberten sie nun wieder langatmig in Akten, arbeiteten sich erneut durch die Anzeige des Simon Hanndloß, zogen dazu immer wieder den schwergewichtigen Hexenhammer der Dominikaner Jakob

Sprenger und Heinrich Institoris zu Rate. Die von den Mönchen ausgetüftelten infamen Konstruktionen entlockten den beiden minder gelehrten kurfürstlichen Beamten manchmal helle Rufe des Entzückens. Gegenseitig machten sie sich auf diverse Möglichkeiten und Fallstricke für die Hexen aufmerksam, und schon bald war klar, daß sie den ursprünglichen Anschuldigungen des Simon Hanndloß noch weitere, eigene würden hinzufügen können.

Auch Wolf Hainrich Notthafft, Graf und Herr von Wernberg, dazu Vizedom, war inzwischen in Straubing eingetroffen und hatte, umsorgt von Bediensteten, in seinem Stadthof Quartier genommen. Die Akten und juristischen Folianten mied dieser Edelmann allerdings wie den Teufel. Mit einer Anordnung an die Herren von Scherer und Edlmar, daß der Prozeß so bald wie möglich zu beginnen habe, hatte Notthafft es vorerst bewenden lassen. Jetzt wartete er, bis alles seine Ordnung gefunden haben würde, ritt zur Jagd auf Niederwild in die Donaumarschen und vergnügte sich an den Abenden beim Wein und mit den Hübschlerinnen*, von denen die kurfürstliche Stadt eine reiche Auswahl zu bieten hatte.

Zusammen mit Scherer und Edlmar, die er betrunken hatte zu Bett bringen müssen, war auch Kaspar Michel, der Pfleger von Pfatter, in Straubing eingetroffen. Er logierte in einem bescheideneren Gasthof und in der Lade auf seinem Zimmer lag eine Abschrift des Protokolls, das er vor einem Monat selbst angefertigt hatte.

* Hübschlerin = Dirne

Doch während Michel, stumm und verstört, auf den Prozeßbeginn wartete, nahm er das Papier nicht einmal zur Hand. Er kannte es längst auswendig; die einzelnen Sätze hatten sich wie Feuer in sein Gehirn gebrannt. Oft lief der Pfatterer Pfleger wie gehetzt allein durch die Gassen. Überzeugt, nur seine Pflicht zu tun, konnte er dennoch auch bei Nacht kaum noch Ruhe finden.

Traumlos meist schlief in jenen Nächten dagegen der Kanoniker Georg Straßmayr, geachtetes Mitglied des Straubinger Jesuiten-Kollegiats. Der Wernberger hatte, damit er selbst um so freizügiger seiner Jagdleidenschaft frönen konnte, den vollblütigen Fünfzigjährigen schon jetzt als Inquisitor der Alleinseligmachenden Katholischen Kirche angefordert. Für Straßmayr, dem damit die faktische Leitung des bevorstehenden Prozesses oblag, war dies eine Fügung, die seinem zwielichtigen Charakter durchaus entgegenkam.

Sein behäbiger Name täuschte, und ebenso täuschte sein Äußeres: Der von Donauwallern, Wildpret und Krebsen aufgeschwemmte Leib, das großflächige Gesicht, die fleischigen Hände, welche so bedächtig segnen konnten – das alles verbarg etwas Tieferes, das sich allein in Straßmayrs Augen manchmal auflodernd äußerte. Diese Augen lagen seltsam tief unter breiter Stirn, waren zu klein für dieses barock angelegte Antlitz, und manchmal begann das linke Lid unkontrolliert zu zucken.

Dieses freilich hatten nur wenige Menschen jemals gesehen. Es widerfuhr dem Jesuiten stets nur dann, wenn er sich unbeobachtet fühlte, wenn seine Gedanken abtrieben; wenn er sich – jäh und schmerzhaft – wieder als Kind fühlte.

Es war im letzten oder vorletzten Jahr des Großen Kriegs gewesen, der kleine Georg damals ein Bub von acht oder neun Jahren. Allein auf jener kleinen Hofstelle in der Oberpfalz, die nackten Füße spielerisch wühlend im Schlamm des abgelassenen Gänseweihers, die Eltern weit draußen auf dem steinigen Buckelfeld, akkernd, mit einer Geiß vor dem Pflug und dazu dem hinkenden Vater, die Mutter an den Sterzgabeln. Die Pflugschar riß holprig hoch und zur Seite den karstigen Boden, sich plusternde Saatkrähen dahinter und hochgedrängtes Geröll. Georg, obwohl alt genug, um sich zusammen mit den Eltern und der Geiß zu schinden, war auf der Hofstelle zurückgelassen worden, mußte heute nicht an die knochenbrechende Arbeit, weil er, nachdem ihm ein Zahn ausgefault war, fieberte. Jetzt kühlte aber der Schlamm im aufgelassenen Gänseweiher. Die Zehen, die Wadenmuskeln des Buben spielten schmatzend, wohllüstig. Über der Abendseite des Horizonts bauschten sich rötliche Wolken, da und dort golden durchschliert.

Und aus denen heraus, als sie drüben gerade den Pflug aus der Furche rissen, wenden wollten, die Reiter.

Heraus aus der Hügelfalte Preschen zum steinigen Acker hin. Klirren von Metall. Lederknarzen. Schaumiges Schnauben der Gäule. Hinterdrein noch einer auf einer Schindmähre. Der schnalzende Knall, der die Geiß warf. Der für den Buben undeutlich und überdeutlich vernehmbare Schrei der Mutter: »Der Schwed'!«

Georg drückte sich gegen die steinige, die gänseweiche Erde, suchte sich zu verbergen, mußte dennoch näher heran an den Acker. Der Schwed', das war der Teufel. Trotzdem, gerade deswegen trieb es den Buben unwiderstehlich hin. Aus einem Ginster heraus konnte er schließlich alles erkennen, mußte er alles mitansehen, mitanhören.

Die Schlegel der schlecht getroffenen Geiß trommelten im Pfluggeschirr. Ein Kolbenhieb schleuderte den Vater daneben. Auch sein Leib hing fest im fasrigen Seilzeug, war wehrlos.

Wehrlos auch die Mutter, als zwei der sieben Marodeure sie rücklings in die eben gezogene steinige Furche rissen, ein dritter ihre Beine zur Schere zwang. Das Aufbäumen der Mutter, ihr gurgelnder Schrei, jäh, sehr schrill. Der bocksartig stoßende Unterleib des Mannes, im Hintergrund, verzuckend, die Geiß im Pfluggeschirr. Verspannt der Hintern des Schweden, zwei wulstartige Muskeln, halb vom zähen Leder befreit.

Die Ohnmacht des Buben im Ginster. Sein Drang zu helfen. Seine maßlose Angst, die ihn lähmte, ihn mit noch fiebrigen Kiefern, Zähnen, sich die Knöchel blutig reißen ließ.

Stehend dann der Marodeur. Blöde, verlegen, grinsend. Die Mutter jetzt still. Der aufbrüllende Vater von einem zweiten Kolbenschlag erneut gefällt. Die Geiß nun bewegungslos. Auf fahler Flanke schwarz gestocktes Blut. In der Schere der Mutter ein anderer Schwed'. Stinkendes Lederzeug von blassem Schenkelfleisch gerahmt.

Das Fieber bezwang den Buben wieder. Er lag im Ginster, spürte längst keinen Dorn mehr. Sah, hörte durch Schleier – gerade deswegen überdeutlich.

Als sie mit der Mutter fertig waren, als sie wegkriechen wollte, nicht konnte, widmeten sie sich dem Vater, banden den Stöhnenden über die seitlich gestürzte Pflugschar, die Sterze. Rücklings, den Leib verkrümmt, aufgereckt nach oben. Als knirschend ein Knochen brach, wurde der Bub ohnmächtig.

Er kam wieder zu sich im letzten Tageslicht. Über der Abendseite des Horizonts jetzt alles dunkelrot, schmalstreifig nur mehr der grauenhafte Schimmer. Vor dieser Kulisse tanzend, springend, johlend auf den zerknickten Leibern der Gefesselten die Schweden. Einer kniete und zwang dem Mann aus einem Schlauch etwas in den aufgezwängten Mund. Jauchegestank. Der Bauch wie eine Trommel. Sprühend gegen den Abendhimmel die unbeschreibliche Kaskade. Dann die Leibtrommel plötzlich schlaff.

Als der kleine Georg Straßmayr zum zweiten Mal aus seiner Ohnmacht erwachte, war es Morgen. Der Ginster stach nun peinvoll. Der Acker lag leer bis auf zwei verkrümmte, kaum kenntliche Gestalten. Die Marodeure waren verschwunden. Drüben glosten und schwelten die letzten Trümmer des Hofes. Der Schwed', dachte der Bub, als er sich aus dem Ginster wagte, zu den Toten kroch und sie beerdigte, indem er mit bloßen Händen Krumen und Steine über ihre unbeschreiblich zugerichteten Leiber kratzte.

Von den Schweden erzählte der Junge auch dem Fremden, der ihn Tage später, halb verhungert, in den Trümmern des Straßmayrhofes entdeckte. Der Wanderer glaubte ihm. Keiner der beiden konnte schließlich wissen, daß sich der Trupp der Marodeure zwar auch aus einem Schweden, sonst aber aus Kroaten, einem Mainzer und zwei Österreichern zusammengesetzt hatte — alle zusammen aber ehemalige Soldaten oder Bauern, die der Krieg zu Tieren gemacht hatte.

Das war aber jetzt gleichgültig. Was mit den Eltern des Buben geschehen war, bezeichnete man in katholischen Landstrichen als Schwedentrunk, in den protestantischen als kroatischen. Tatsache blieb, daß der junge Georg alles verloren hatte, was die Welt seiner Kindheit ausgemacht hatte. Bleiben würde statt dessen das, was er fiebernd und zwischen den Ohnmachten taumelnd hatte mitansehen, mitanhören müssen. Er wußte jetzt ein für allemal, daß die Welt voller Teufel war.

Der Fremde wanderte nach Süden und nahm den völlig verstörten Buben mit nach Regensburg. Ein Kapuziner aus dem Kloster am Ostentor suchte — auf lange Sicht denkend — Nachwuchs für das vom Krieg verwaiste Refektorium. Der Fremde ließ sich leicht überreden, den Jungen bei ihm zu lassen.

Während der ersten Jahre im Kloster erfuhren die Mönche nicht einmal den Namen ihres Schützlings, doch im Frühjahr darauf begann sich der Schock zu lösen; der jetzt etwa Zehnjährige begann, den Menschen wieder zu vertrauen. Er blieb im Kloster, zeigte sich anstellig, begann etwas Latein aufzuschnappen. Nie aber sprach er von dem, was er damals auf dem Acker gesehen und gehört hatte. Die Kapuziner drangen nicht in ihn, förderten ihn aber.

Georg wurde Novize — einer der frömmsten. Sein Schicksal als Mönch in brauner Kutte, mit dem Strick um die Lenden, schien vorausbestimmt. Daß er trotzdem nicht ins Kloster am Ostentor eintrat, verdankte er seinem Lerneifer. Er wurde gelobt deswegen – in Wirklichkeit war es aber Manie. Wenn er sich mit den Büchern betäubte, verschwanden die Bilder, die auch den Fünfzehnjährigen noch zu quälen pflegten. Das Zucken seines linken Augenlids besserte sich, je besessener er lernte. Schnell galt er als der Klügste unter den Novizen, und dadurch wurden die Jesuiten auf ihn aufmerksam, jener erst junge Eliteorden, der sich mit Haut und Haaren der Gegenreformation verschrieben hatte, der die schärfsten Geister der Zeit unter der Fahne des Ignatius von Loyola sammelte.

Georg Straßmayr ging nach Ingolstadt auf das dortige neugegründete Kolleg des Ordens. Jetzt gehörte er zum Mittelmaß, doch das störte ihn nicht mehr. Er hatte sein Trauma so weit überwunden, daß sein Augenlid nur noch gelegentlich zuckte – wenn er allein war, die Erinnerung ihn plötzlich überkam.

Wäre das Trauma nicht zu überwinden gewesen, dann hätte Georg Straßmayr als einer der ganz großen Vertreter seines Ordens in Rom oder an einem der europäischen Fürstenhöfe Karriere gemacht. So aber geriet er nach Straubing und wurde im dortigen Kollegium ein angesehenes Mitglied – nicht mehr und nicht weniger. Sein Ruf festigte sich während der nächsten Jahrzehnte, die er eher geruhsam verbrachte. Er stritt für die Fahne des Ignatius von Loyola, aber er hatte auch zu leben gelernt. Zu Zeiten packte es ihn; dann konnte er sich als Schlemmer zeigen, als Fresser und Säufer. Der Orden, in Kleinigkeiten nicht kleinlich, duldete es. Er hätte es auch geduldet, wenn Georg Straßmayr sich gelegentlich eine Hübschlerin, selbst ein Beichtkind, ins Bett genommen hätte.

Doch dies geschah nie. Selbst bei den unbestimmtesten Gedanken daran hatte das Augenlid des Jesuiten stets schmerzhaft zu zucken begonnen. Also hatte der Mitstreiter des Ignatius von Loyola gelernt, auch diese unbestimmtesten Gedanken zu unterdrücken. Er lebte keusch, absolut keusch. Die anderen im Orden, weniger glaubensstark, bewunderten ihn deswegen. Sein untadeliger Ruf in dieser Beziehung war auch beim Adel bekannt.

Dies war unter anderem der Grund, warum der Graf von Wernberg Georg Straßmayr zum Inquisitor des bevorstehenden Hexenprozesses gemacht hatte. Straßmayr hatte wenig Erfahrung in diesen Dingen. Aber die Berufung kam seinem Charakter durchaus entgegen. Es erfüllte ihn mit Stolz, gegen die Teufel in der Welt kämpfen zu dürfen. Doch er benötigte einen Bruder, mit dem er die theologischen Fragen disputieren konnte, in jenem Kreis der Richter, der sich ansonsten aus Adligen zusammensetzte. Georg Straßmayr fand diesen Bruder im Regensburger Kapuzinerkloster, zu dem er die Verbindung nie hatte abreißen lassen.

Konrad von Monhaim entstammte einem verarmten Zweig seiner Familie aus dem Rheinischen. Der Krieg hatte die Sippe dermaßen gebeutelt, daß sich die Mitglieder in alle Himmelsrichtungen hatten verstreuen müssen, um ihr Auskommen zu finden.

Der junge Konrad war etwa fünf Jahre nach Georg Straßmayrs Eintritt in Regensburg als Novize untergekommen. Er war ehrgeizig, hager und korrekt, blieb aber, da es ihm an Vermögen fehlte, einfacher Pater. Gereizt hätte ihn heimlich die Stelle des Abtes, doch die Tatsache, daß er so hoch niemals würde steigen können, hatte ihn frühzeitig gallig gemacht. Die Beichte pflegte er mit verkniffenen Lippen zu hören. Wohl absolvierte er die Sünder, notierte aber ihre Verfehlungen wie mit einem Griffel in seinem aufnahmefähigen Gehirn, und dort blieben sie eingegraben – jahrelang.

Mit Georg Straßmayr hatte er gelegentlich disputiert. Jetzt, zum Prozeß, trafen die beiden Kleriker erneut zusammen. Neben seinem religiösen Amt war Konrad von Monhaim als Schriftführer vorgesehen.

Der Jesuit, der Monhaims Anspruchslosigkeit kannte, quartierte ihn in der kargsten Zelle des Kollegiums ein. Dort breitete der magere Kapuziner seine Papiere aus, schnitt pedantisch einige Federn zu und legte, schwer lastend, ein Exemplar des Malleus Maleficarum auf das Pult. Eine Stunde nach seiner Ankunft in Straubing hatte Konrad von Monhaim bereits hochkonzentriert zu arbeiten begonnen. Mit ihm war das Inquisitionsgericht nun vollständig. Es sollte bereits wenige Tage, nachdem der Kapuziner zum ersten Mal mit dünnen Lippen im Protokoll über die Anklagen des Simon Hanndloß gelesen hatte, tagen.

Als die Kerkerknechte die schwere Eichentür entriegelten, reagierten weder Katharina Grueber noch Christine Weinzierl. Christine lag, embryonenhaft klein zusammengekrümmt, im faulenden Stroh. An die schwitzende Mauer gelehnt saß Katharina und wiegte sich kaum merklich. Aber bei jeder Bewegung stieß ihr Schulterblatt gegen eine Kante des Steins, und der dumpfe Schmerz welcher dann in dieser längst blutig aufgeschürften Stelle zu pochen begann, verschaffte ihr das dumpfe Bewußtsein, noch am Leben zu sein.

Mehr nahm Katharina kaum noch wahr — seit Tagen und Wochen nicht mehr. Nicht anders erging es Christine, die sich instinktiv in vorgeburtliches Beschütztsein geflüchtet hatte.

Die Pechfackel eines der Büttel stieß in den stinkenden, höhlenartigen Raum: ein Tunnel aus Qualm und Licht, der vieles im Dunkeln ließ, dennoch nach einigem Herumirren, Gespensterflackern die beiden Mädchen erfaßte. Als der Schein ihre Augen traf, die seit Wochen kein Licht mehr gekannt hatten, zerrte dieser Schmerz Katharina und Christine ein Stück weit ins Leben zurück.

»Pfui Teufel!« raunzte der Knecht, der den Gefangenen die Eisenfesseln zu lösen hatte. »Ihr stinkt schlimmer als die Säue!«

Er atmete hinter zusammengebissenen Zähnen durch den Mund und beneidete seinen Kameraden, der unter der Tür geblieben war. Dann löste und riß er die Ketten von den Schellen an den Gelenken der Mädchen, warf das geschmiedete Gewirr klirrend neben die Pforte, stieß Christine in die zusammengekrümmte Leiste und befahl: »Hoch, ihr Hexenbrut!« Es gelang keinem der beiden Mädchen, auch wenn sie nun wieder wußten, wo sie sich befanden, dieser Aufforderung Folge zu leisten. Sie wollten zwar hoch, konnten aber nicht auf die Beine kommen. Die Wochen der Kerkerhaft, das Verrotten bei lebendigem Leibe in der ewigen Dunkelheit, hatten sie nicht nur innerlich gebrochen. Auch ihre Körper waren dermaßen mit dem faulenden Stroh verklebt worden, daß die Mädchen jetzt lediglich auf allen vieren zur Pforte kriechen konnten, und auch das nur, weil der Büttel sie fluchend und mit Fußtritten trieb.

Als sie draußen waren, riß der andere sie mit Gewalt hoch. Christine und Katharina taumelten gegeneinander, fanden mühsam Halt aneinander, und auf diese Weise gelang es ihnen schließlich, durch den Gang zu kommen, der aus dem Bereich der Verliese führte und über eine enge Treppe hinauf in hellere Bereiche der Fronfeste. Die halbblinden, verstörten Mädchen, die jetzt aber aussahen wie zu klein geratene alte Vetteln, schleppten sich diese Treppe hinauf, getrieben von derben Püffen und dem bösartigen Zischen der Pechfackel in ihrem Rücken.

Droben trafen sie auf die beiden alten Grueberschen, aber auch diese waren körperlich und seelisch dermaßen heruntergekommen, daß sie die Jungen kaum erkannten. Allein Gertrud Grueber schien ihre Tochter mit einem Ruf begrüßen zu wollen, doch es wurde nicht mehr daraus als ein wehes, pfeifendes Winseln. Erst in der Badestube, wo man ihnen die stinkenden Lumpen vom Leib riß, sie in einer Ecke nackt zusammentrieb und sie mit Kübeln voller Donauwasser – es roch nach Algen und Fisch – übergoß, kamen die vier aus der Unterwelt Geholten wirklich zu sich. In einer schwappenden, ekligen Brühe stehend, doch nun wieder einigermaßen sauber, begannen sie sich zitternd und fröstelnd zu erkennen.

Die Büttel verhinderten es nicht, daß Gertrud ihre Tochter in entsetzlich abgemagerten Armen zu bergen versuchte. Als sich aber auch der Alte seinem Kind nähern wollte, brüllten sie unflätige Zoten und ließen es nicht zu. Johann Grueber blieb, wie Christine, für sich, während Mutter und Tochter so lange ineinander hängen durften, bis das Badweib die frischen Kleider herangebracht hatte: Sackartiges aus Rupfen mit Öffnungen für Hals und Arme. Der rauhe, ungefärbte Stoff, den man Katharina über den zitternden Leib zwängte, trennte sie wieder von ihrer Mutter; an der entzündeten Wunde auf Katharinas Schulterblatt brannte das lieblose Kleid wie Feuer.

Jetzt tauchte der Kerkermeister selbst auf, von zwei Pikenieren aus den oberen Regionen der Fronfeste begleitet, und übernahm es, die vier Gefangenen dort hinzubringen, wo das Gericht sie dem ersten Verhör unterziehen wollte.

Die beiden Mädchen und die Alten gingen jetzt aufrechter; sie liefen nicht mehr wie Tiere, die man gewaltsam zum unnatürlichen Gang gezwungen hat. Aber als sie, ein weiteres Stockwerk höher, in die Fragkammer traten, da traf ihr gebrochener, ausgemergelter Anblick den Pfatterer Pfleger dennoch wie ein jäher Faustschlag. Kaspar Michel hatte Katharina in seiner eigenen Hexenkaue gesehen; daß es aber mit einem Menschen so weit kommen könnte wie mit ihr und den drei anderen, hatte er dennoch in seinen qualvollsten Träumen nicht erwartet.

»Bleibt stehen da!« wies der Kerkermeister die Gefangenen an, nachdem er sie zu einer Stelle etwa drei Meter vor der Richterbank getrieben hatte. Links und rechts der Gruppe postierten sich die Pikeniere. Der Kerkermeister selbst zog sich in den Hintergrund des gestreckten Raumes zurück, wo ein schwarzer Vorhang von Wand zu Wand sämtliches Licht schluckte, wie ein höllischer Schwamm einzusaugen schien.

Im Vordergrund der fensterlosen Fragkammer dominierten jedoch die Fackeln, Dutzende jetzt im Gegensatz zu der einen im Kerker vorhin, und die vier Angeklagten versuchten ihre entwöhnten Augen mit den Händen zu schützen. Im Widerschein des brennenden Pechs schienen ihre Rupfensäcke aus sich selbst heraus zu glühen — so standen sie da, selbst vier Fackeln aus unwirklichem Dunkellicht gleichend.

Und vor ihnen, hinter rotverschlagener Balustrade, die Inquisitoren, sechs an der Zahl, die die stummen Hexen jetzt ebenso stumm musterten. Wo aber die Grueberschen und Christine ihre Augen mit Händen zu schützen suchten, glühten im Fackelschein die Gesichter der Richter nackt. Sie dominierten, sie beherrschten die Szene. Ein jedes dieser Gesichter für sich eine Anklage, aus allen zusammen geschmiedet ein Block. Nur eine Schwachstelle darin: Kaspar Michel. Er war jetzt so bleich, daß sein Antlitz, das Kinn zur Brust geneigt, eine Lücke in den Block der Ankläger zu brechen schien.

Die anderen Gesichter jedoch selbstsicher: Scherer und Edlmar wie damals auf dem Schloß zu Pfatter, als sie die Hexen gefangen, sich betrunken und geprahlt hatten. Notthafft mit einem Ausdruck unter mächtigen Brauen, als ziele er mit der Saufeder* auf einen kapitalen Eber. Konrad von Monhaim fast spanisch-gallig, asketisch, doch die dünnen Muskelstränge unter der Kapuze wie aus Stahl.

Im Zentrum dieser Front: Straßmayr, der Jesuit.

---

* Saufeder = Spieß zur Wildschweinjagd

Nicht nur Oberster Inquisitor, sondern in Wahrheit und wahrhaftig das Haupt im Konzert der Gesichter über blutroter Balustrade: breit, fleischig die Stirn, quer gefurcht wie eine Barriere, senkrecht über vorspringender Nase geteilt wie ein Gitter. Massig die Backen. Bißwütig der Mund. Die Augen wie Mare von unergründlichen Tiefen zentral in dieser inquisitorischen Landschaft, und heute verbarg der Jesuit das Zucken seines linken Lids nicht.

»Schau mich an! Ja, du, Katharina Grueber von Geisling! Nimm die Hände herunter!«

Katharina gehorchte, dieser Stimme ausgeliefert. Das Auge des Inquisitors zuckte ihr entgegen, bannte sie. Nur undeutlich noch nahm sie hinter der Balustrade das schwere Silberkruzifix an der Mauer wahr.

»Du bist die Katharina Grueber von Geisling?«

Die Stimme ließ ihr wundes Schulterblatt zucken. »Ja.« Kaum hörbar für sie selbst, ein Krächzen nur.

»Sprich lauter!«

Hustenreiz würgte das Mädchen, als es sich bemühte, dem Befehl nachzukommen: »Ja, die bin ich.«

»Du hast zu sagen: Herr Inquisitor!« kläffte beflissen der von Monhaim dazwischen.

Doch Straßmayr winkte ab. »Unwichtig der Titel! Das Gör kann das Wort doch nicht richtig aussprechen.« Wieder zu Katharina: »Nenne mich Herr, das genügt. Und sage mir, warum du es mit dem Teufel getrieben hast!«

»Das hab' ich nicht, Herr!« Weit aufgerissen Katharinas Augen jetzt und auch ihr Mund.

»Du bist also keine Hexe? Du leugnest es?«

»Bin doch nie eine Hexe gewesen – Herr.« Schmal

stand das Mädchen da, geschunden, heruntergekommen, aber in diesem Moment mit geballten Fäusten. Die kleinen, knöchernen Handkugeln reizten Monhaim, und als er sich nun erneut einmischte, ließ der Inquisitor ihn gewähren. »Sie ist verstockt. Leugnet. Das tun sie alle!« Monhaim hatte diese Sätze zischend hervorgestoßen. Aber gleich darauf fuhr er fast genüßlich fort: »Die Absoluta generalia circa Confessionem?«

»Stellt die Fragen!« Der Inquisitor beugte sich zurück; eine Handbreit nur, aber er hatte sein Amt damit vorübergehend dem Kapuziner überlassen. Der hatte das schwere Buch vor sich liegen, hatte es längst aufgeschlagen. Jetzt prasselten die Fragen wie Schläge auf das Mädchen:

»Warum meinst du, daß man dich hierhergebracht hat?«

Katharina schüttelte nur verwirrt den Kopf. Entsetzt bemerkte Kaspar Michel, daß ihr Haar an einigen Stellen ausgefallen war. Pilzige Stellen tanzten im Fackellicht.

»Wie lange ist es her, daß du in dieses hochverdammte Laster der Hexerei geraten?«

»Bin keine Hex'.«

»Was dich dazu gebracht hat?«

»Nichts hat mich . . .«

»In welcher Gestalt ist zu Anfang der leidige Teufel zu dir gekommen, will ich wissen! Rede! War es am Morgen, mittags oder bei Nacht?«

»Ich kenn' den Teufel nicht . . .«

»Was hat er dir versprochen für deine Buhlerei? Und was dir dafür gegeben?«

»Nichts versprochen . . .«

»Ob du anders getauft worden bist, will ich wissen! Und wer sonst noch dabei gewesen, und wie dein Buhlteufel und Herr und Regent dich genannt hat!«

»Kenn' keinen Teufel, kenn' keinen . . .«

»Aber ist er dir mit seinen Pratzen auf der Stirne herumgefahren, was? Hat versucht, dir etwas aus dem Gehirn herauszukratzen, nicht wahr?«

»Nein, Herr! Das ist alles nicht wahr!« Bei der letzten Frage hatte Katharina vor Angst zu beben begonnen. Die Vorstellung, die Monhaim geäußert hatte, war zu entsetzlich. Aber es half ihr, sich entschlossener zu wehren. »Nichts hab' ich mit dem Teufel zu schaffen! Nichts und nichts und nichts!« Beinahe kämpferisch funkelte die Kleine den Kapuziner an.

»Welche Farbe hatte die Tinte, mit der du den Teufelspakt unterschrieben hast?« bohrte Monhaim, leicht irritiert nun, weiter.

Und Katharina, mit hocherhobenem Kopf jetzt: »Kann nicht schreiben!«

»Du lügst, Hexendirne!« Unwillkürlich hatte Monhaim den Katalog der dreizehn vorgeschriebenen Fragen verlassen. Das magere Mädchen in dem Rupfensack hatte ihn aus der Fassung gebracht. »Weil der Teufel von dir Besitz ergriffen hat, mußt du lügen. Du bist . . .«

»Tace!« Mit einer Bewegung der fleischigen Hand gebot Straßmayr dem Kapuziner Schweigen. Dann, in viel weniger scharfem Tonfall, an das Mädchen gewandt: »Du hast den Eisenamtmann von Pfatter aber erzählt, daß der Teufel dir erschienen sei, nicht wahr?«

Katharina erblaßte nicht — sie wurde grün. In ihren

Augen begann es zu flackern. Ungläubig aufschauend hinter ihr die Eltern, Christine Weinzierl.

Im Augenlid des Inquisitors, der gar nicht wirklich eine Antwort erwartet hatte, das Zucken. Milde jetzt seine Stimme, milde unter fettem Timbre: »Du hast dem Simon Hanndloß erzählt, der Teufel habe einen roten Rock und ein rotes Leibl getragen, dazu gelbe Strümpfe. Auch die Schmerhaube auf seinem Kopf habest du gesehen. Und der Teufel sei eine Weile neben dir hergegangen. Hast du das nicht gesagt?«

»Nie hat sie das!« rief todesmutig die alte Grueberin.

»Du hältst dein Maul!« biß sie grob der Graf von Wernberg zusammen.

Straßmayr schien das Zwischenspiel gar nicht bemerkt zu haben. »Du willst mir nicht antworten, Katharina Grueber? Das ist nicht gut für dich!« Zuckendes Lid gegen flackernde Augen. Kinderaugen, uralt im Wissen darum, was hier auf dem Spiel stand. Die geistige, seelische Dumpfheit der Kerkerwochen war nun endlos weit von Katharina entfernt. Sie schwieg, aber ihre Gedanken jagten sich.

Der Inquisitor schien es beinahe zu genießen, daß sie stumm blieb. Sein fleischiger Finger suchte in dem Protokoll, das der Pfatterer Pfleger angefertigt hatte. »Als du in Burgweinting als Kindsmagd gedient hast, da ist dir ebenfalls der Teufel erschienen, nicht wahr? Dem Eisenamtmann Hanndloß hast du gesagt, daß er dir in Gestalt einer Katze erschienen ist, stimmt's?«

Katharina schwieg weiterhin.

Statt dessen flüsterte Monhaim, neben diesem sitzend, dem Jesuiten zu: »Haltet ihr doch ihre Mutter und die Weinzierlin vor! Wie die beiden auf Gabeln . . .«

»Schweigt – Bruder!« In diesem Moment schien Straßmayr den Kapuziner zu hassen, nicht die Angeklagten. Er nahm sich zusammen. »Später«, setzte er hinzu.

Plötzlich schoß seine fleischige Rechte vor, Katharina entgegen. Zwischen den derben Fingern das Protokoll des Geislinger Pflegers mit den Aussagen von Simon Hanndloß. »Hier ist alles aufgeschrieben, was du im April dieses Jahres dem Eisenamtmann zu Pfatter, dem Simon Hanndloß, gestanden hast. Und daß du ihm zuvor im Hof des Pflegschlößchen nackt erschienen bist und ihn zur teuflischen Unzucht aufgefordert hast . . .«

»Aber das stimmt nicht! Der Hanndloß ist zu mir in die Mägdekammer geklettert und wollte . . .« Katharinas Empörung war stärker als ihre Angst geworden. Es sprudelte nur so aus ihr heraus. »Er wollte, daß er es mit mir machen darf wie der Stier mit der Kuh. Hat mir keine Ruh' gelassen. Hat nach mir gegriffen. Und da hab' ich in meiner Angst von diesen Dingen geredet. Hab' ihm eingeredet, daß ich es mit dem Teufel hätte, damit er mich in Ruh' läßt.« Plötzlich lachte sie gellend. »Es hat auch gewirkt. Der hat die Hosen voll gehabt, der Hanndloß. So voll, daß ich ihn leicht wieder zum Kammerfenster hinaus hab' schieben können. So ist's gewesen. Bloß aus Angst vor dem geilen Hanndloß hab' ich das alles gesagt. Aber ich hab' nichts mit dem Teufel! Ich bin keine Hex'. Das schwör' ich. Bei der Muttergottes. Herr! Bei der Muttergottes. Hochwirnig, Jumpfengranz, Domkron . . .« Katharina wiegte sich, wiegte sich in ihrem Sack, hatte sich in ihre alte Litanei geflüchtet.

»Was treibst du da?« unterbrach sie grob, angewidert, Notthafft.

»Beten, Herr! Jumpfengranz . . .« Katharinas Antwort kam nur noch murmelnd.

»Du Hundsmatz! Eine Hexe betet nicht!« schrie der Graf.

Doch der Inquisitor gebot ihm Schweigen. Er spürte genau, daß dem Mädchen jetzt nicht mehr beizukommen war. Sie leierte ihre Litanei; er selbst hatte sich einst auf ganz ähnliche Weise mit seinen Büchern geschützt. Sein Augenlid zuckte. Er übersah den empörten Grafen, den dienstbeflissenen, zum gnadenlosen Verhör willigen Monhaim. Er übersah sie alle und winkte dem Kerkermeister.

»Laß das Mädchen zurück ins Verlies bringen!« befahl er.

Als die immer noch monoton murmelnde Katharina die Fragstätte verlassen hatte, wandte er sich seinen Beisitzern zu: »Wir wollen nun die anderen verhören. Aber es wird nichts bringen. Nachdem das Mädchen nichts gestanden hat, werden auch sie schweigen.«

»Versuchen wir es!« drängte Monhaim.

Aber der Jesuit sollte recht behalten. Die alten Grueberschen, Christine, sie alle hatten sich an Katharina aufgerichtet. Sie gaben nichts zu, blieben standhaft, stundenlang, bis der Inquisitor auch sie in die Verliese zurückführen ließ.

Als Monhaim und Straßmayr die Fronfeste verlassen hatten, sich im noch kräftig sonnenbestrahlten Frühsommerabend dem Kloster näherten, tadelte der Kapuziner: »Ihr habt die Hexen immer nur wegen der Teufelserscheinungen der Katharina inquiriert. Jedoch nichts davon, daß auch die alten Grueberschen und die Weinzierlin involviert sind und es gar noch schlimmer getrieben haben müssen. – Mit Verlaub, aber hätt' man's der hexischen Mutter und der verbuhlten Christine gleich hart genug vorgehalten, daß sie sich mit der schwarzen Salbe geschmiert . . .«

Der Jesuit verhielt den Schritt. Eine Gänseherde schnatterte vorbei. Der barfüßige, halbwüchsige Hirte dahinter musterte die Kleriker verstohlen und verschüchtert. Als es wieder ruhig war, sagte Straßmayr: »Hier genau liegt das Punktum, mein Freund. *Diese* Katze haben wir heute noch im Sack gelassen.« Er schnaufte, weil die Gasse anstieg. »Sollen sie sich ruhig in Sicherheit wiegen für heute, sollen sie glauben, daß sie uns mit Erfolg angelogen haben. Mit Milde und bloßem Fragen bekommen wir sowieso nichts heraus aus ihnen. Aber wenn wir sie erst auf der Folter haben und ihnen *dann* die genannte Katz' an die Gurgel lassen, dann werden sie auch gestehen. Werden uns noch weitere Teufelsbuhlen nennen, Monhaim, das schwör ich Euch bei meiner unsterblichen Seele!«

Der Kapuziner stelzte mit hageren Beinen sorgsam über einen Hundekadaver, der mitten auf der Gasse lag, von Schmeißfliegen umschwärmt. Als es geschafft war, blickte er Straßmayr halb bewundernd, halb irritiert von der Seite an. »Ihr wollt sie also schnell auf die Folter bringen? – Nun, das heiße ich tapfer für unsere gnadenvolle Mutter Kirche streiten. Dennoch sagt der Malleus Maleficarum, daß man stets genau prüfen und wägen soll. Ich muß Euch daher pflichtgemäß fragen: Ist's auch christlich, was Ihr plant, was wir tun werden? Ich meine – *sofort* foltern?«

»War es etwa christlich, daß die Brut heute gelogen hat wie der Leibhaftige?« schrie Straßmayr und packte den Kapuziner an der Kutte. »Wenn wir nicht die schärfsten Waffen des Glaubens anwenden, dann werden die Teufelsbuhlen zuletzt den Glauben selbst zur Narretei gemacht haben . . .«

Monhaim bekreuzigte sich entsetzt. »Unausdenkbar!« flüsterte er heiser. »Die Folter also?«

»Nennen wir es lieber peinliche Befragung«, versetzte der Jesuit, der sich jetzt wieder gefangen hatte.

Juli 1689

Die zweite Vorsichtsmaßregel ist . . . zu jeder Zeit vom Richter und allen Beisitzern zu beachten: daß sie sich von ihr körperlich nicht berühren lassen, besonders an der nackten Verbindungsstelle der Hände und Arme; sondern sie sollen auf jeden Fall am Palmensonntag geweihtes Salz und geweihte Kräuter bei sich tragen. Diese Dinge nämlich, zusammen mit geweihtem Wachs eingewickelt und am Halse getragen, haben, wie sih . . . ergeben hat, eine wunderbare vorbeugende Wirksamkeit, nicht nur nach den Zeugnissen von Hexen, sondern auch infolge der Praxis und Gepflogenheit der Kirche, die zu diesem Ende derlei exorzisiert und weiht, wie es sich in deren Exorzismen ergibt, wenn es heißt: »Zur Verscheuchung aller Macht des Feindes« etc.«
(Hexenhammer)

»Ihr laßt die Hexenkaue abreißen?« Simon Hanndloß, der mit dem Roßmeister im Schloß zu tun gehabt hatte, stellte die Frage, obwohl Kaspar Michel sichtlich bestrebt war, ihm auszuweichen.

»Der alte Verhau wird nicht mehr gebraucht. Stinkt auch wie die Pest«, erwiderte der Pfleger knapp, ließ den Eisenamtmann einfach stehen und stieg die unscheinbare Freitreppe zum Portal hinauf. Aber droben wandte er sich noch einmal kurz um und rief dem Eisenamtmann über die Schulter zu: »Ihr habt erledigt, was Ihr im Schloß wolltet?«

»Schon«, erwiderte Hanndloß. »Aber ich dachte, daß wir vielleicht . . .«

»Dann solltet Ihr Euch wieder um Euer eigenes Haus kümmern!« herrschte ihn der Pfleger, in diesem Moment ganz kurfürstlicher Beamter, an. Und damit ließ er den anderen endgültig stehen. Doch als Hanndloß die Kaue erwähnt hatte, da war er für einen Augenblick versucht gewesen, seinen Degen zu ziehen und ihn diesem Kerl ins Gekröse zu rennen.

Es war kein Wunder: Kaspar Michel kam direkt aus der Fronfeste. Seit die Folterungen begonnen hatten, war es sein zweiter kurzer Besuch in Pfatter, und er brauchte Annes Gegenwart jetzt ebenso nötig wie ein Kind seine Mutter.

Die Frau, nicht mehr blühend wie noch vor wenigen Monaten, sondern verhärmt jetzt, gealtert, wartete in der Halle auf ihn. Sie sah die rotgeränderten Augen ihres Gatten, stellte dennoch keine Frage. Es war der Pfleger, der unaufgefordert sagte: »Ich kann es nicht mehr ertragen! Anne, es bringt mich noch um!«

Er drängte sich, von Degengehänge und Harnisch behindert, an sie. Suchte Schutz bei ihr, indem er sie unbeholfen in seine Arme zog. Wenn er dies früher getan hatte, dann hatten seine Hände ihren Leib, sie, wie von selbst begriffen. Jetzt kamen sie ihm vor wie zwei Holzstücke, die gar nicht zu ihm gehörten. Er wollte seine Arme regieren, wollte sich selbst regieren, doch das Steife, Hölzerne blieb.

Anne spürte es ebenfalls. »Gehen wir nach oben«, sagte sie leise. »Du brauchst Wein und dann – vielleicht – mich.«

Doch der Wein löste nichts, und in der Nacht löste auch das Weib nichts in Kaspar Michel. Erst im Morgengrauen, als sie beide zu früh erwachten, als die Dunkelheit sie aber noch ausreichend beschützte, konnte Kaspar Michel sprechen; Anne zu berühren, wagte er dabei nicht.

»Sie plagen und foltern sie jetzt seit drei Wochen, Anne!« flüsterte er so leise, daß manche seiner Worte untergingen. »Zuerst den Johann Grueber, weil der Inquisitor dachte, der alte Mann würde am leichtesten zu brechen sein. Als der Taglöhner nichts von sich gab als Winseln und Betteln, da nahmen sie sich sein Weib vor. Aber auch die Gruebersche ist zäh. Dutzende Male haben sie ihr vorgehalten, was in dem verfluchten Protokoll steht. Sie leugnet's . . .«

Der Pfleger warf sich im Bett herum; das alte Holz des Rahmens schien zu schreien. Der Mann stützte sich auf den Ellenbogen und sog die kühle Luft ein, die von draußen, von den Donaumarschen her, in den Raum drang. Hastig und flach wie ein Asthmatiker atmete er.

Wieder schrie der Bettrahmen, dann war Anne hart neben ihm. »Und Katharina?« fragte sie gepreßt. »Ist sie . . . habt ihr sie immer noch nicht . . .«

»Der Jesuit verschont sie nach wie vor.« Kaspar Michels Atem ging ein wenig ruhiger. »Straßmayr sagt, das Mädchen sei bereits durch die Aussagen des Hanndloß überführt. Mit dem Geständnis selbst könne man warten. Benötige es vielleicht gar nicht.«

»Glaubst du ihm das?« Mit wehem Laut die Frage der Frau.

»Ich glaub's ihm nicht. Es ist etwas in diesem fetten Jesuitenkörper, das ich nicht kenne und doch gut begreife.« Der Pfleger knirschte mit den Zähnen. »Ich glaube, der Jesuit will sich Katharina Grueber aufsparen, wird sie zuletzt am meisten von allen quälen . . .«

Jetzt lagen Annes Arme um seinen Leib; von hinten

hielt sie ihn umschlungen. »Wie kann er das?« fragte sie, tonlos, zitternd. »Er foltert sie doch alle. Was kann noch mehr quälen als die Folter?«

»Er – der Jesuit!« Die Fingernägel des Pflegers knirschten, gruben im Holz des Bettrahmens. »Er kann's mit seinen Augen – nein, mit dem einen, dem linken. Das Teufelsaug' verheißt mehr als Daumenschrauben und Streckbank; das brennt dir in die Seele hinein – ich spür's ja selbst, wenn wir hinter der Balustrade hocken und er mich fixiert damit. In dem Jesuiten kocht die Hölle, Anne. Der dürfte kein Richter sein. Der nicht . . .«

»Und du? Kannst du dich nicht auflehnen gegen ihn? Ihn in seine Schranken weisen?« Anne bettelte jetzt, flehte. »Du sitzt ja selbst im Gericht . . .«

Die letzten Wörter waren ihr fast unwillentlich entschlüpft. Sie hätte sich die Zunge abbeißen können. Doch ihr Mann nahm es hin. Er wußte es ja. »Bin doch nur der kleinste Beisitzer dort«, murmelte er. »Und dafür danke ich Gott! Machen kann ich nichts. Der Scherer und der Edlmar wären mächtiger als ich, aber auch die kämen nie gegen den Jesuiten an. Den fürchtet sogar der Graf, der Notthafft. Fürchtet ihn und wagt sich dennoch nicht an ihn. Neulich, als wir uns in seinem Quartier besoffen haben, da gestand mir der Notthafft, er könnt' den Jesuiten erdolchen, könnt' ihm das Gedärm zerstükkeln. Aber gleich darauf begann er zu flennen wie ein Kind und beschwor mich, ja mit keinem Menschen darüber zu reden. Winselte mich wie ein Bub deswegen an. Der Notthafft, Anne, ist einer der Mächtigsten in der Oberpfalz, im Gäu, aber er fürchtet den Jesuiten wie ein geprügelter Hund den Herrn . . .«

Annes Arme waren plötzlich weg, auch die Wärme ihres Körpers. Der Pfleger fröstelte an jenen Stellen, an denen sie ihn eben noch umschlungen hatte.

»Dann kann keiner etwas tun«, sagte die Frau, aus der Tiefe des Bettes heraus.

»Nur ein Verzweifelter.« Der Satz fiel, kaum hörbar, erst nach einer ganzen Weile.

»Und die Folterungen gehen weiter?«

»Sie gehen weiter«, sagte der Pfleger. »Heute. Ich reite heute zurück nach Straubing. Der Jesuit hat sich die Christine Weinzierl vorgenommen.«

Georg Straßmayr, der Inquisitor, hatte sich gut auf das peinliche Verhör der Christine Weinzierl vorbereitet.

Damit die Hexe ihn ja nicht überwältigen könne, hatte er sich die Handgelenke mit schweren Spitzenmanschetten geschützt; die Brüssler Klöppeleien reichten bis zu seinen mittleren Fingergliedern. Auf der nackten Brust, tief in den Schluchten seines voluminösen Gewandes, trug der Jesuit das Ledersäckchen mit dem Salz, dem Lorbeer und den Palmkätzchen, alles am Karfreitag bei der Trauermesse geweiht. Die Wachsspäne, in die jene Ingredienzien gebettet waren, hatte Straßmayr, mit Dispens seines Oberen, eigenhändig von den Kerzen am Hochaltar geschabt.

Diesen Morgen hatte Straßmayr das Säckchen noch einmal abgenommen und lange darüber gebetet. Es war mit Weihwasser besprengt und hatte die Reliquien des Klosters berührt. Nun stellte es Straßmayrs stärkste Waffe im Kampf gegen die Hexe dar, die soeben von den Kerkerknechten in die Fragkammer gestoßen wurde.

Hinter dem Mädchen kamen die beiden alten Grueberschen. Sie mußten von den Bütteln geschleppt werden; aus eigener Kraft hätten sie sich nicht auf den Beinen halten können.

Der Codex des Malleus Maleficarum schrieb vor, daß eine Hexe wegen der Beantwortung einer richterlichen Frage nur einmal gefoltert werden dürfe. Er regelte jedoch nicht, wie viele Fragen der Inquisitor stellen wollte. Und Straßmayr hatte sich während der letzten Wochen nicht mit einer einzigen begnügt: Johann und Gertrud Grueber kamen als Krüppel in die Fragkammer, mit gebrochenen Fingerknöcheln, ausgerenkten Gelenken, der Mann mit zerquetschtem Skrotum.

Angesichts des schwarzen Vorhangs im Hintergrund der Kammer ließ man sie zu Boden fallen. Die Eheleute krochen mühsam zueinander wie schutzsuchende Tiere; ansonsten achteten sie auf nichts mehr. Zwischen ihnen und dem Vorhang Christine Weinzierl, dem Alter nach zwischen Kind und Weib. Das Mädchen war noch unversehrt, hatte die Folter bislang noch nicht erfahren. Aber beim Anblick der beiden geschundenen Alten begann Christine derartig zu zittern, daß ein Kerkerknecht sie festhalten mußte. Sie hob wie eine Maschine die Hand hoch und biß sich ins Fleisch, unterdrückte so einen gellenden Schrei.

Konrad von Monhaim auf der Richterbank, hager über blutrotem Stoff, bemerkte die Bewegung, beugte sich zu Straßmayr. »Die ist aus anderem Holz als die Alten«, raunte er. »Von der werden wir heute zu hören bekommen, was wir wissen wollen.«

»Vielleicht«, antwortete der Jesuit nur. Er hatte die außergewöhnliche Angst Christines längst bemerkt, fieberte innerlich vor Lust auf das heutige Verhör, spürte, daß er heute das Böse, das Unaussprechliche würde zwingen, jagen, packen können. Aber davon drang nichts nach außen. Der Inquisitor wirkte am ruhigsten von allen, die links und rechts von ihm hinter der Balustrade saßen.

Mit Mißfallen beobachtete Straßmayr auch, daß der Pfatterer Pfleger wieder so blaß war, daß Scherer und Edlmar besorgt tuschelnd die Köpfe zusammensteckten, daß der Graf mit den Kiefern mahlte wie eine Bulldogge. Sie alle besitzen nicht den rechten Geist, dachte Straßmayr. Lassen sich von der Aura der Hexen verwirren. Wollen das Böse, das Unsagbare, das Schleierhafte gar nicht mit Stumpf und Stiel ausrotten. Nicht wirklich. Sind Feiglinge. Höchstens der Monhaim nicht. Der ist fast wie ich. Fast . . .

»Christine Weinzierl!« Straßmayrs Stimme war nicht einmal laut. Aber sie ließ das Mädchen zusammenzukken, als hätte ein Peitschenhieb sein Fleisch getroffen. Der Jesuit sah dieses Bild wie wirklich vor sich. Seine Brust dehnte sich. Sein Augenlid zuckte. »Willst du auch heute nicht gestehen, daß du es mit dem Satan getrieben hast? Daß du mit der Grueberschen und anderen in den Nächten auf Gabeln ausgefahren bist und die Bauern bestohlen hast? Daß du dich mit der Hexensalbe eingeschmiert hast?«

Als das Mädchen nach wie vor schwieg, zitterte, wiederum in den eigenen Handballen biß: »Wir sind nachsichtig mit dir verfahren, Christine Weinzierl — bisher! Gestehe jetzt die genannten Scheußlichkeiten, und wir wollen gnädig mit dir sein.« Der Jesuit wartete – er wartete nicht lange. Das Mädchen würgte, brachte keinen Ton heraus. »Du willst also nicht gestehen, gut!« Fast im Triumph die tragende Predigerstimme des Inquisitors. »Gut – dann schau dir die da an!«

Seine Rechte zuckte vor. Es war, mit zurückschlagender Gelenkmanschette, ein Befehl an die Knechte. Die rissen die beiden alten Grueberschen hoch, drehten ihnen gleichzeitig Christine Weinzierl zu. Als sie, ganz nahe, die Wunden sah, das verkrustete Blut, die unbeschreiblich verzerrten Gesichter, würgte Christine erneut, über ihren Handballen, in den sie sich noch immer verbissen hatte, quoll dünnflüssiger Mageninhalt.

Straßmayr brachte hastig die Brüssler Spitzen wieder an ihren Platz, schien, weil sein Handgelenk für einen Moment ungeschützt gewesen war, verunsichert. Faßte sich aber sofort: »Hier siehst du, was dir selbst blühen wird, Christine Weinzierl. Gestehe deinen Teufelsbund, damit wir gnädig mit dir sein können! Hast du es mit dem Satan getrieben?«

»Nein!« Gurgelnd, über Erbrochenem, über blutig gebissenem Handballen: »Nein!«

»Sie ist ebenso verstockt wie die anderen«, sagte der Graf, quetschte es hervor wie eine unliebsame Pflichtübung. Sein Gehirn schrie nach Wein. Aber bevor der Inquisitor nicht . . .

»Wir wollen sehen, ob sie wirklich nicht zu brechen ist.« Straßmayr sagte es beinahe heiter. »Der Vorhang!«

Das schwarze, riesige Tuch schien sich von selbst zu teilen, glitt links und rechts zu den Wänden zurück, gab den Blick auf das frei, was dahinter war: Die Folterinstrumente, die rotgekleideten Knechte, die Häupter unter Kapuzen verborgen, das offene Feuer, in dem die Zangen glühten.

»Fangt an!« Der Inquisitor sagte es fast leise. Er und die übrigen Richter saßen angesichts der Folterkammer wie im Parkett eines Theaters. Der Nebenraum, in den Christine Weinzierl jetzt mit Gewalt gezerrt wurde, stellte die Bühne dar.

Die Kapuzenknechte griffen nach dem Kleid des Mädchens. Rupfen riß am Halsausschnitt ein. Junge Brüste. Hellbeflaumte Scham. Aber auch Rippen, die zu zählen waren. Die beiden Halbkreise des Bisses am Handballen. Angstverkrümmte Zehen. Der arme kurze Nacken über noch filigranartigem, unbeschlafenem Leib hätte bei jedem normalen Menschen etwas wie Mitleid erwecken können.

Der Inquisitor zeigte kein Mitleid. Er hockte da und starrte, starrte wie die übrigen Richter. Allein der Pfleger hatte die Lider niedergeschlagen.

»Die Nadel!« befahl der Jesuit.

Zwei Kapuzen hielten Christine fest mit waagrechten Armen. Der Henker selbst suchte ihren Körper ab. In der rechten Leiste entdeckte er den pfenniggroßen Leberfleck. Einzelne Härchen, die verkrümmt aus dunklem Pigment wuchsen. Grobpratzig die silberne Nadel hinein. Christine schrie. Bäumte sich. Ihre Handgelenke verdreht im Griff der Kapuzen. Zurückgerissen die Nadel. Monhaim jetzt neben dem Henker. Lauerndes Untersuchen der Stichstelle. Dann der Kapuziner, hocherfreut verkündend: »Kein Blut!«

»Kein Blut!« Zischelnd sprach Scherer es nach; ihm ins Wort zischelte Edlmar. Straßmayr wiederholte es mit tragender Predigerstimme und ging nun voller Elan auf das Mädchen los: »Das ist der Beweis! Du kannst nicht mehr leugnen! Wenn man einen Christenmenschen mit der Nadel sticht, dann blutet er. Fährt, das Silber jedoch in ein Hexenmal, dann kommt nichts. Nichts. Hast du Blut gesehen an dir? Antworte?«

Gequält schüttelte Christine Weinzierl den Kopf.

»Dann gesteh endlich! Spann mich nicht länger auf die Folter, sonst tu' ich's dir. Gesteh, daß du im Bund mit dem Teufel bist! Der Beweis ist ja sowieso schon erbracht. Aber aus deinem eigenen Mund wollen wir's hören. Du bist eine Hexe, ja?!«

»Nein! Das ist nicht wahr!« Christines Körper hatte sich gestrafft. Fast wütend schleuderte sie die Wörter gegen den Inquisitor.

Straßmayr nahm es hin, erwiderte mit heftig zuckendem linkem Augenlid beinahe nachsichtig: »Dann muß man dich auf der Folter zur Wahrheit zwingen!« Zu den Bütteln: »Hebt sie auf die Streckbank!« Zu einem Diener, der hinter ihm stand: »Du kannst das Mahl bringen lassen.«

Wein! dachte Wolf Hainrich Notthafft, Graf und Herr von Wernberg, auch Vizedom, erleichtert. Endlich Wein!

Die Streckbank war etwas länger als der Körper eines großgewachsenen Menschen, dabei so schmal, daß ein einzelner Leib gerade Platz darauf fand. Die Kapuzen zwangen Christine Weinzierl auf das schlechtgehobelte Brett. Sie rissen ihr die Arme nach hinten über den Kopf, schlangen Stricke um die Handgelenke, verknoteten erstere an einem eisernen Ring am Ende der Bank. Stricke auch um Christines Fußgelenke; derbe Knoten rahmten hervortretende Knöchel. Hier unten lief das Seil um eine Walze. Drehstäbe ragten wie Igelstacheln heraus. Der Henker griff in die Speichen. Das hölzerne Lager knarrte. An Hand- und Fußgelenken zerrte es, dehnte es sich, verdrellte es sich. Der Mädchenkörper gestreckt bis zur Grenze. Wimmern. Vom furchtbaren Zug die Beckenknochen herausgemeißelt, nach oben steigend wie der Schamhügel.

»Halt!« befahl der Inquisitor.

Das plötzlich abbrechende Knarren der Winde hinterließ das winselnde Keuchen des Mädchens in fakkelglosender Stille.

»Wirst du jetzt gestehen?« fragte Straßmayr. »Wenn der Henker noch eine Umdrehung mehr macht, brechen dir die Knochen wie Hühnerbeinchen!«

»Ich . . . kann nicht!« keuchte Christine. Stoßend ihre Brust unter ringenden Atemzügen.

»Wir werden sehen.« Wiederum beinahe freudig Straßmayrs Predigerstimme. »Du bleibst jetzt einmal gestreckt, während wir uns beraten.«

Von den Kapuzen bewacht, rang das Mädchen auf der Folterbank nach Luft, kämpfte um jeden Zug Atem im blutroten Glast der Fackeln und des glosenden Kohlenfeuers. Auf der Richterbank wurde von Dienern das Hexenmahl aufgetragen: Donauwaller, Hechte, Barben, Krebse, und aus den Altwassern Biberschwänze. Nur Fisch und Fischartiges, kein Fleisch, denn es war ein Freitag, und die Fastenregeln mußten streng beachtet werden. Dies forderte die Kirche, und die Richter gehorchten ihr willig. Wein war nicht verboten. Die Diener kredenzten hellen Riesling vom Rhein und schweren Dunkelroten aus dem Burgenland.

Straßmayr griff hungrig zu, wählte Riesling zur

Krebsschüssel und Burgenländer zum spießgebratenen Biberschwanz, kaute, schmatzte, schlang, schwemmte glucksend nach, verteilte seine Aufmerksamkeit zwischen gesottenem Wallerrücken und den sich bäumenden Beckenknochen der Christine Weinzierl. Verlangte, als das Mädchen in seiner Not unter sich machte, zusätzlich Traminer. Nötigte Monhaim und den Grafen zum Zugreifen.

Monhaim aß und trank mäßig, gesittet. Notthafft rührte kaum einen Bissen an, soff aber unmäßig und hielt sich dabei allein an dem schweren Burgenländer. So gierig soff der Graf, daß er sich Jabot und weiße Manschetten hellrot sprenkelte und schlierte. Er hatte sich so gedreht, daß er von der Gefolterten allein die nach hinten gereckten Arme sah. Schließlich riß er sich Hut und Perücke vom kurzgeschorenen Schädel und fluchte lautlos vor sich hin.

Scherer und Edlmar starrten, während sie sich vollschlugen, auf Christines Brüste, ihre emporgequälte Scham. Sie verschmierten sich die Münder mit Fett, mit weißen Fleischfetzen, und als der Wein wirkte, begannen sie sich Zoten zuzuflüstern. Doch sie wurden nicht vulgär, wahrten die höfische Contenance, setzten die schlüpfrigen Pointen lateinisch.

Einmal schleuderte Edlmar einen abgenagten Fischkopf gegen Christine, traf einen der Henkersknechte. Die Kapuze blieb gelassen.

Kaspar Michel quälte sich mit einem einzigen Becher Wein, hielt in der Hand als Alibi ein paar gesottene Krebse, deren Panzer er nicht zu knacken wußte. Er verspürte, obwohl nüchtern, Brechreiz, wollte würgen, sich übergeben, auch auf die anderen einschlagen.

Wann hat es ein Ende? dachte er unentwegt. Es muß doch einmal ein Ende nehmen! Ich kann nicht mehr. Mein Gott – der Teufel liegt nicht dort vorne auf der Streckbank. Das ist nur ein unschuldiges Kind. Der Satan sitzt hier. Neben mir. Im Jesuiten. Im Kapuziner. Die anderen sind seine Dämonen. Ich auch! Mein Gott, laß es ein Ende nehmen!

Straßmayr schlenzte sich den letzten Bissen Biberschwanz in den Rachen und schwemmte rot und lange nach. »Nun, Weinzierlin, gestehst du jetzt?« schrie er durch die Kammer. »Du bist eine Hexe, ja?! Gesteh und du kannst Wein haben!«

Christine kämpfte gegen die Stricke, doch allein ihr Kopf bewegte sich, drehte sich ruckend auf dem schlecht gehobelten Eichenbrett. Zusammen mit einem pfeifenden Atemstoß kam ihre Antwort: »Bin unschuldig . . .«

»Genau wie die da, was?« Der Jesuit deutete auf Johann und Gertrud Grueber, die immer noch dort lagen, wo die Büttel sie vor einer oder zwei Stunden hatten auf den Boden fallen lassen. Aneinandergedrängt, blind für alles, was um sie herum geschah. Längst war vergessen, daß sie je miteinander gestritten, sich angekeift hatten.

»Unschuldig . . .«, wiederholte Christine mit pfeifenden Lungen.

Straßmayr winkte dem Henker. Der riß die Speichen der Seilwinde weiter. Knirschend brach etwas in Christines Fußgelenk – blaurot schon längst das ganze Glied.

Ein Schrei, der in den Trommelfellen fetzte. Und dann: »Ich sag's! Alles . . .«

Auf einen Wink des Jesuiten hin lockerte der Henker das Streckseil. Christines geschundener Leib schien in sich zusammenzukriechen. Beckenknochen und Scham sanken zurück in das Körperweiche. Ihr Wimmern jetzt ohne qualvolles Atempfeifen.

Straßmayr hatte sich, ein Sieger, weit über die Balustrade nach vorne gebeugt. Gleich ihm lauerten die anderen, der Pfleger unwillentlich nicht ausgenommen.

Die Predigerstimme Straßmayrs, mild, gütig jetzt: »Du willst gestehen. Das ist gut. Der Heiland ist dir gnädig. – Fangt mit den Fragen an, Monhaim . . .«

Die Litaneien jagten sich in Katharinas Schädel, verfolgten sie Tag und Nacht, ließen ihr keine Ruhe mehr. Manchmal bäumte sich jetzt etwas in ihr dagegen auf, wollte diese endlos hämmernden Stimmen endlich abstellen, doch das war nicht möglich. Die Stimmen hatten sich selbständig gemacht, schmetterten auf Katharina ein, berannten sie, belagerten sie, zerrissen sie.

Nur dann, wenn die Zwölfjährige sich wiegte, wurde es ein wenig besser. Dann ging manchmal das Meerestosen in ihrem Kopf zu dumpferem Brandungsrauschen zurück, ebbte zu einem Drängen ab, das zögernder kam. Doch für diese kurzfristigen Erlösungen mußte Katharina bezahlen: Zu der alten entzündeten Wunde an ihrem linken Schulterblatt hatten sich andere gesellt. Das Wiegen half nur, wenn ihr Körper gegen den Stein der Kerkermauer stieß. Katharinas ganzer Oberkörper war jetzt zerschunden, so sehr hatte sie bezahlt, um die Litaneien zu ertragen. Wenn sie sich wiegte, dann tat sie dies gedankenlos. Sie konnte schon lange nicht mehr denken. Sie kannte nur noch den quälenden

Fluß der Litaneien, die sich in ihrem Schädel ballten, aus irgendeinem Gefängnis ausgebrochen waren; dazu die körperlichen Schmerzen, die jene anderen ersetzten. Die Zwölfjährige war zu einem Bündel dumpfen seelischen Dahintreibens geworden, und doch konnte sie immer noch menschlich empfinden.

Zuerst hatte Katharina gar nicht bemerkt, daß sie jetzt allein im Verlies war, daß sie die andere abgeholt hatten. Aber dann drang dieses Bewußtsein doch in die Hohlräume zwischen den Litaneien vor, und der Schock darüber verschaffte dem Mädchen den ersten einigermaßen klaren Augenblick seit vielen Tagen. Katharina tastete nach dem stinkenden Strohhaufen, auf dem Christine die ganze Zeit über gelegen, gekauert hatte. Jetzt war das Stroh kalt, kalt wie die Kerkermauer. Diese Kälte, das Fehlen der Geräusche, die stets von der Mitgefangenen gekommen waren, ließen Katharina noch klarsichtiger werden. Das Mädchen hockte jetzt still da, begann dann heftig zu schnaufen, zu weinen.

Und dann geschah etwas Seltsames mit dem jungen Mädchen. Ein Teil von ihr löste sich aus dem Gefängnis ihres Körpers, schwebte weg, nach oben, verließ den Kerker. Klarsichtig wußte Katharina in diesem kurzen Moment, daß ihre Zellengenossin anderswo auf der Streckbank lag, daß ihr Knöchel gebrochen war, daß auch ihre eigenen Eltern dort waren. Und dann hörte Katharina sogar Christines Stimme, eine sich jagende, überschnappende, hemmungslos redende Stimme. Sie hörte, wie ihr eigener Name gerufen wurde, die Namen ihrer Eltern, andere . . .

Als sie den Augenblick höchster Klarheit erreicht hatte, schrie sie wie am Spieß. Dann stürzte sie zurück in den Abgrund der ewigen Litaneien; aus dem Zustand der Hellsichtigkeit in die tiefe Dunkelheit. Das letzte, was irgendwo fern noch nachhallte, war wiederum ihr eigener Name.

»Katharina Grueber ist eine Hexe«, schrie Christine, immer noch auf der Folterbank. Immer noch hart bis zur unerträglichen Schmerzgrenze gestreckt. »Eine Hexe, ja! Die schlimmste Hexe von uns allen. Sie hat mit dem Teufel getanzt. Sie hat's mir selbst gesagt . . .«

»Und du?« Straßmayrs Stimme milde wie noch nie in diesen Wochen. »Du bist auch eine Hexe, nicht wahr?«

»Ja!«

»Warum hast du so lange geleugnet? Hat dich der Leibhaftige so verstockt gemacht?«

»Der Leibhaftige! Der Satan!«

»Dein Herr?«

»Mein Herr!«

Der Jesuit hatte nur kurz in die Befragung eingegriffen. Jetzt erlaubte er mit einem großzügigen Wink, daß Monhaim wieder übernahm. Der Kapuziner tat es erregt: »Du sagst, die Katharina Grueber ist eine Hexe. Ihre Eltern auch. Wer noch?«

Christine schwieg.

»Wer noch?« Monhaim hämmerte mit der gelblichen Faust gegen die Balustrade. »Sag die Namen, sonst . . .«

Christine sah das Bild eines jungen Burschen vor sich. Er war etwa ebenso alt wie sie, und im vergangenen Frühjahr hatte sie für ihn geschwärmt. Für Katharinas Bruder. Die Erinnerung an diese Tage wurde so stark, daß sie nun alles andere hinwegschwemmte, auch Monhaim, auch den Jesuiten, auch die Streckbank.

»Balthasar«, flüsterte das Mädchen. »Balthasar Grueber!«

Die alten Grueberschen keuchten entsetzt.

Monhaim triumphierte. »Also der auch! Der also auch! Und wer noch? Dein Vater? Der alte Weinzierl?«

»Nein, der nicht!« Christine wußte wieder, wo sie war. Erinnerte sich kaum, daß der Name Balthasar gefallen war. Wollte aber den eigenen Vater schützen. »Mein Vater nicht«, beteuerte sie.

Monhaim gab dem Henker einen Wink. Die Streckwinde knarrte, drehte sich um eine Handbreit weiter. Wieder schrie Christine gellend, als sich der gebrochene Knöchel verschob.

»Dein Vater, nicht wahr?« mischte sich nun wiederum Straßmayr ein. »Wolfgang Weinzierl, ja?«

»Ja, auch mein Vater«, heulte Christine.

»Löst sie aus den Seilen«, befahl der Jesuit zufrieden. »Es ist genug für heute. Gott war dieser Sünderin gnädig. Sie hat begonnen, ihre Seele zu retten, wenn auch ihr sündiger Leib verderben muß. Bringt sie alle zusammen in die Zellen zurück!«

Während die Büttel die drei Gefangenen hinaustrugen — auch Christine, die noch auf eigenen Füßen in die Fragkammer gekommen war, trank Straßmayr Wein. Monhaim scharwenzelte um ihn wie ein Hündchen, doch der Jesuit beachtete ihn kaum. Nach einer Weile wandte er sich dem wie versteinert dasitzenden Pfatterer Pfleger zu: »Der alte Weinzierl und Balthasar Grueber gehören zu Eurem Amtsbezirk, Michel. Reitet morgen mit Knechten los und verhaftet sie. Die Hexenbrut darf nicht noch weiterhin frei herumlaufen!«

Kaspar Michel reagierte nicht. Der Zinnbecher, den er in beiden Händen hielt, war zu einem unregelmäßigen Oval verkrümmt.

»Pfleger! Was ist los?« Erstaunt musterte Straßmayr den Beamten. Dachte dann: ein lascher Hund. Gerade deswegen muß er es tun. »Du hast mich verstanden, Kaspar Michel?«

»Nach Pfatter«, murmelte der. »Den Weinzierl. Den Balthasar. Ich hab' verstanden. Ich reite sofort, nicht erst morgen.«

»Wie Ihr wollt.« Die Anrede Straßmayrs klang wieder höflich. »Dann reitet eben sofort.«

Schwankend ging der Pfleger nach draußen, nach oben, hinaus in den Zauber der sommerlichen Abenddämmerung. Er holte sich seinen Gaul aus der Herberge, suchte sich zwei Knechte in ihrem Quartier in der Fronfeste, jagte ihnen voraus, in die Nacht hinein.

Und dachte, während der ganzen Stunden nach Pfatter, immer wieder das eine: Ich kann nicht mehr. Es muß etwas geschehen. Ich kann's nicht mehr mit ansehen. Die Katharina. Die anderen. Ich kann nicht mehr. Ich verreck' selbst dran . . .

Sommer 1689 bis Sommer 1690

»Aber weil es sehr unwürdig ist, mit geschlossenen Augen an ungestraften Beleidigungen gegen Gott vorüberzugehen und dabei Beleidigungen gegen Menschen zu ahnden, da es schlimmer ist, die göttliche Majestät zu verletzen als die menschliche, und damit deine Verbrechen keinen Ansporn für andere zu Vergehungen bilden, und daß du für die Zukunft vorsichtiger gemacht und für später weniger zur Begehung der vorgenannten oder ähnlicher Taten geneigt würdest, und damit du im künftigen Zeitalter leichter bestraft werdest, verurteilen oder vielmehr büßen wir, der vorgenannte Bischof und Richter dich in unserer Gegenwart persönlich erschienenen N. N., an diesem Tage und zu dieser Stunde, die dir vorher bestimmt worden sind, urteilskräftig in der Weise, welche folgt, nachdem wir in und über diesem den gesunden und reifen Rat Erfahrener eingeholt haben, sitzend vor dem Tribunal nach der Weise urteilender Richter; indem wir Gott allein und die unzerbrechliche Wahrheit des heiligen Glaubens vor Augen haben, während die hochheiligen Evangelien vor uns liegen, damit im Angesicht Gottes unser Urteil ergehe . . .«
(Hexenhammer)

Jetzt spann die Kreuzspinne ihr Netz. Weil Christine Weinzierl, diese Schutzlose im Leerbereich zwischen Mädchen und Weib, auf der Folterbank zusammengebrochen war, standen dem Jesuiten und seinem Adlatus, dem Kapuziner, nun alle Möglichkeiten offen. Um den gebrochenen Knöchel der Fünfzehnjährigen schlangen sie den ersten klebrigen Strang ihres Fangnetzes, zerrten ihn hinüber zu Katharina Grueber, schossen Stränge quer zu deren gebrochenen Eltern, und schon hatten sich im Winkelwerk zwei neue Opfer gefangen: Wolfgang Weinzierl und der halbwüchsige Balthasar Grueber.

Aus dem ersten Fangfaden des Kreuzspinnennetzes waren zunächst vier geworden. Jetzt schlangen bereits sechs ein tödliches Gitter. Folterungen und daraus sich ergebende immer neue Anschuldigungen schufen weitere Maschen in die Länge und in die Quere. Mit dem Zusammenbrechen Christines war alles zusammengebrochen.

Die alte Grueberin, von der Halbwüchsigen des Gabelfahrens zum nächtlichen Diebstahl beschuldigt, setzte – giftig geworden – nächtliche Besenritte der Klägerin dagegen; sogar auf dem Natternberg bei Deggendorf habe Christine mit dem Bocksfüßigen getanzt. Und die Vettel sei dabeigewesen und habe dem Teufel den After geleckt, heulte wiederum die junge Weinzierlin. Dasselbe hätte auch die Katharina getan, und der alte Grueber habe die Fidel dazu gespielt; die sei aus Menschenknochen gemacht gewesen.

Das Kreuzspinnennetz wuchs und gedieh. Die Angeklagten erkannten ihre wahren Gegner nicht mehr, gingen statt dessen aufeinander selbst los wie Furien. Einen wichtigen Faden zum Netz schoß der alte Grueber, als er angab, der Weinzierl sei es gewesen, der zuerst die Katharina zum Ausgraben von Kinderleichen auf den Geislinger Friedhof gebracht habe. Weiter im Netz verklebte sich dieser stiernackige Bauer, als er – mit gequälten Hoden auf dem spanischen Roß reitend – angab, dies sei nur geschehen, weil der Balthasar Grueber auf dem Leichenmahl bestanden habe.

Der wiederum schrie, unter dem Druck der Daumenschrauben, die Eckhin habe es ihm angeschafft, und daß der Teufel schon immer in deren Buckel gehaust habe. Das Kreuzspinneunetz wuchs und wurde dichter, klebriger und schleimiger. Der Eckher und er selbst seien schon stets Hexenmeister gewesen, winselte der alte Grueber, als man ihm die Schultergelenke zum nächsten Mal ausrenkte. Aus Bilsenkraut hätten sie mit den Weibern zusammen die Hexensalbe gemacht, auch aus Rattenknöchelchen und Leichenkot von Kindern, und alle zusammen seien sie aufgefahren in die unheiligen Nächte. Und es, müsse auch der Eckher büßen, wenn er selbst büße.

Daraufhin hetzte der Jesuit, dessen Augenlid nun bei Tag und bei Nacht wild zuckte, den Pfleger wiederum nach Pfatter, um auch die beiden letzten Opfer ins Kreuzspinnennetz zu schleppen. Kaspar Michel gehorchte mit bleiernem Schädel, jagte erneut mit Knechten durch die Donaumarschen, fing den alten Benedikt Eckher und sein buckliges Weib Elisabeth ein. Kurz nach ihm kamen auch Edlmar und Scherer, räuberten die armselige Kate aus und brannten sie nieder. Vom Pfarrhof aus sahen die kleineren Grueberschen Bälge das Feuer. Felß, der jetzt sehr abgemagert war, wußte gegen ihr ängstliches Plärren nichts zu unternehmen.

In der Fronfeste ließ der Jesuit der Eckhin den Buckel mit glühenden Zangen zwicken. Daraufhin gestand auch sie, winselte auf alle Fragen ihre Antworten, so wie die Mönche es hören wollten. Der Buckel mit den schwärenden Brandwunden hing nun auch im Spinnennetz, und hilflos verstrickt daneben der gelbäugige Eckher. Den hatte sein Weib unter den Zangen schonungslos mitgerissen.

Doch dies alles ging nicht so schnell vor sich, wie es hier geschildert ist. Der Jesuit ließ sich viel Zeit und schien jede einzelne der Fragen, die er stellte, zu genießen. Oft verbrachte er Wochen mit einem einzigen Opfer. Es genügte ihm nicht, daß man ihm gestand, den Leibhaftigen unflätig geküßt zu haben — genau wollte er es wissen, kein einziges der satanischen Afterhärchen auslassen. Und was der Jesuit erfragte, hatte der Kapuziner zu notieren; Monhaim verbrauchte Gänsekiele dutzendweise und rührte wöchentlich frische Tinte aus Lampenruß und Ochsenblut an. Das Protokoll wuchs zu einem Berg.

Der Sommer des Jahres 1689 ging darüber hin. Als der Herbst aufzog, begannen die Gefangenen in ihren Verliesen zu frösteln, im Winter von 1689 auf 1690 sahen sie das Eis an den Steinmauern wachsen, wenn die Büttel mit Fackeln kamen, um einen zum Verhör, zur peinlichen Befragung, abzuholen. Und abtauen sahen sie dasselbe Eis erst im späten Frühjahr 1690, denn die Kälte saß tief im Gekröse der Fronfeste.

Vier Verliese waren jetzt besetzt, jedes von zwei Menschen behaust, und diese Menschen wurden immer weniger und geringer, je weiter das neue Jahr fortschritt. Diese Menschenleiber konnten wochenlang, monatelang auf dem immer fauliger werdenden Stroh modern, ehe man einen von ihnen abkettete, nach oben schleppte, das sowieso bereits gefallene Geständnis weiter untermauern, ausschlachten wollte. Dazu brauchte es jetzt nicht mehr viel — fast gar nichts mehr. Wenn die Eckhin bloß die glühend gemachten Zangen erblickte, wenn die Glut ihr bloß in die jetzt ewig tränenden Lider biß, dann lauerte sie auch schon gierig auf die neuen Fragen des Jesuiten, fiel ihm sogar ins Wort und unterbrach ihn, um nur ja seinen Forderungen zu genügen. Beim alten Weinzierl genügte der Anblick des spanischen Esels, mit den Hartholzleisten längs des Sattels, um ihn an seine inzwischen krebsig verwucherten Hoden zu erinnern, und dann quollen die Denunziationen auch aus ihm heraus.

Der Jesuit brauchte mit seinen Opfern jetzt nur noch zu spielen. Mühelos lockte er einen weiteren Blocksbergritt aus der alten Grueberin und ein zusätzliches Leichenmahl aus dem jungen Balthasar, und der Kapuziner notierte nach wie vor alles gewissenhaft, bis zuletzt, im Sommer des Jahres 1690, sein Protokoll auf eintausendzweihundertdreiundsiebzig Seiten angewachsen war.

Relativ wenige dieser Seiten beschäftigten sich mit Katharina Grueber, mit der doch alles begonnen hatte. Doch diese erste Angeklagte wurde von Straßmayr auf merkwürdige Weise geschont. In dem Jahr, das der Prozeß nun dauerte, hatte er sie nur drei-, viermal zum Verhör kommen lassen, und auch dann war sie nur schonend gefoltert worden. Der Jesuit schien jetzt etwas wie Scheu vor dem Mädchen zu empfinden; die wenigen Male, da sie ihm vorgeführt wurde, zuckte sein Augenlid stärker denn je.

Nachdem alle anderen zusammengebrochen waren, hatte Straßmayr auch von Katharina ein Geständnis erlangt, doch sie hatte es unbeteiligt, geistesabwesend gegeben, so, als ginge sie das alles in Wirklichkeit gar nichts an. Nackt hatte sie im blutroten Schein der Fackeln gestanden, hatte nicht einmal versucht, ihre Blöße zu bedecken, schien sich ihrer gar nicht bewußt zu sein. Sie hatte die silberne Nadel ertragen ohne stärker zu zucken, als wenn eine Mücke sie gestochen hätte; sie hatte willig, doch auffallend tonlos, sämtliche Fragen bejaht, die der Jesuit ihr gestellt hatte.

»Man wird ihre Seele retten können«, hatte Straßmayr einmal zu Monhaim gesagt, als sie Katharina kurz foltern ließen, jedoch nur, um den Wahrheitsgehalt ihrer Aussagen für das Protokoll zu untermauern, und eifrig hatte der Kapuziner zugestimmt.

Was beide Inquisitoren nicht wußten, war, daß Katharina diese Welt längst verlassen hatte. Innerlich war sie heimgekehrt in die Geborgenheit auf den Knien des verstorbenen Jörg Grueber, in die Schutzzone ihrer ersten Kindheit. Immer noch wiegte sie sich, und immer noch tönten in ihrem Kopf die verballhornten Litaneien, aber sie klangen nun im Gehirn eines zwei- oder dreijährigen Kindes. Das war es, was Straßmayr ihr gegenüber unsicher, seltsam milde werden ließ, aber er begriff es nicht.

Er begriff es auch nicht, als er Monhaim die Urteile gegen die acht Angeklagten und Überführten diktierte. Dies geschah, als der Sommer des Jahres 1690 in seiner größten Hitze stand. Unter ihren Eisenhauben und Schallern schwitzten die Wachtposten auf den Wehrgängen der Fronfeste, Zillen trieben träge auf der Donau, in den Gassen Straubings verfaulte der Unrat schneller als sonst, und auf den Äckern des Gäubodens senkten sich schwer und reif die Ähren von Hafer und Korn.

An einem dieser sonnengesättigten Tage, während die Hexen in ihren Verliesen schmachteten, krönte der Jesuit die nunmehr eintausendzweihundertdreiundsiebzig Seiten starke Verdammungsschrift mit den Urteilen. In Gegenwart sämtlicher Beisitzer schrieb mit frisch geschnitzter Feder der Kapuziner sorgsam mit:

Erwürgt und dann verbrannt werden sollte Gertrud Grueberin, siebenundvierzig Jahre alt, Kätnerin aus Geisling.

Erwürgt und dann verbrannt werden sollte Johann Grueber, sechsundvierzig Jahre alt, Kätner aus Geisling.

Enthauptet und dann verbrannt werden sollte Balthasar Grueber, achtzehn Jahre alt, Kätnerssohn aus Geisling.

Enthauptet und dann verbrannt werden sollte Katharina Grueber, vierzehn Jahre alt, Kätnerskind aus Geisling.

Erwürgt und dann verbrannt werden sollte Elisabeth Eckhin, neunundvierzig Jahre alt, Kätnerin aus Geisling.

Erwürgt und dann verbrannt werden sollte Benedikt Eckher, achtundfünfzig Jahre alt, Kätner aus Geisling.

Enthauptet und dann verbrannt werden sollte Wolfgang Weinzierl, fünfundvierzig Jahre alt, Bauer aus Geisling.

Enthauptet und dann verbrannt werden sollte Christine Weinzierlin, achtzehn Jahre alt, Bauerstochter aus Geisling.

Schwungvoll setzte zuletzt Konrad von Monhaim einen Schlußschnörkel unter dieses Urteil. Ein Tintenklecks spritzte auf das Evangelium, das aufgeschlagen auf der Balustrade lag. Keinem fiel der schwarze Wischer in dem heiligen Buch auf.

Aber sie beteten über dem erlassenen Urteil, gaben

sich mit gesenkten Köpfen und gefalteten Händen demütig. Straßmayr sprach vor und sprach nach geraumer Zeit auch das Amen; danach siegelte und unterschrieb er das Dokument als erster.

Ihm tat es nach Wolf Hainrich Notthafft, Graf und Herr von Wernberg, dazu Vizedom. Er hieb seine Petschaft in den Lack wie eine Waffe, setzte seinen Titel in schnörkeliger Schrift und mit hochrotem, vom Saufen verdunsenen Gesicht daneben. Danach stand er wuchtig auf, rief nach Rössern und Knechten und ritt stracks, als würde er verfolgt, in nur zwei Tagesreisen nach Wernberg auf sein Schloß. Mit keinem einzigen Wort hatte er sich von den übrigen Richtern verabschiedet.

Franz von Scherer siegelte mit schmalem Petschaft, schrieb seinen Namen zittrig. Auch er hatte in diesem Jahr zuviel getrunken. Seinem Siegel folgte auf der Urkunde dasjenige Edlmars. Der entledigte sich dieser Pflicht hastig, denn er wollte mit seinem Schererschen Kumpan in die Taverne, zu Weibern, die man endlich nicht mehr foltern mußte.

Kaspar Michel besaß kein eigenes Siegel, deswegen verwendete er das kurfürstliche der Pfatterer Pflegschaft. Seine Unterschrift daneben wirkte wie die eines unbeholfenen Kindes. Als Lack und Tinte getrocknet waren, musterte er wie ein nach jahrelangem Schlaf Erwachender die beiden Pfaffen, die sich jetzt allein noch in der Fragkammer befanden, verbeugte sich mühsam und entfernte sich ebenfalls aus der Fronfeste. Diesmal ritt er ohne Büttel zurück nach Pfatter. Er ließ sein Roß im Schritt gehen, durch die schwer duftenden Marschen, an erntereifen Feldern vorbei, aber er sah nichts, hörte nichts, kam sich vor, als hätte er sich selbst zerbrochen, indem er das Urteil siegelte. Als er auf dem Pflegschloß anlangte, erschrak sein Weib bis ins Mark: Ihr Gatte sah aus wie ein Toter.

Konrad von Monhaim setzte sein Siegel pedantisch und genau einen Finger tief unter dasjenige Straßmayrs. Er unterzeichnete mit inzwischen bestens geübter Kanzleischrift, bekreuzigte sich dann und ließ Sand über die Tinte rieseln. »So ist es also nun vollbracht«, sagte er zu seinem jesuitischen Bruder.

Straßmayr schlug ebenfalls das Kreuz. Dann nickte er. »Es ist ein gottgefälliges Stück Arbeit gewesen«, sagte er. »Ein ganzes Jahr haben wir darüber verbracht. Aber nun ist Geisling vom Teufel befreit.«

»Noch nicht«, erwiderte der Kapuziner. »Noch freuen sich ja die Hexen in den Verliesen ihres Lebens. Wann wird's zum Brennen kommen?«

»Ihr wißt wie ich, daß wir zuerst die Reue in ihnen erzeugen müssen«, antwortete der Jesuit. »Da wird's noch einmal kräftig zu tun geben. Zwei, drei Patres für einen Delinquenten. Fragt in Eurem Kloster zu Regensburg an, ob die Brüder uns beistehen werden!«

»Das soll geschehen, und auch ich selbst werde mithelfen«, versprach Monhaim. »Und Ihr, Straßmayr?«

»Das ist meine Christenpflicht«, versicherte der Jesuit. »Um die Hauptteufelin werde ich mich kümmern. Um die Katharina Grueber. Und ich werde es alleine tun!«

Monhaim bekreuzigte sich und sagte anerkennend: »Ihr habt sie nicht nur verurteilt, Ihr reißt sie auch aus dem Höllenpfuhl. Ihr seid ein Heiliger!«

»Laßt das«, erwiderte Straßmayr, und nun ging auch

er. Monhaim blieb allein bei seinem eintausendzweihundertdreiundsiebzigseitigen Protokoll zurück. Fast zärtlich fuhr er mit der Hand über den in mehreren Stapeln liegenden Berg Papier.

Straßmayr schritt zum Jesuitenkolleg. Er betete für Katharina Grueber und wollte sich im Kloster sofort auf seine Zelle zurückziehen. Doch die anderen Kollegiaten erwarteten ihn bereits. Und weil die Inquisition unter seiner Leitung so glücklich und gottgefällig abgeschlossen worden war, hatten sie ein üppiges Festmahl vorbereitet, auch Wein und sogar Branntwein.

Straßmayr konnte die Ehre nicht abschlagen, dies wäre nicht brüderlich, nicht christlich gewesen. Also aß und trank er, besoff sich später, hockte im Refektorium als fleischiger Klotz, stierte und sah im Schleier des Alkohols, wie seine Mutter von den Marodeuren vergewaltigt wurde, wie aus der Mutter Katharina Grueber wurde und aus dem bockenden Soldaten er selbst. Ineinander schwammen die Bilder und durchdrangen sich, bis er es nicht mehr ertrug.

Ihm wurde schwach und elend. Taumelnd hastete er hinaus und übergab sich sprudelnd mitten hinein in den Kreuzgang. So sprach er sich sein eigenes Urteil, ohne daß ihm dies jemals bewußt werden würde.

Kaspar Michel, zurück auf seinem abgelegenen, geschützten Pfatterer Pflegschloß, blieb tagelang stumm, aß und trank kaum. Tagsüber strich er allein durch die Donaumarschen, manchmal zu Pferd, öfter aber zu Fuß, wobei er das Tier am Zügel führte. Fraß sich der Hengst an einem Kräuterstrich, einem Eck Hafer fest, dann blieb auch der Pfleger gedankenverloren stehen, zwang dem Tier seinen Willen nicht auf, ließ es ganz unreiterlich gewähren.

In den Nächten stöhnte der Mann, warf sich im Bett herum, heulte zuweilen. Für Anne war das Leben an seiner Seite schwer, doch sie war es seit mehr als einem Jahr so gewohnt. Dann, eine Woche nach dem Urteil, kam es zur Aussprache. Kaspar Michel hatte wieder schwer geträumt, schweißgebadet war er in der knarrenden Bettstatt hochgefahren, lag nun in den Armen seines Weibes.

Anne dachte, wie so oft in diesem Jahr, an ihre eigene Familie, die den Hexenwahn hatte tragen müssen und sagte, selbstlos tapfer, zu ihrem Gatten: »Du gibst dir die Schuld daran, daß sie brennen müssen, aber du hast keine Schuld. Es waren die anderen, die es so weit gebracht haben: der Hanndloß, der Jesuit, der Graf, die besoffenen Herren Scherer und Edlmar, auch der Kapuziner. Du hast sie ja retten wollen, damals, als der verfluchte Auer nach Regensburg lief. Hast den Hanndloß gebeten, nichts auszusagen. Es ist nicht deine Schuld, daß du es nicht verhindern konntest!«

Der Pfleger schwieg lange und antwortete dann: »Daran liegt's nicht. Freilich habe ich die Anzeige niederschlagen wollen, aber dann habe ich doch auf der Richterbank gesessen. Ich habe mich nicht gewehrt dagegen, habe geurteilt, obwohl ich längst wußte, daß wir gegen Phantome verhandelten, daß es keine Hexen gibt. Anne, wir haben zusammen den Friedrich Spee gelesen; der weist nach, welch ein Wahnsinn mit diesen Prozessen in der Welt ist. Das habe ich gewußt, und dennoch bin ich neben dem Jesuiten, dem

Kapuziner gehockt und hab' das Maul nicht aufbekommen. Das ist meine Schuld, Anne. Weil ich es gewußt habe . . .«

»Und wenn du etwas dagegen gesagt hättest? Dann hätten sie zuletzt auch dich auf die Streckbank gezerrt, auch mich, unser Gesinde. Du mußtest schweigen, Kaspar!«

»Das sagst du?« Der Pfleger preßte die Oberarme seines Weibs. »Du, obwohl sie deine Verwandte in Franken verfolgt haben?«

»Gerade deswegen sag' ich's«, erwiderte Anne. »Weil ich weiß, wie sie es treiben können.« Unvermittelt begann sie zu schluchzen. »Ich weiß ja, daß man dem Spee folgen müßte und sie alle zur Hölle senden! Aber wir haben nicht die Macht dazu. Wenn du was sagst gegen den Hexenwahn, dann landest du selbst auf dem Scheiterhaufen. Auch der Friedrich Spee mußte sich verbergen, nachdem er sein Buch hatte ausgehen lassen. Jetzt ist er längst tot und nur deswegen in Sicherheit. Aber du weißt auch, daß die anderen seine ›Cautio criminalis‹ oft verbrannt haben. Wir beide haben das Buch ja auch nur heimlich gelesen.«

»Alles wahr«, stöhnte der Pfleger. »Ich weiß es ja – und trotzdem quält es mich Tag und Nacht, weil ich mich fragen muß, was man tun kann. Ich habe auf der Richterbank gesessen, und jetzt soll ich einfach weiterleben, als wär' nichts geschehen. Das kann ich nicht, Anne! Ich bin doch kein seelenloses Vieh. Die anderen, die ich habe verurteilen helfen, die sind jetzt verkrüppelt, die faulen in den Verliesen. Die haben bloß noch eine Gnadenfrist, bis die Pfaffen mit ihnen fertig sind, dann müssen sie brennen. Auch die Katharina. Das Mädchen, das wir hier im Schloß aufziehen wollten.«

»Ich weiß es ja! Ach, Kaspar . . .« Jetzt war es die Frau, die zusammenbrach, in den Armen des Mannes Schutz suchte. »Ich weiß es doch auch!« Haltloses Schluchzen, zusammengekrümmter Leib. Hilflosigkeit.

Und wegen dieses Schluchzens erwuchs dem Pfleger zorniger Mut. »Noch sind ja ein paar Monate, ein Jahr vielleicht, Zeit«, knirschte er. »Zuerst müssen ja die Pfaffen ihr Werk tun. Zum Brennen kommt es noch nicht gleich. Wir haben Zeit, Anne, noch haben wir Zeit . . .«

Das Schluchzen der Frau erstarb. »Was willst du tun, Kaspar?«

»Ich weiß es noch nicht«, erwiderte der Pfleger. »Aber ich werde es wissen, ehe sie diese schuldlosen Menschen verbrennen. Bei Gott, ich werde es wissen!«

Dezember 1691

»Denn in der Nachbarschaft Straubings pflanzte schon vor mehreren Jahren der Teufel, der Feind des Menschengeschlechts, zusammen mit seinem Gefolge in die Herzen mehrerer Christen die Saat der abscheulichsten Zauberei, so daß bis dahin fromme Familien, mit dem Übel erst einmal angesteckt, das verderblichste Unkraut mannigfaltiger Laster hervorgebracht haben. Danach ging der Höllenherr darauf aus, es zusammen mit den Wurzeln, das heißt: mit den rechtzeitig heimgeholten Hexen und Zauberern, zur Erntezeit, nämlich am Lebensende, einzubringen und es in seiner Scheuer des schauerlichen Abgrunds zu sammeln, damit es ewig brenne, jedoch niemals verbrenne.
Aber gegen die Arbeit des höllischen Sämannes traten zur rechten Zeit unsere Kapuziner an, indem sie diese Hexenpersonen – nachdem sie gefangen, vor Gericht gestellt, überführt und zum Tode verurteilt waren – mit Fleiß und großer Mühe so vorbereiteten, daß sie ein glückliches Lebensende fanden.«
(Konrad von Monhaim am 27. Januar 1692 an seinen Ordensoberen)

In der Straubinger Fronfeste gingen seit mehr als einem Jahr die Kapuziner aus und ein. Die bärtigen Mönche in den braunen Kutten, am Gürtel den Rosenkranz, wimmelten in der Burg, als hätten sie vor, sich hier wie Bienen oder Hornissen einen Stock zu errichten. Die Wachen rissen schon längst ihre Späße, wenn die Geschorenen des Morgens in langer Reihe heranwandelten, um dann tief im Gekröse der Festung zu verschwinden, hinunter zu den Zauberern und Hexen. Tauchte dann freilich der Jesuit auf, der noch schwerer gewordene Georg Straßmayr, der gewesene Inquisitor, dann gefror den Soldaten der Spott. Im Gegensatz zu den wuselnden Kapuzinern pflegte Straßmayr heranzukommen wie ein Stier. Stets stieg er allein hinunter in die Landschaft der Kerker, duldete keinen Begleiter bei sich. Das machte ihn besonders unheimlich.

Das geistliche und weltliche Gericht hatte die Grueberschen, die beiden Weinzierl und die Eckher verurteilt. Ehe aber der weltliche Arm seine Pflicht tun und die Verdammten zur Schädelstätte schleppen konnte, hatte die Geistlichkeit diese acht Menschen auf das Erwürgen, das Enthaupten, das Verbrennen vorzubereiten. Daß die Grueberschen, die Eckher, die Weinzierl vom Gericht überführt worden waren, genügte nicht. Sie hatten zuerst zu bereuen und ihren Frieden mit Gott zu machen, ehe sie erwürgt, enthauptet und verbrannt werden konnten. Diese Reue zu erwecken und diese Gottesliebe – das war die Aufgabe der Mönche, der sie eifrig nun schon ein gutes Jahr lang nachgingen.

Jeweils zwei oder drei kümmerten sich um einen Delinquenten, beknieten und beflüsterten ihn bei Tag und bei Nacht, ließen selbst dann nicht locker, wenn einer der Todgeweihten sie beschimpfte, sie anspuckte. Seit sechzehn, siebzehn Monaten hämmerten sie den Gefangenen ein, es diene allein ihrem Seelenheil, wenn sie zuletzt brennen' würden. Die Kirche hatte sie nicht nur gnadenlos zum Tode verurteilt – sie verlangte auch noch, daß ihr zuletzt, auf der Schädelstätte, aus vollem Herzen Vergebung und Dankbarkeit für diese Todesurteile zuteil werden sollte. Deswegen kämpften und rangen die Kapuziner mit den Verurteilten; deswegen flogen sie Tag für Tag wie Hornissen in ihre verborgenen Nester unter der Erde ein.

Um die Seele der jetzt fünfzehnjährigen Katharina

Grueber kämpfte Straßmayr allein. Die eineinhalb Jahre seit der letzten Sitzung in der Fragkammer hatten den Jesuiten unförmig aufgeschwemmt. Seit er sich in den Kreuzgang hinein übergeben hatte, war seine Freß- und Sauflust schier ins Unermeßliche gewachsen. Sein schwerer Schädel schien jetzt direkt auf den massigen Schultern aufzusitzen; tonnenartig wölbte sich sein Leib unter immer großzügiger geschnittenen Kutten. Wenn er eine längere Strecke gehen mußte, begann Straßmayr schwer zu schnaufen; bläulich schoß es ihm dann ins breitflächige Antlitz. Allein seine Augen waren die alten geblieben; sie hatten sich dem veränderten Körper nicht anpassen können, lagen nach wie vor zu klein in zu tiefen Höhlen, stachen aus den Fleischmassen wie Nadeln, und wenn das linke Lid zuckte, blieb diese winzige Bewegung fremd im klobigen Schädel.

Aber es war allein dieses Zucken, mit dem es dem Jesuiten gelang, bei Katharina Grueber jene Reaktionen hervorzurufen, die für sein Werk wichtig waren. Wenn es unter seiner breiten Stirn nervös blitzte, tauchte zuweilen auch sie aus ihrer nun schon Jahre währenden Lethargie hoch. Ihr Blick saugte sich dann in den seinen, und Straßmayr durfte dem einzigen Menschen predigen, der ihm nach Jahrzehnten überfüllter Kirchen wirklich etwas bedeutete.

Rechenschaft darüber, warum dies so war, hätte er sich nicht geben können. Betrachtete er Katharina mit objektiven Augen, so sah er nichts weiter als ein entsetzlich abgemagertes Mädchen von fünfzehn Jahren, ein halbwüchsiges Menschenwesen, dem büschelweise die Haare ausgefallen waren, schmutzig, heruntergekommen, meistens völlig teilnahmslos und mit den Reaktionen eines Kleinkindes.

Aber da war eben auch dieses andere in ihrem Wesen, etwas, das ihn unbewußt wie etwas Verwandtes berührte. Wenn sich dieses Mädchen scheu vor ihm ins Stroh, gegen die Kerkerwand drückte, die verschränkten, knochigen Anne im mageren Schoß barg, wenn ihre Augen abwesend und dunkel wurden, dann spürte Straßmayr instinktiv, daß Katharina tief in sich ein ähnliches Geheimnis verschloß wie er selbst. Was er aus dem Ginsterstrauch heraus beobachtet hatte, was ihn geprägt hatte für sein ganzes Leben, ohne daß es ihm je bewußt geworden wäre, hatte, auf andere Weise und zu anderer Zeit, auch dieses Mädchen betroffen. Auch sie lebte hinter einer Art Visier, und dieses Verschüttetsein in sich selbst zog ihn an Katharina an. Deswegen bemühte er sich allein um sie, deswegen ließ er keinen der Kapuziner zu ihr, deswegen zog es ihn immer wieder in den Kerker, deswegen fraß und soff er unmäßiger als je zuvor.

Umgekehrt reagierte auch Katharina ungewöhnlich auf den, der sie zum Scheiterhaufen verurteilt hatte. Ihr Visier war bereits vor eineinhalb Jahren gefallen, als sie jene Vision gehabt hatte. Seitdem hatte sie vegetiert wie ein zwei- oder dreijähriges Kind. Daß ihre Eltern, ihre Geschwister existierten, wußte sie kaum noch. Christine Weinzierl, mit der sie nach wie vor das Verlies teilte, war nicht mehr für sie als ein gelegentlich wimmernder Schemen. Die Kapuziner, die zu ihrer Mitgefangenen kamen, waren Schatten. Selbst die Verhöre und die Foltern, die Katharina Grueber hatte ertragen müssen, waren letztlich wie Traumbilder an ihr vorübergeglitten. Gegenwärtig waren ihr allein noch Jörg, der Ahne, dazu die endlosen Litaneien, gegen die sie sich jetzt längst nicht mehr wehrte, von denen sie wachend und schlafend gewiegt und gelullt wurde.

Wenn aber Straßmayr zu ihr kam, wenn sein Predigerorgan sich in ihre Verballhornungen drängte, wenn das blitzartige Schlagen seines Augenlids sie traf, dann konnte Katharina aus ihrem Kleinkindsein aufschrecken, konnte dieses Lidsignal aus grabdunklen Augenhöhlen mit einem Aufblitzen ihres eigenen Bewußtseins erwidern. Sie konnte dem Jesuiten dann zuhören, konnte sogar einfache Gespräche mit ihm führen.

Dies geschah auch an jenem Dezembertag des Jahres 1691, an dem Straßmayr wiederum auf einem mitgebrachten Schemel vor der Verurteilten kauerte.

»Du hast die unerlösten Seelen im Fegfeuer gesehen«, sagte er, ohne darauf zu achten, daß Christine Weinzierl, eine Kettenlänge weiter, erschrocken zusammenfuhr. »Du weißt, wie es ist, wenn die Peinteufel tanzen, nicht wahr?«

»Wie die Geier! Ewig. Ewig . . .«, erwiderte Katharina. »Erlöß UnserSeelen!«

»Und du selbst willst doch auch erlöst werden, mein Kind?«

Katharina nickte heftig. Ihr Auge bohrte sich ins Auge des Jesuiten.

»Wir müssen das Böse bestrafen, das in dir ist«, sagte Straßmayr. »Doch wenn du meine Hilfe annimmst, werde ich, mit Gottes Hilfe, deine Seele retten können, sie bewahren vor dem ewigen Höllenfeuer. Willst du darum beten mit mir?« Seine Augen bohrten.

»Jumpfengranz! Domkron!« wimmerte Katharina verzückt.

Während dies geschah, drückte sich draußen, in bereits anbrechender winterlicher Abenddämmerung, Kaspar Michel, ein Stück abseits der Fronfeste auf dem Haag, schutzsuchend gegen sein Pferd. Der Schnee hatte seinen wollenen Überwurf zuckrig gepudert und eisig verkrustet. Er fror grausam und suchte Hilfe bei seinem Gaul. Das Fell auf dessen Kruppe und Bug war ebenfalls vereist, aber der warme Atem half dem Pfleger, auf dem buschbestandenen und windgepeitschten Brachfeld auszuharren. Kaspar Michel spähte über die Donau, an deren jenseitigem Ufer – ein dunkler, herzbeklemmender Klotz – die Fronfeste lastete. Die wachsenden Schatten des schwindenden Tages waren bereits tief in das wuchtige Gemäuer eingedrungen. Kein Tageslicht mehr in der Tiefe der Fensterhöhlen, das Tor im Osten ein undurchschaubarer Schlund. Und tief drinnen in diesem steinernen Verhau, das wußte der Pfleger, die Verurteilten, Katharina.

Nachdem ein Gnadengesuch an den Kurfürsten unbeantwortet geblieben war – vor einem Jahr schon – und Monate später ein zweites, hatte der Pfatterer Pfleger weitere Monate mit sich gerungen und dann, in diesen Winterwochen, sein Weib zu ihren Verwandten nach Franken geschickt. Er hatte mit Anne nicht über seine Pläne gesprochen, glaubte aber, daß sie immerhin ahnte, warum er auf der Trennung bestanden hatte. Still war sie abgereist. Er hatte ihr lediglich nachgerufen, daß er ihr Nachricht geben werde, sobald dies möglich sei.

Danach die Tage, die er ohne sie im Pflegschloß verbracht hatte. Er hatte hin und her überlegt, sich noch einmal und immer wieder bedacht – und war zuletzt doch bei seinem Vorhaben geblieben. Zwischendurch, als er in Schneetreiben und Kälte einmal über die Donaumarschen geritten war, hatte er zufällig den Hanndloß getroffen. Es hatte keine Zeugen gegeben, allein die schwarzen, geplusterten Krähen, und der Eisenamtmann war zusammengeschlagen in einer Pfütze, im gesplitterten Eis, liegengeblieben. Der Pfleger hatte einfach zugeschlagen, wortlos, verbissen, bis der andere sich nicht mehr gewehrt hatte. In Pfatter hatte es danach Munkeleien gegeben, aber der Eisenamtmann hatte das Maul gehalten, und der Pfleger hatte sich unangefochten seinen Plänen und seinen Pistolen widmen können.

Jetzt, auf dem Straubinger Haag, spürte er die Kälte der Läufe unter dem Umhang auf seiner Brust. Die Waffen waren sorgfältig geladen, mit doppeltem Pulvermaß und kleingehacktem Blei; die Flintsteine waren neu, die Schlösser durch lederne Hüllen gegen die Feuchtigkeit geschützt. Mit diesen Pistolen und dem Raufdegen, den er am Schulterbandelier trug, wollte Kaspar Michel sich den Zugang zu den Verliesen erzwingen, zumindest Katharina Grueber ins Freie bringen und sie retten, indem er sie über die Grenze des Kurfürstentums schaffte. Wenn man ihn dabei erwischte, war ihm dasselbe Los wie ihr gewiß: der Scheiterhaufen, zuvor die Folter, der Prozeß gegen ihn als Hexer. Kaspar Michel war überzeugt, daß er es trotzdem wagen müsse. Seine Gewissensbisse waren schlimmer als seine Angst geworden.

Der Wintertag verlosch weiter in schwarzen Schatten auf leichenblassem Schnee. Drüben am Tor der Fronfeste flammten in Eisenkörben Kohlenfeuer auf. Das Roß des Pflegers schnaubte trocken, trat ein paar Schritte der Stadt zu, sehnte sich offensichtlich nach Wärme und einem Stall.

Kaspar Michel nahm die Zügel fester in die klamme Hand. »Wir müssen noch warten«, murmelte er. »Bis es späte Nacht geworden ist.«

In der Kerkerzelle qualmte die Fackel, die Straßmayr von einem Büttel hatte bringen lassen. Christine Weinzierl, zusammengekrümmt auf ihrer Strohschütte, hustete lange und keuchend. Auf seinem Schemel saß massig nach wie vor der Inquisitor. Um seine fleischigen Hände war jetzt ein Rosenkranz geschlungen, seinen schweren Atemzügen gehorchend, pendelte das zur Erde hängende Kreuz. Katharina starrte wie hypnotisiert auf die winzige tanzende Christusfigur.

»Auch wenn man dich aus diesem Verlies holen und in die vermeintliche Freiheit führen würde, könntest du *Ihm* niemals entkommen«, sagte der Jesuit. »*Er* würde dich immer wieder vor sein Gericht fordern. Du mußt dich *Ihm* ergeben, Mädchen, mit allem, was du bist. Nur dann kannst du Gnade finden.«

»Weil er meine verstockte Seele erlösen kann«, antwortete Katharina demütig. »Ich weiß ja: Erlöß Unser-Seelen!«

»So ist es brav! Du willst dich *Ihm* also ganz hingeben?« Der Inquisitor schnaufte bewegt. »Und hast dem Hexenwerk für immer abgeschworen?«

»Mutter Gottes voll der Gnaden«, erwiderte Katharina. In ihrem Rücken schoß eine Ratte davon, vergrub sich im Strohlager von Christine Weinzierl. Die Angekettete drüben schlug mit gefesselten Händen nach dem Tier, aber der braune Pelz blieb verschwunden.

»Wenn sie dich zur Galgenstätte bringen, werden sie gnädig mit dir sein«, sagte der Inquisitor. »Du wirst nicht leiden müssen, weil du rechtzeitig bereut hast. Vom Feuer wirst du nichts mehr spüren!« Er beugte sich auf seinem Schemel vor, berührte beinahe zärtlich Katharinas verwüstetes Haar.

Trotzdem stand in den Augen des Mädchens plötzlich ein ängstlicher Ausdruck. »Die Seelen . . . im Fegfeuer . . . brennen! Brennen immer und immer. Die Auerin. Die Peinteufel . . .«

»Nicht!« wies der Jesuit sie zurecht. »Um die Auerin brauchst du dich nicht mehr zu kümmern. Um die sorgt sich die Heilige Mutter Kirche. Und auch um dich. Du brauchst keine Furcht zu haben, hast ja bereut, hast ja dem Bösen abgeschworen! Dir soll Trost werden. Komm, Katharina, wir wollen beten!«

Der Inquisitor legte seine breiten Hände auf die ausgemergelten Schultern des Mädchens. Der silberne Gekreuzigte tanzte auf stinkendem Rupfenkleid über der rührend mageren Schlüsselbeingrube. »Heilige Maria, Mutter Gottes, welche du bist voll der Gnaden«, skandierte der Jesuit mit tönender Stimme. Er ließ Katharina genügend Zeit, damit sie mühsam stammelnd wiederholen konnte, was er ihr vorsprach. Und fuhr dann fort: »Gebenedeit bist du unter den Weibern.«

Katharina folgte der Litanei, fromm wie ein Hündchen, wirkte jetzt beinahe glücklich – ein gelöstes Kleinkind, das ein neues Spiel spielte.

Und auch der Inquisitor war glücklich, weil sie ihm keine Schwierigkeiten mehr machte, nie wieder welche machen würde.

So vergaß Straßmayr, daß sie im Kloster mit dem Nachtmahl auf ihn warteten, harrte in der eisigen Kerkergruft aus und betete unermüdlich mit Katharina Grueber bis Mitternacht.

Um die Mitternacht fiel in scharfkantigen, winzigen Kristallen Schnee. Die Fronfeste war jetzt nur noch ein kaum sichtbarer Schemen. Nur die Wachfeuer glühten nach wie vor – zwei rote Augen im Antlitz der Steinburg. Auf dem Haag, der flachen Wiese, zischelten und wisperten die im Wind heransausenden Kristalle. Der Gaul hatte sich mit der Kruppe dagegengestellt; hinter seinem Sattelbug häufte es sich schartig. Der Pfleger selbst hatte das Gefühl, als seien ihm längst Hände und Füße erfroren. Aber tiefer noch saß die Kälte in seiner Brust. Er hatte jetzt furchtbare Angst. Doch er durfte nicht länger zögern. Wenn er zuschlagen wollte, dann mußte es um Mitternacht geschehen, wenn ein Angriff am wenigsten erwartet wurde. Und er hatte dann eine halbe Nacht Vorsprung vor möglichen Verfolgern. Die Spanne, die er brauchte, um vor ihnen die Grenze zu erreichen – wenn das überhaupt möglich war.

Er mußte jetzt gehen. Hinüber zur Feste. Das Roß

dabei führen, um keine zu hohe Silhouette gegen das Schneegestöber zu zeichnen. Er ruckte am Zügel. Der Gaul stampfte unwillig. Als Kaspar Michel ihn mit Gewalt aus dem relativen Schutz des Gestrüpps zerren wollte, knickte sein Fuß an einem gefrorenen Maulwurfshaufen um. Der Schmerz schoß ihm bis zu den Leisten hinauf. Das Pferd scheute. Mühsam trat der Pfleger wieder auf. Es ging. Es war nichts verstaucht. Aber er würde seinen schweren Weg hinkend zurücklegen müssen.

Über die gedämpft dahinschießende Donau, die Brücke. Von der aus hatten sie einst die Bernauerin in den Strom gestoßen. Blitzartig wurde es dem Pfleger bewußt, als er sie langsam überquerte. Die Heiligenfigur auf dem höchsten Punkt ahnte er mehr, als er sie sah. St. Nepomuk, ebenfalls einer, den sie ermordet hatten. Böse Vorzeichen, dachte der Pfleger beklommen, zwei Tote an dieser Brücke . . .

Für einen Moment verwirrten sich seine Gedanken, er schien körperlos über dem Pflaster zu schweben, kam wieder zu sich, weil nach einem Tritt auf einen gröberen Stein ein neuer Schmerz durch seinen Knöchel schoß. Mit zusammengebissenen Zähnen tappte er weiter, das Roß rutschend hinter ihm. Als die Brücke überwunden war, klangen die Huftritte dumpfer.

Die Fronfeste war jetzt sehr nahe. Das Portal wie ein schwarzes Maul in der stiebenden Dunkelheit. Links und rechts die Kohlenfeuer in den eisernen Körben. Wachtposten waren nicht zu sehen. Die steckten, wie Kaspar Michel wußte, in einem Gewölbe seitlich des Torbogens.

Der Pfleger zog sein Roß noch näher heran und lokkerte dabei mit halberfrorenen Fingern seinen Degen in der Scheide. Wenn es möglich sein würde, dann wollte er mit dem geschmiedeten Korb zuschlagen, die Posten nur betäuben. Wenn alle Stricke rissen, würde er schießen müssen. Dann so schnell wie möglich hinunter zu den Verliesen. Die Riegel aus den Halterungen gerissen. Katharinas Ketten gesprengt, mit dem Degen oder dem Dolch. Heraus aus der Burg und mit dem Mädchen in den Sattel. Er würde ihr seinen Umhang geben müssen, damit sie nicht erfror. Dann die Jagd durch die Nacht, nach Norden. Am besten nach Böhmen. Der Kurfürst von Bayern und der Kaiser zu Wien standen nicht gut miteinander. In Böhmen würde er für Katharina Zuflucht finden können. Und dann heimlich zurück — und zu Anne. Dann endlich würde er wieder Frieden finden können.

Der Pfleger hatte das Portal erreicht. Die Posten schienen zu schlafen. Niemand schien ihn bis jetzt bemerkt zu haben. Vorsichtig, damit nichts klirrte, zog Kaspar Michel den Degen.

»Die Jungfrau wird dir gnädig sein! Du wirst in die Ewigkeit eingehen, als glittest du von einem schlimmen Traum hinüber in einen schönen. Du mußt deswegen sehr froh und dankbar sein, Katharina!« Wieder hielt der Inquisitor seine Hände auf den Schultern des Mädchens, wieder baumelte über der mageren Schlüsselbeingrube der winzige silberne Gekreuzigte. Stundenlang hatte Straßmayr mit der Verurteilten gebetet — er mit kräftiger Predigerstimme, fordernd, bestimmt, Katharina stammelnd, manchmal lallend, aber die ganze Zeit so willig wie noch nie. Jetzt spürte der Jesuit genau, daß er sich um diese Seele nicht mehr zu sorgen brauchte. Sie war gerettet für alle Ewigkeit.

Er drückte die schmale Schulter fester. »Ich danke dir, daß du mich dich erretten ließest, mit Gottes Hilfe«, flüsterte er dem Mädchen zu. Er blickte Katharina fest an; sein Augenlid hatte diese ganze Nacht nicht einmal gezuckt. »Wie mein eigenes Kind bist du mir nun geworden«, flüsterte er. »Wie ein geliebtes Weib . . .«

»Ja«, erwiderte Katharina gehorsam und schmiegte vertrauensvoll die ausgemergelten Schultern in diese riesigen Hände, die ihr Wärme und Geborgenheit vermittelten.

Der Inquisitor verspürte ein Glücksgefühl, wie er es noch nie in seinem Leben gekannt hatte, ausgenommen vielleicht in seiner frühesten Kindheit, ehe er im Ginstergestrüpp gesehen und gewürgt hatte. Etwas Heißes schwemmte durch seine Brust, sein Gehirn. Er beugte sich noch näher zu dem Mädchen. »Von nun an sollst du keine Fesseln mehr tragen müssen«, flüsterte er. Christine Weinzierl röchelte im Schlaf. »Du bist frei«, raunte der Inquisitor. »Frei . . .«

Im Schein der Pechfackel glänzte matt der Schlüssel. Das gebartete Metall senkte sich in das Schloß der Schellen an Katharinas Handgelenken; die Bügel öffneten sich, Rost fluderte ins Stroh. »Frei wie ein Engel wirst du in die Ewigkeit eingehen«, flüsterte der schwere Mann. Dann zog er das Mädchen in seine Arme, barg den ausgemergelten, schmalen Körper an seinem mächtigen Leib wie in einem Nest. »Frei für die Ewigkeit«, raunte er, schluchzend fast, »du — und ich . . .«

Katharina Grueber antwortete nicht. Aber sie

schmiegte sich, so fest sie konnte, in dieses Gebirge von Armen, in diese Wärme von Mann. Das Verlies existierte nicht mehr für sie. Sie war weit zurückgeglitten in lange verstrichene Zeit. In der armen Kate zu Geisling lag sie geborgen in den Armen Jörgs, hörte den Ahnen flüstern, spürte, wie er sie flüsternd wiegte – schöner konnte nichts sein.

Ganz zuletzt sagte sie dann noch etwas: »Die arme Seel' . . . erlöst . . .«

»Benedicat te Dominus«, flüsterte der Inquisitor, ehe er das Mädchen zurück auf die Strohschütte sinken ließ. »Zu beneiden bist du! Wirst wie ein Engel hinüber in die Ewigkeit schweben . . .«

Im Fackelschein lächelte Katharina Grueber, nun sehr schläfrig, den großen Mann an.

»Benedicat!« wiederholte Straßmayr, dann verließ er mit einer letzten segnenden Gebärde den Kerker.

Kaspar Michel war unangefochten an den schlafenden Wachtposten vorbei in den Innenhof der Fronfeste gelangt. Er wandte sich nach rechts, dem donauseitigen Trakt zu, wo tief unter dem Grundwasserspiegel die Verliese lagen. Gott sei Dank blieb der Gaul, den er draußen gelassen hatte, ruhig. Nur wenige Schritte noch, dann würde der Pfleger im Schutz des Kerkergebäudes untertauchen können. Kaspar Michel ging trotz seines schmerzenden Knöchels schneller.

Aus dem verschatteten Gestein löste sich etwas Wuchtiges, kam in dunkler Kutte genau auf den Pfleger zu. Der fühlte sein Herz wie wild bis zum Hals schlagen, erkannte den Jesuiten, den Inquisitor, erstarrte an der Stelle, wo er sich gerade befand, den Degen zum Stoß bereit.

Doch der Jesuit bemerkte ihn nicht zwischen den Schatten. Die Kutte wehte heran, streifte den Pfleger sogar, aber die Augen Straßmayrs wirkten stier, schienen durch den anderen hindurchzublicken, und wie ein Phantom tauchte der Mönch wieder in der schneestiebrigen Dunkelheit unter.

Kaspar Michel stand da, jetzt nicht mehr frierend, sondern in Schweiß gebadet. Der lederbezogene Degengriff in seiner Rechten fühlte sich glitschig an. Das Trommeln seines Herzens ließ seinen Schädel dröhnen. Zur kleinsten Bewegung war er, der so weit in das Innere der Fronfeste vorgedrungen war, jetzt unfähig. Er stand da wie eine Statue, schweißnaß an allen Gliedern, minutenlang.

Dann wurde seine Angst übermächtig. Hätte der Jesuit mich entdeckt, dann wäre ich jetzt schon gefangen, schoß es ihm durch den Kopf. Ich hätte mich nicht herauswinden können – die Waffen, der Gaul . . . Und ich hätte mich auch nicht wehren können.

In diesem Moment begriff Kaspar Michel, daß er unfähig war, in die Verliese einzudringen, das Mädchen herauszuholen, mit ihm über die Grenze zu fliehen. Es wurde ihm bewußt, daß er doch zu feige dazu war. Seine Angst war stärker als seine Scham. Der Inquisitor, der wie ein Gespenst über den Hof geschritten war, hatte es ihm gezeigt. Der Pfleger war hinter der roten Balustrade machtlos gegen den Jesuiten gewesen; er war es auch jetzt. Der Mönch hatte ihn ebenso gebrochen wie diejenigen, die sich auf der Folterbank gewunden hatten.

Kaspar Michel wandte sich, kaum noch erträglichen Schmerz im Knöchel, um und begann zu rennen. Er kam ungeschoren durch den Torbau, an den immer noch schlafenden Wachen vorbei. Zerrte sein Roß weg. Wagte nicht aufzusitzen, bis er sich ein gutes Stück von der Fronfeste entfernt hatte. Erst dann zog er sich mühsam in den Sattel, bemerkte dabei erstaunt, daß er noch immer den Degen in der Hand hielt. Als die Klinge schleifend in die Scheide fuhr, zuckte Kasper Michel zusammen. Ihm war, als hätte er sie sich ins eigene Fleisch gestoßen.

Er trabte an, dumpf das Stakkato der Hufe auf fausthoher Schneedecke. Am westlichen Stadttor fand er einen, der ihn durch die Eselspforte hinaus ins Freie ließ. Er warf dem verwunderten Wächter eine Münze zu und trieb sein Roß wie ein Verrückter hinein in die Schneenacht. Er hätte sich bei dem wahnsinnigen Ritt den Hals brechen können, doch das wurde ihm gar nicht bewußt. Denn er sah vor sich, zwischen den Ohren des Gauls, nicht das vereiste nächtliche Land, sondern die ganze Zeit nur ein ausgeschundenes Mädchen; den armen Leib Katharinas, der sich über dem Scheiterhaufen wand.

9. Januar 1692

»Es verdient auch gesagt zu werden, daß der junge Balthasar an seinem Hinrichtungstag keineswegs dazu gebracht werden konnte, auch nur ein wenig Speise oder Trank zu sich zu nehmen. Er sagte, er wolle, um einen glücklichen Tod zu erleiden, nüchtern bleiben und das heilige Mahl im Himmel abwarten. Daraufhin wurden er und seine Schwester Katharina Grueber bei der Ortschaft Haidau geköpft, was aber nicht sehr glücklich vonstatten ging. Denn es brauchte drei Schläge, um das Haupt des Mädchens, zwei, um das Haupt des Jünglings vom Körper zu trennen. Um so mehr darf man hoffen, daß ihre Seelen dafür schneller zum Himmel emporgestiegen sind.«
(Konrad von Monhaim am 27. Januar 1692 an seinen Ordensoberen)

Die Straubinger Hinrichtungsstätte lag abseits der Stadt, im Gäu, dem Dorf Mangolding zu. Ein paar Häuser nur, dieses Haidau, eines davon ständig vom Scharfrichter bewohnt. In der Nacht vom achten auf den neunten Januar hatte der seinen Bihänder geschliffen, dabei aber auch Branntwein getrunken. Als er im ersten Tageslicht aus dem Haus trat, brach sich die tiefstehende Morgensonne scharf in den Scharten der handbreiten Klinge.

Der Henker ging, etwas schwankend noch, zum Richtplatz, wo seine Söhne bereits gestern die beiden Pfähle eingerammt und davor die Scheiterhaufen aufgeschichtet hatten. Etwas seitlich wurzelte der Richtblock im gefrorenen, aber aufgehackten Boden. Der Klotz war aus einem Eichenstamm gesägt und, wo er in der klammen Erde steckte, mit Beilhieben grob zugespitzt. Die Platte oben zeigte am einen Ende eine Muldung. Der Scharfrichter holte aus und hieb probeweise den Bihänder in das Holz bis zur halben Breite der Klinge. Dumpf sang und zitterte das Schwert nach.

Die Sonne stand erst eine Handbreit über dem verschneiten Horizont, als von der Donau her der Zug der Straubinger sichtbar wurde. Anfangs nur winzige Püppchen auf gewundenem Feldweg, doch dann wurden sie größer, und Einzelheiten schalten sich heraus. Voran kam ein Fähnlein geharnischter Knechte; der Offizier beritten, mit federverbrämtem Dreispitz, die Soldaten mit geschulterten Piken, die wie ein Rechen über den flachen Gäu zu treiben schieben. Gleich dahinter der Karren mit den beiden Todgeweihten. Hinter hölzernem Gitter Katharina und Balthasar Grueber – stehend, die Handgelenke an die Fichtensprossen gefesselt. Ein Rudel Kapuziner tappte braunkuttig nebenher. Manche redeten eifrig auf die Verurteilten auf dem Karren ein, andere beteten oder schwelgten lautstark in der Schwülstigkeit der Rosenkränze.

Hinter dem Karren ging, das nun wieder zuckende Auge unverwandt auf Katharina geheftet, der Inquisitor. Er hätte Anspruch auf ein Reitpferd gehabt, doch er hatte abgelehnt. Doch hoch zu Roß bei ihm der Graf von Wernberg, beritten auch Scherer und Edlmar. Der Pfatterer Pfleger führte seinen Gaul am Zügel. Es war derselbe, mit dem er einen Monat zuvor eine halbe Nacht lang auf dem Straubinger Haag gestanden hatte.

Monhaim saß auf einem grauen Maultier. Er hatte einen Holzkasten mit seinem Schreibzeug umhängen. Denn er wollte später seinem Ordensoberen ausführlich über den Verlauf der Exekution berichten.

Und dann, in tobendem, jauchzendem, singendem Schwall das Volk. Bürger aus Straubing und Bauern aus dem umliegenden Gäu, auch eine Gruppe Pfatterer darunter, auch Leute aus Geisling: von dort der Pfarrer und der Auer mit seiner ehemaligen Magd, die er inzwischen zum Weib genommen hatte. Hanndloß, der Eisenamtmann, fehlte. Er tat jetzt in Regensburg am Hafen Dienst.

Die Bürger, Bauern und Tagelöhner schleppten Kreuze mit sich. Manche hatten sich Besen zwischen die Schenkel geschoben und tanzten auf den Stecken daher, andere skandierten in Gruppen Heiligenlitaneien. Ein Gaukler schoß kreuz und quer durch den Zug, schreckte die Weiber, indem er ihnen an die Röcke ging, spie dann wieder unvermittelt Feuer in den frostklaren Morgenhimmel. Ein Blinder und ein Einarmiger schleppten einen Karren, auf dem einer mit verkrüppelten Beinen saß. Die Bettler erhofften sich Almosen, wenn erst die Scheiterhaufen brennen würden. Ganz hinten, im vorgeschriebenen Abstand, mit hölzernen Rasseln klappernd, schlichen ein paar Aussätzige. Auch sie wollten sich das Schauspiel nicht entgehen lassen.

Auf dem Richtfeld von Haidau angelangt, stoppte der Zug nur kurz, dann bildeten die geharnischten Knechte ein Karree um die beiden Pfähle, die Scheiterhaufen und den Block. Mitten hinein rollte der Karren mit Katharina und Balthasar. Die Kapuziner durften folgen, auch der Inquisitor und seine Beisitzer. Dann senkten sich die Lanzen und sperrten das übrige Volk aus. Diese Schaulustigen, Geilen, Herzlosen begannen unruhig durcheinanderzustrudeln umschlossen das

Karree und kamen erst zur Ruhe, nachdem sie Plätze gefunden hatten, von denen aus sie alles gut würden sehen können. Das war nicht schwierig, denn die Lanzen bildeten nun einen waagrechten Zaun. Zwischen den Soldaten klafften so Lücken.

Der Henker mit seinen beiden Söhnen hatte den Karren und dessen Begleiter am Richtblock erwartet. Schon als der Zug am Horizont sichtbar geworden war, hatten sich alle drei die schwarzen Kapuzen übergestülpt. Drei Augenpaare hinter verschatteten Löchern musterten jetzt die beiden Verurteilten. Katharina und Balthasar waren blaß, entsetzlich abgemagert, aber ruhig – erstaunlich ruhig. Der Henker atmete heimlich auf. Es war immer viel schwieriger, wenn die Delinquenten sich wehrten, wenn sie heulten, tobten. Bei diesen da schien er das nicht befürchten zu müssen.

Der Inquisitor gab ihm mit einem Blick aus unnatürlich tiefliegenden Augen ein Zeichen. Der Henker, auch seine beiden Söhne, traten zum Karren, stiegen hinauf, lösten die Handfesseln der Gefangenen.

Balthasar stieg von allein hinunter. Katharina taumelte, der Henker stützte sie. Als die beiden zum Richtblock geführt wurden, hasteten Kapuziner nach, stimmten lauthals ihre Gebete an, redeten eifrig auf die beiden schmalen Gestalten in den rupfenen Kitteln ein. Straßmayr blieb abseits, aber er reckte seine Predigerhand segnend gegen Katharina.

Das Mädchen und sein Bruder gingen wie in Trance. Zehn Schritte vor dem Block hielt einer der Söhne des Henkers Katharina zurück. Sie stand wie ein Lamm. Die großen Augen stumm auf den Bruder geheftet.

Balthasar hatte den Block erreicht. Das Beten der Kapuziner schwoll schlagartig an, als der Henker ihn in die Knie drückte. Balthasars Oberkörper berührte das Holz. In die Grube am einen Ende senkte sich sein seitlich gedrehter Kopf, das Haar bereits geschoren, der Hals jetzt verspannt und zuckend. Blitzschnell zwängte der Gehilfe Balthasars Oberkörper mit vorbereiteten Ketten an den Block. Der Scharfrichter hob das Schwert mit beiden Händen in den Himmel. Die Litaneien der Mönche steigerten sich zu einem Dröhnen. Das umstehende Volk stöhnte, kreischte geil. Das Richtschwert blitzte nach unten, verbiß sich knirschend in Balthasar Gruebers Hinterkopf. Sein Körper bäumte sich, zuckte konvulsivisch. Unter dem lautstarken Fluchen des Wernberger Grafen riß der Scharfrichter sein Schwert zum zweitenmal hoch, drosch im Kreisbogen zu, und jetzt wurde der Nacken Balthasars durchtrennt. Blut schoß in einer Fontäne aus dem sich noch einmal bäumenden Rumpf, auf gefrorener Erde kollerte mit entsetzt aufgerissenen Augen der Schädel. Soldaten sprangen herbei und schleppten Rumpf und Kopf zu einem der Pfähle. Der Rumpf wurde angekettet, der Kopf zwischen die Füße gelegt.

Auf dem Richtblock lag inzwischen Katharina.

Als sie den Bruder sterben sah, war sie zusammengebrochen. Der Sohn des Henkers hatte sie zum Klotz schleppen müssen. Der andere hatte eine Ohnmächtige angekettet. Das abirrende Richtschwert traf die Schulterblätter der Besinnungslosen. Der wahnsinnige Schmerz riß Katharina noch einmal ins Bewußtsein zurück. Sie schrie gurgelnd, als die Klinge in ihren Nakken fuhr, den Kopf dennoch nicht abschlagen konnte. Aber der Halswirbel war durchtrennt, sie spürte nichts mehr. Erst der dritte Hieb mit nun bereits stumpfer Klinge löste ihren Kopf ganz.

Auch Katharinas Rumpf und Schädel wurden zum vorbereiteten Pfahl getragen.

Während die Mönche ihre Litaneien schrillten, das Volk kreischte und jauchzte, stieß der Henker die Fakkel in das Gefüge der Scheiterhaufen. Die Flammen schossen im harzigen Holz hoch, ließen Minuten später die angeketteten, kopflosen Körper sich bäumen und winden; schwärzten, verkohlten, verzehrten sie.

Der Graf von Wernberg wartete nicht ab, bis sie zu Asche geworden waren. Fluchend ritt er davon — es wurmte ihn, daß der Scharfrichter so stümperhaft mit seinem Schwert umgegangen war.

Scherer und Edlmar warteten, Branntwein trinkend, bis die Scheiterhaufen in sich zusammenfielen. Das war ihre Pflicht, und sie erfüllten sie, wenn auch zuletzt taumelnd.

Monhaim begann, noch während die Scheiterhaufen brannten, mit seinem Bericht an den Ordensoberen. Er stellte heraus, wie friedlich die Delinquenten dank der Gebetshilfe der Kapuziner in die Ewigkeit hatten eingehen dürfen.

Straßmayr, der Inquisitor, blieb bis zuletzt, als nur noch Asche und Knochen auf dem Feld bei Haidau schwelten. Unbeweglich stand er da bis zum Einbruch der Nacht, ließ sich von niemandem ansprechen. Sein fleischiges Gesicht blieb die ganze Zeit wie versteinert. Nur sein linkes Augenlid zuckte, zuckte, zuckte . . .

Wie von Sinnen, getroffen bis ins Mark, ritt irgendwann der Pfatterer Pfleger davon. Aber in der Tasche trug er eine bereits am Vortag geschriebene dritte Petition an den Kurfürsten zu München, in der er forderte, bat, flehte, dem Wahnsinn der Hexenverfolgungen ein Ende zu bereiten. Kaspar Michel würde diese Depesche noch heute an die Residenz absenden.

Er hatte sein Teil dazu beigetragen, Katharina Grueber zu verurteilen, und er war zu schwach gewesen, um sie aus dem Verlies zu befreien, ihr das zu ersparen, was heute geschehen war. Doch von jetzt an würde er kämpfen. Den Scheußlichkeiten des Malleus Maleficarum würde er immer wieder – bis zu seinem Lebensende, wenn es sein mußte – das vernünftige Wort des Friedrich Spee von Langenfeld entgegensetzen.

Nachwort

Kaspar Michael, der feige und tapfere Pfleger von Pfatter, erlebte das Ende der Hexenverfolgungen nicht mehr.

Drei Tage nach Katharinas und Balthasars Tod brannte auf dem Haidauer Feld Gertrud Grueber; neben ihr hing Elisabeth Eckhin erwürgt am Pfahl. Am 16. Januar 1692 erlitt Johann Grueber dasselbe Schicksal. Am 23. Januar 1692 starben Benedikt Eckher, Wolfgang Weinzierl und dessen Tochter Christine.

In den Jahren 1710, 1740 und 1750 fanden in der Straubinger Gegend weitere Hexenprozesse statt; erst dann machte der Kurfürst dem Wahnsinn ein Ende. In anderen Gegenden Deutschlands erloschen die Scheiterhaufen erst eine Generation später. 1792 brannten sie noch einmal in Glarus, 1793 in Posen. Erst dann hatten Friedrich Spee von Langenfeld und dessen Mitstreiter endlich gesiegt.

Band 12422

Lena von Sulewicz

Herzland

Die dramatische Lebensgeschichte zweier Schwestern im mittelalterlichen Böhmen

Böhmen im 9. Jahrhundert. Auf seinem Totenbett bestimmt Fürst Krock II., daß nicht seine älteste Tochter Kascha, die Heilerin, sondern deren jüngste Schwester Libuscha, die Selbstbewußte, seine Nachfolgerin werden soll.

Zehn Jahre waltet diese ihres Herrscheramtes, nur umgeben von ihrer treuen Mädchengarde. Dann wählt sie sich den Gaugrafen Primisl zum Ehegefährten. Gemeinsam führen sie die böhmischen und mährischen Völker zur ersten Blüte. Sie gründen die Stadt Prag, bauen Spitäler, fördern Künste und Handel, während Kascha, die von ihrem Mann verlassen wurde, als gereift Frau mit dem Byzantiner Alexios noch einmal die Liebe kennenlernt.

Band 12363

Annette Motley

Die purpurrote Lilie

Ein Roman um Kreuzritter, Sarazenen und eine faszinierende Frau

Zwei Jahre schon lebt Ellen, die schöne junge Frau von Stephen de la Falaise, der sich den Kreuzrittern angeschlossen hat, allein auf Hawkhurst. Da dringt Hugo de Malfort, ihr oberster Lehnsherr, gewaltsam in ihr Haus ein und fordert sie und ihren Besitz. Voller Angst flieht die Lady an den Hof von Königin Eleonore und bittet um Hilfe. Doch schon bald erkennt sie, daß sie ihr Schicksal selbst in die Hand nehmen muß. Allen Gefahren trotzend, folgt sie der Spur ihres Mannes. Zum Glück taucht stets zur rechten Zeit ein edler Beschützer auf: Tristan de Jarnac, der bestaussehende Ritter im Gefolge von Richard Löwenherz...

BASTEI LÜBBE

Band 12427

Margaret George

Maria Stuart

Der Roman ihres Lebens

»Ihre Freiheit im Denken und Handeln« schrieb ein englischer Dichter, »bedeutete ihr viel; ihr Glaube etwas; ihr Land nichts.« Margaret George macht durch ihre lebendige Darstellung deutlich, warum Maria Stuart letztlich scheitern mußte - weil sie bei allem, was das Schicksal ihr schenkte, dem einzigen nachhing, was ihr nicht gegeben sein sollte: Wärme, Liebe und persönliches Glück.

Margaret George verbrachte ihre Jugend in Asien und Europa mit ihren Eltern, die im diplomatischen Dienst tätig waren. Bekannt wurde sie durch ihren Roman *Heinrich VIII: Mein Leben (1989)*. Ihrem neuen Roman über das Leben Maria Stuarts gingen fünf Jahre der Recherche in Schottland, England, Frankreich und der Schweiz voraus. Margaret George lebt heute in Madison, Wisconsin.

BASTEI LÜBBE